세계 속의 길

〈하〉

V. S. 네이폴 지음 · 최인자 옮김

문학세계사

최인자

•

강원도 원주에서 태어났으며
연세대학교 영어영문학과와 동 대학원을 졸업했다.
1992년 조선일보 신춘문예 평론부문 당선으로 등단,
현재 문학평론가로 활동하고 있다. 역서로는 『재즈』『로빈슨 크루소』
『블랙 워터』『유리호수』『천 그루의 밤나무』『외국인 학생』 등이 있다.

세계 속의 길(하)
V.S 네이폴 장편소설

•

초판 1쇄 발행일　1996년 8월 23일
2쇄 발행일　2001년 10월 16일

•

옮긴이 · 최인자
펴낸이 · 김종해
펴낸곳 · 문학세계사

•

주소 · 서울시 마포구 신수동 345-5(121-110)
전화 · 702-1800, 702-7031~3
팩시밀리 · 702-0084
이메일 · mail@msp21.co.kr　www.msp21.co.kr
www.ozclub.co.kr(오즈의 마법사)
출판등록 · 제21-108호(1979.5.16)

•

값 7,500원

ISBN 89-7075-094-0　03840
ⓒ문학세계사, 1996

A WAY IN THE WORLD
by
V. S. Naipaul

ALSO BY V.S. NAIPAUL

NONFICTION

India : A Million Mutinies Now
A Turn in the South
Finding the Center
Among the Believers
The Return of Eva Peron with The Killings in Trinidad
India : A Wounded Civilization
The Overcrowded Barracoon
The Loss of El Dorado
An Area of Darkness
The Middle Passage

FICTION

The Enigma of Arrival
A Bend in the River
Guerrillas
In a Free State
A Flag on the Island
The Mimic Men
Mr. Stone and the Knights Companion
A House for Mr. Biswas
Miguel Street
The Suffrage of Elvira
The Mystic Masseur

A WAY IN THE WORLD
by
V. S. Naipaul

해가 지날수록 우리의 기억은
언덕으로 둘러싸인 그 둥근 마을로부터 희미해져 간다.

정원과 황야로부터
싱그러운 화합의 바람이 불어올 때까지,
그리고 해가 지날수록 이방인의 아이는
그 풍경에 익숙해진다.

$$\text{\textit{세계 속의 길}}$$

차례

제**7**장

새로운 사람

제7장
새로운 사람

내가 글을 쓰기 시작했을 때, 내 앞에 펼쳐진 트리니다드의 풍경은 어린 시절부터 잘 알고 있는 분신처럼 느껴졌다. 특히 스페인 항구의 서부 지역들은 아주 낯익은 것이었다. 북서쪽으로 숲이 많은 언덕들이 즐비했고 남쪽에는 사탕수수가 자라는 평야들이 있었다.

단정하게 정리되어 있는 벌판은 좁게 나 있는 검은 아스팔트와 서로 인접해 있었다. 그 길을 따라 다닥다닥 붙어 있는 오두막과 가옥들이 마을의 광장까지 이어져 있었다. 진흙투성이의 대서양 연안에는 코코넛 농장들이 길게 늘어서 있었다. 자동차를 몰고 지나가다 보면 키가 커다란 회색 코코넛 나무의 몸통들이 열십자형의 모양을 만들고 있는 것을 볼 수 있었다. 작고 단순한 섬이 지니고 있는 지형이었다.

나중에 런던에서 역사에 관한 책을 쓰게 되면서, 나는 여러 달 동안이나 그 지역에 대한 역사적인 문서들을 공부했다. 그 문서들은 (초기의 것들은 세빌에 보관되어 있던 스페인어로 된 원본의 복사본들이었다.) 그 섬의 발견 당시로 되돌아갈 수 있도록 만들어 주었다.

그 문서들 덕분에 나는 여러 가지 사건들로 복잡하게 뒤얽혀 있는 토착 원주민의 섬에 대한 지식을 갖게 되었다. 그것들은 내가 사전에 알고 있던 것과는 무관한 것들이었다.

초기 문서에 기록된 것들 중에는 설득력이 있는 구체적인 설명이 포함된 것들이 별로 없었다. 나는 마음의 눈을 뜨고 토착민들이 생활하던 풍경을 상상해 보았다. 내가 경험할 수 없었던 시간과 거리, 과거, 자연적인 세계, 인간의 존재 등에 대해 생각했다. 그러한 생각을 갖고 일련의 풍경을 창출해 내었던 것이다.

이미 오래 전에 사라진 풍경 속에는 지금과는 다른 하늘과 날씨가 어울릴 것이다. 그것은 마치 박물관 진열대 안에 그려진 그림에 조명이 비칠 때 드러나는 것처럼 자연스럽지 않은 날씨와도 같은 것이다. 내가 성장하면서 나 자신의 일부라고 느껴왔던 풍경들은 이러한 과거의 모습 때문에 깨끗하게 지워지고 말았다. 나는 이전부터 항상 인식하고 있었지만, 그러한 모습이 실제로 존재하고 있었다고는 생각하지 않았다.

스페인 항구에 있는 초등학교를 다니던 시절에 우리는 트리니다드 교육부에서 출판한 다니엘 선장의 『넬슨의 서인도 역사』라는 책을 교과서로 사용했다. 그 책에서 우리는 카리브족과 아라왁족에 대해서 짧게 언급해 놓은 것을 볼 수 있었다.

아마도 이 부족 사람들에 대해서 알려진 바가 거의 없었기 때문에 다니엘 선장도 많은 것에 대해 다룰 수 없었던 것인지도 모른다. 내가 기억하는 것에 따르면 카리브족은 몹시 사나웠던 반면에 아라왁족은 유순했다는 정도에 불과하다. 지금은 다니엘 선장이 그 책에서 사용한 일화조차 기억나지 않는다.

그 부족들은 더 이상 이 세상에 존재하지 않기 때문에 전혀 현실감을 주지 못했다. 그 섬에 살았던 토착민들에 대해서는 상상할 만한 것들이 별로 없었다. 그 내용은 우리가 지리 시간에 읽었던 『멀리 떨어진 고향』이라는 책에 나오는 부족들에 비해 그다지 현실적이지 못한 것이었다.

우리가 지리 시간에 배웠던 사람들은 아무것도 없이 끝없이 펼쳐진 초원에서 그늘진 검은 천막을 치고 생활하는 키르기스인들과 이글루라고 하는 따뜻한 얼음집 안으로 기어 들어가는 에스키모인들, 밤이 되면 습격해 올지도 모르는 사자들이나 다른 야생 동물들로부터 안전을 지켜주는 울타리 안에서 잠자는 아프리카인들에 대한 것이었다.

그 당시에 초등학교 수준의 어린 아이가 과거의 역사를 이해한다는 것은 너무나 무리한 일이었다. 초등학교 이후에는 그것이 다른 식으로 어렵게 되고 말았다.

과거의 역사를 이해하려고 노력하자, 그 역사는 곧 작게 구분되었다. 역사에 대한 이해 정도가 커질수록 그것은 더욱 더 세분화되는 것이다. 우리를 압도할 만한 관심사들을 지닌 채, 지금 우리가 밟고 다니는 땅에서 수세기 동안 살았던 그들은 우리와 전혀 다른 사람들이었다.

그들은 우리와 다르게 자신들만의 고유한 달력과 숭배 사상 그리고 인간의 연합에 대한 생각을 갖고 있었다. 다른 종류의 가옥과 오두막들, 다른 종류의 길과 도로들, 다른 종류의 곡식들과 들판 그리고 식물들과 계절들, 다른 관점, 속도감, 여행을 하는 나름대로의 이유와 나이에 대한 다른 개념들, 적과 동지 그리고 신성한 것과 정의에 대한 서로 다른 개념들이 존재했던 것이다.

이런 식으로 잔혹함에 대한 근본적인 생각을 한쪽으로 치워 놓는다고 하더라도, 우리의 발 아래에서 파괴된 완벽했던 과거의 역사에 대한 개념은 이내 형이상학적인 것으로 변하고 말았다.

세상은 그 실체의 일부를 상실한 것처럼 보인다. 현실이란 유동적인 것이 되어 버렸다. 그대로 흘러가도록 가만히 내버려 둘 수밖에 없다. 그래서 보여질 수 있는 것만 파악하는 일상적인 지상의 관점에 정신 세계가 튀어오르도록 하는 것이 훨씬 자연스러운 일이 되었다.

그런 지상의 관점에서부터 여러 수세기 동안을 거슬러 올라가거나 수천 마일의 거리를 멀리 떨어져 있는 것은 런던에서는 더욱 손쉽게 일어날 수 있는 일이었다. 대영 박물관과 공공기록 사무실에서 여러 가지를 읽는 동안 나는 다른 역사를 지닌 섬들에 대해 알게 되었다. 그렇게 멀리 떨어진 다른 장소에서 느끼는 토착적인 섬의 풍경은 몹시 낯선 것이었다.

나는 그런 섬들에 대한 작품을 쓸 때, 실제로는 섬의 배경이나 풍경을 한 번도 보지 않고 집필한 적이 많았다. 나중에 다시 트리니다드를 방문했을 때, 어느 정도는 내 작품의 배경이 되었던 모습을 찾아볼 수 있었다.

나는 주로 해안에서 그런 풍경을 발견하게 되었다. 때로는 스페인 항구 위에 있는 언덕에서 멕시코 만과 북부 연안을 한눈에 내려다보면서 그런 풍경을 발견하기도 했다. 한 번은 그런 모습을 내륙에서도 발견할 수 있었는데, 그것은 센트럴 레인지의 낮은 언덕을 통해서 고속도로가 뚫리고 난 다음의 일이었다. 이곳에 있는 땅은 길과 들판을 내기 위해 너무나 많이 손상되고 말았다. 이곳은 예전에는 숲이나 삼림 혹은 관목들로 항상 뒤덮여 있던 곳이었다. 지금은 다 베어지고 잘려서 거친 풀들만이 자라고 있을 뿐이었다. 산마루와 계곡들이 온통 드러나 있었다. 그것은 나의 눈에 익숙하지 않았기 때문에 전혀 색다른 풍경으로 보였다. 이제 막 드러난 생경한 과거의 한 장면과도 같았다.

아마도 이 장소였을 것이다. 바로 이 땅에서 엘리자베스 시대의 귀족 한 사람이 배에서 데려온 서른 명 가량의 군인들과 함께 무장한 채로 원주민의 금광을 찾아 하룻밤 동안의 긴 행군을 한 적이 있었다. 언덕과 협곡 그리고 열대의 숲에서 자라는 식물의 줄기들이

(이 근처의 숲들은 지금은 다 베어져서 풀들만이 무성하게 자라고 있다.) 행군을 어렵게 만들었을 것이다.

침입자들은 원주민을 위협하기 위해 나팔을 마구 불면서 소총을 하늘로 쏘아대었다. 깜짝 놀란 원주민들은 집에서 달아났다. 어떤 마을에서는 음식을 불에 요리하다가 끓고 있는 음식을 버리고 서둘러 달아나 버렸다. 군인들은 그 음식을 먹었다.

군대를 앞세운 귀족은 원주민이 쓰던 그릇의 밑바닥에서 금 찌꺼기를 보았다고 생각했지만, 결국 금은 발견하지 못했다. 나중에는 이렇게 신세계를 탐험하는 낭만을 보다 완벽하게 만들기 위해 숲속에서 전쟁을 알리는 나팔소리가 들렸다고 생각했다. 하지만 그들에게는 어떠한 재난도 닥치지 않았다.

아침이 되자 그들은 해안에 있는 자신들의 배로 되돌아갔다. 원주민 마을에 있던 음식이 어떤 것이었는지, 그것이 옥수수인지 혹은 카사바인지, 감자인지 아니면 육류나 생선인지, 그것을 어떻게 조리했는지, 그 음식을 끓였던 그릇과 화덕은 어떻게 생긴 것인지 그리고 그들이 살았던 집은 또 어떠했는지에 대해서 알려진 것은 하나도 없다.

탐험에 대한 글을 썼던 와이어트 선장도 그런 상세한 부분까지 살펴보는 관찰력은 없었다. 그는 강렬한 문학적인 입맛을 가지고 있던 사람이었기 때문에 모든 것을 자기 자신의 관점으로 바라보면서 기록하였다.

그는 런던에서 발표한 새로운 희곡 『스페인의 비극』 가운데 일부분을 암기하고 있었다. 신세계에 있는 트리니다드의 멕시코 만 해안에서 혹은 숲속에서 그는 장군이나 자기 자신 그리고 군인들을 (그리고 스페인 적군들과 숲속에 있던 원주민들) 기사도 소설에 나오는 인물들로 보았다.

백철광 모래를 '금이 든 광석'으로 알고 영국으로 가져왔던 탐험 그 자체는 정말 우스꽝스러운 일이었다. 와이어트의 설명은 지나치게 과장된 것이었다. 그의 책을 발간하겠다는 출판사는 좀처럼 나타나지 않았다. 그 원고는 곧 잊혀지고 말았다.

와이어트는 그날 밤에 있었던 행군에 대해 설명하고 있다. 그것은 놀랍게도 여전히 섬에서 자치적으로 이루어지는 토착민의 생활에 대한 유일한 증거(가옥들, 화덕, 요리하는 그릇들, 밤에 부는 전쟁을 알리는 피리소리)를 제시해 주는 것이었다.

마침내 1899년에 런던에서 와이어트의 책이 학문적인 작품 시리즈에 포함되어 출판되었다. 그 사건이 벌어진 후 340년이 지난 다음의 일이었다. 그렇기 때문에 토착 원주민들의 존재는 거의 한 세기 가량이나 단절되어 버린 시점이었다. 원주민들의 땅은 이미 다른 사람들의 고향이 되고 말았던 것이다.

그리고 3세기가 지난 다음에야 와이어트가 목격한 것들이 발굴되었다. 잡목에 의해 가려진 토착민들의 땅이 70년이 지난 다음에야 드러나게 된 것이다. 일단 노출이 되자 그 땅은 재빨리 변하기 시작했다.

각처에서 농사를 짓는 마을 주민들이 그곳에 무단으로 정착했다. 대다수의 무단 거주자들은 원주민들과 힌두교인들 그리고 무슬림과 인도에서 19세기에 이주한 사람들의 후손들이었다.

그들은 낮게 세워진 지주 위에 오두막을 만들었다. 경사진 지붕들은 구불구불한 양철로 된 것이었다. 벽은 속이 빈 진흙 벽돌이나 목재로 만들었다. 어떤 것은 새로 잘라낸 나무였고 어떤 것은 오래된 재질이었다. 그 재질들은 낡은 페인트로 군데군데 칠을 한 것이었다.

이런 오두막 주위에서는 바나나 나무들이 자라고 있었다. 힌두교인들의 집 정원에는 기도 깃발이나 삼각기가 커다란 대나무 장대 위에 매달려 있었다. 그 깃발은 종교적인 의식을 치른 다음에 단 것들로서, 경건함의 상징이거나(때로는 다른 오두막에 대한 그들끼리의 경쟁적인 관계를 나타내기도 했다.) 행운을 비는 표시였다.

해안에서 멀리 떨어진 그곳에서 토착적이고 전설적인 생각을 고수한다는 것은 매우 어려운 일이었다. 작은 섬의 식민지적인 지형은 그들에게 강력한 영향을 미쳤던 것이다.

내가 멕시코 만을 건너 베네수엘라에 갔을 때, 상황은 무척 달랐다. 지리적으로 트리니다드는 베네수엘라와 무척 가까운 곳에 위치하고 있었다. 트리니다드와 베네수엘라, 두 곳은 모두 지난 300년 동안이나 스페인 제국 내에서 동일한 지방으로 여겨졌다.

내가 트리나다드에 대해서 썼던 역사책의 내용 속에도 어느 정도는 베네수엘라를 포함하고 있었다. 그 책을 썼던 당시에는 아직 베네수엘라에 가 본 적이 없는 상태였다. 하지만 곧 그곳을 방문할 기회가 생겼는데, 그 당시에 내가 보았던 그 땅은 꾸며낸 이야기로만 남아 있던 곳이었다. 개인적인 기억들이나 연관성이라고는 하나도 개입되어 있지 않았다.

내 이야기에 나오는 오리노코 강은 그대로 남아 있었다. 카리브 해 해안에 있는 아라야 반도 안에서조차(그곳은 침식된 붉은 대지와 무성한 관목으로 황폐한 곳이었다. 그곳에는 현대식 도로도 어느 지점에선가 갑자기 무너져 폐허가 되어 있었다. 아무도 그것에 대해 말해 주었던 사람이 없었기 때문에 베네수엘라 운전 기사조차도 그것을 보자 그만 놀라고 말았다.) 내가 발견하고 싶었던 어떤 특별한 분위기를 찾아낼 수 있었다.

16세기 말에 아라야 염전은 매우 유명했다. 덴마크와 프랑스 그리고 영국의 배들은 비록 불법이긴 했지만 스페인 지방 관리들의 묵인 속에서 항상 이곳에 상주하고 있었다.

스페인 사람들이 제안한 모든 종류의 안건들은 아라야 염전에서의 거래를 중단시키라는 것이었다. 그 지방의 총독이 염전을 오염시키기 위해 스페인 국왕에게 독을 요청하는 글을 써 보낸 적도 있었다.

1604년에는 바닷물을 조사해서 어떻게 처리하는 것이 좋을지 파악하기 위해 매우 유명한 스페인 귀족 한 사람이 이곳에 나타났다. 그 귀족은 메디나 시도니아라는 공작으로 무적의 스페인 함대를 지휘하던 사람이었다. 그가 지휘하던 무적 함대 아르마다는 패배한지 16년이 지난 후에 이런 사소한 임무를 맡아서 이곳에 오게 된 것이었다.

이 황량한 곳에서 유일하게 생명력과 공동체 생활을 보여주는 펠리칸들은 바다 위로 낮게 날면서 떼를 지어 물고기를 잡고 있었다. 펠리칸들은 4백 년 전이나 혹은 천 년 전에도 그런 식으로 무리를 지어서 날아다녔을 것이다.

펠리칸들은 어색하게 생긴 선사시대의 형상을 하고 있었다. 펠리칸들의 날개에서 볼 수 있는 바닷물 같은 회갈색의 빛깔은 한낮의 바다와 하늘 그리고 황폐한 대지가 갖는 불안정한 색이었다. 이런 모든 것들이 마치 나를 태초의 시간으로 돌아가게 만드는 것 같았다.

베네수엘라의 다른 곳에서, 나는 어린 시절에 이미 알고 있었기 때문에 아주 특별하다고 생각했던 산림목과 흡사한 열대 산림을 발견하게 되었다. 내가 여덟 살이었을 때, 참혹한 전쟁이 벌어지고 있었다. 2년 동안이나 우리는 도시에서 스페인 항구의 북서쪽에 있는 숲이 많은 언덕으로 이사를 갔었다. 그곳은 오래 전부터 코코아와 시프러스 농장이 있던 지역이었다. 그곳의 농장들은 여러 종류의 전염병과 불경기로 인해 버려진 상태였다.

그 당시만 해도 나는 스스로를 도시 소년이라고 생각했다. 그렇기 때문에 나는 시골에 대해 별로 좋은 감정을 가지고 있지 않았다. 하지만 이곳은 내가 알고 있던 그런 종류의 시골이 아니었기 때문에 그곳을 보자마자 금방 좋아졌다. 시원한 초록의 언덕들과 좁은 계곡들, 공허함, 우거진 숲과 관목들이 마음에 들었다.

관목은 예전에 있던 농장의 잔재들로 가득 차 있었다. 아보카도

와 시프러스 나무들, 커피나무와 통카 콩나무들(코코아 향이 나도
록 하기 위해 통카 콩을 사용했다.) 그리고 코코아 나무들이 숨이
막힐 것처럼 빽빽하게 들어찬 관목들 속에서도 여전히 열매를 맺고
있었다.

나는 어떤 농장에서 낡은 콘크리트 물통을 발견했다. 더러운 먼
지들과 모래, 낙엽으로 막혀 버려서 쓸모가 없게 된 것이었다. 하지
만 물통을 채워주던 깨끗한 샘은 스스로 잔물결이 일렁이는 수로를
만들어서 깨끗한 갈색의 모래 사이로 여전히 넘쳐 흐르고 있었다.

사만 나무들은 코코아 나무들에게 그늘을 만들어 주기 위해 심어
진 것들이었는데, 너무 오래되어서 나뭇가지들이 거대하게 자라 있
었다. 그 나무에는 이끼들이 기생하고 있었다. 야생 소나무들과 덩
굴나무 그리고 양치류와 포도나무들이 얽혀서 함께 자라고 있었다.
나무 아래를 걷노라면 마른 이끼들과 죽은 식물들이 발에 채이면서
먼지를 일으키는 것을 느낄 수 있었다.

우리는 가난하고 불안정한 생활을 하고 있었다. 다른 사람들이
파괴해 놓은 곳에서 우리는 야영 생활을 하고 있었던 것이다. 마침
내 때가 되어서 도시로 돌아가게 되었을 때, 우리는 무척 즐거운 마
음이었다.

하지만 코코아 들판에서 지낸 그 시간들이 나에게 자연의 세계에
대한 아름다움을 가장 강렬하게 경험하도록 해 주었다는 것을 이해
하게 되었다. 그 경험들은 나에게 열대의 풍경에 대한 완벽한 개념
을 형성해 주었다. 그러나 그 장소도 역시 금방 바뀌고 말았다. 나
는 변화의 순간에 그곳에 머무르고 있었다. 우리도 그런 변화의 일
부가 되어 있었고 우리가 떠난 뒤에도 그런 변화는 가속화되었다.

내가 파그놀 지역이라고 알고 있었던 그곳은 파티오어를 말하는
스페인계 뮬레토들이 살고 있었다. 그들은 농장에서 일을 하면서
생계를 유지하고 있었다. 그런데 북쪽에 있는 작은 섬에서 불법적
으로 이주한 가난한 흑인들이 들어와서 정착하기 시작했다. 이내

사람들로 붐비기 시작한 그곳은 매우 시끄럽고 혼란스럽게 되어서 스페인 항구 동쪽에 있는 언덕 주변의 빈민가처럼 변해 버렸다.

바로 그것이 내가 6년 동안 해외에 있다가 처음으로 다시 그곳으로 돌아갔을 때 보았던 상황이었다. 푸른 언덕의 꼭대기들은 너무 가파르기 때문에 자칫 잘못하면 부상을 당할 수도 있었다. 그런 모습은 조금도 변하지 않았다. 도로와 인접한 곳에 있던 관목도 여전히 남아 있었다. 하지만 도로의 다른 한쪽은 관목이나 수풀이 모두 없어지고 정착촌들이 들어와 있었다.

그 지역의 윤곽은 더 이상 알아볼 수 없을 정도로 많이 변했기 때문에 나는 어느 부근에 오래된 물건들이 있었는지 낡은 농가나 정원 혹은 숲속에 있던 물통이 어디쯤에 있었는지를 알 수 없게 되어 버렸다.

내가 간직하고 있던 풍경의 절반 가량이 기적처럼 도로의 가장자리에 남아 있었다. 그것은 내 기억 속에서 이미 사라진 것들을 일깨워 주었다. 나는 그것들이 사라진 후에 조심스럽게 주의를 기울였다. 나는 계곡으로 이어지는 길로(길 자체도 많이 변해 버렸다.) 가까이 다가가고 싶지 않았다.

그런데 지금 베네수엘라의 여러 지방에서 나는 트리니다드 계곡에서 보았던 식물들과 색깔들을 다시 발견하게 된 것이었다. 그 당시에 베네수엘라는 석유붐과 도시 소유권붐으로 농장이나 플랜테이션들이 그대로 방치되고 있는 상황이었다. 그래서 나는 내가 익히 알고 있던 코코아 나무들이 있는 바로 그 분위기를 다시 발견할 수 있었다.

한 번은 자동차로 몇 마일에 거쳐 달리면서 그런 코코아 나무들을 지나친 적이 있었다. 그것은 대규모 농장이었다. 트리니다드에는 이렇게 커다란 농장이 거의 없었다. 그리고 그런 바닐라의 향내 같은 것도 없었다. 바닐라 덩굴에서 풍기는 향기가 대지와 나뭇잎과 이끼가 섞인 축축한 코코아 나무의 냄새에 더해지고 있었다.

지형적으로 보면 트리니다드는 남아메리카 대륙의 입구에 해당되었다. 베네수엘라는 대륙의 일부였기 때문에 모든 것이 대륙적인 규모였다. 트리니다드의 아름다운 지형이 인구의 증가로 인해서 죄어드는 느낌이 들기 시작했는데, 이곳에서는 끝없이 확장되는 것처럼 보였다.

나는 여러 마일에 걸쳐 낮게 드리워진 경사면에 세워진 스페인 항구 근처의 이민자 오두막을 방문한 적이 있었다. 그곳에서 나는 거대한 안데스 산맥을 바라볼 수 있었다. 높은 곳에서 내려다보면 한눈에 들어오는 사탕수수 농장처럼 텅 빈 베네수엘라의 일라노스는 그 자체가 하나의 지방이었다. 우리의 좁은 카로니의 단 한 개뿐인 수로에 비하면, 오리노코 강은 놀랄 만큼 많은 지류들을 갖고 있었다.

나는 그곳에 대해 많은 글을 썼다. 베네수엘라는 여러 달 동안이나 내가 런던에서 읽은 문서들을 통해 머리 속에서 창작했던 상상의 나라로만 존재했기 때문에, 나는 비로소 그것을 되찾는 듯한 느낌이 들었다. 수많은 여행을 하면서 나는 베네수엘라를 일종의 다시 찾게 된 고향으로 여기게 되었다.

나는 해안을 따라 그리고 일라노스를 건너 몇 주일에 걸친 긴 자동차 여행을 했다. 두번째인가 세번째 여행에서는 거대한 오리노코 강의 어귀까지 보트를 타고 여행했다. 이런 풍경은 내가 오랫동안 상상해 왔던 것이었기 때문에, 처음으로 그 광경을 보게 되었을 때에도 어쩐지 익숙한 느낌이 들었다.

거대한 강은 조용하게 흐르고 있었다. 강둑은 오랜 세월이 흐르는 동안 침식을 당해서 닳아 있었고 숲이라고는 전혀 찾아볼 수 없었다. 이미 우기가 시작되고 있었다. 하늘은 여러 개의 구름층이 깔린 짙은 회색빛이었지만, 드넓은 강물 때문에 물 위는 눈이 부실 정도였다. 강둑은 온통 진흙탕이었으며 약간 기름기가 돌고 있었는데 하늘처럼 회색을 띠고 있었다.

많은 비가 쏟아지는지 공기가 무거웠다. 비는 내가 생각했던 것보다 빨리 내렸다. 비가 내리자 강물이 요란한 소리를 내면서 눈에 띌 정도로 재빨리 불어났다. 커다란 빗방울이 물 위로 떨어지면서 콘크리트 바닥에 떨어지는 것처럼 허공으로 튀어올랐다. 배를 젓던 사람이 비를 피하기 위해 서둘러 뱃머리를 강둑으로 돌렸다.

그 비는 1595년에 로리 경이 강을 여행할 때 그를 괴롭혔던 것처럼 축축한 열기를 담고 있었다. 폭우는 사나운 기세로 쏟아졌다. 그 지역에 대한 문서에서는 로리 경이 탐사를 하면서 겪었던 여러 가지의 사소한 불편을 우리에게 친근한 방법으로 묘사한 최초의 사람이라고 기록되어 있었다.

로리 경 이전에도 스페인 사람들이 이 강을 수십 차례에 걸쳐 여행했지만, 그들은 사무적인 태도로 무미건조하게 설명하고 있었다. 그들은 추상적인 것들을 평범하게 묘사했으며 실제적인 감각을 상실한 채 기술했던 것이다. 풍경에 대한 묘사도 모두 생략한 상태였다. 이런 초기의 개척자들은 더욱 좁은 방식으로 보고 느끼면서 탐험을 했던 것이다.

그다지 멀지 않은 곳에 버려진 석유 등잔이 놓여 있었다. 나는 주위를 둘러보았다. 그곳은 마치 유령 도시와도 같은 느낌을 주었다. 몇 년 전에는 다 베어져서 단정하게 정돈되어 있던 관목이 다시금 빠른 속도로 자라나고 있었다. 꽃이 피는 관목들은 원기 왕성하게 성장하면서 절반 정도 벗겨진 데릭 기중기와 석유 파이프, 지붕이 없는 나무 막사와 지붕이 없는 콘크리트 기둥으로 된 방갈로들을 온통 뒤덮고 있었다.

콘크리트와 쇠로 이루어진 기반들 그리고 기름들이 고여서 흐릿한 세피아 색을 띠고 있는 진창을 보면 펌프가 있던 자리를 알 수 있었다. 석유가 나오는 동안에는 그 펌프들이 활기차게 움직였을 것이다. 금속으로 만든 커다란 펌프는 요란한 소리를 내면서 작동하는 동안, 석유를 추출했을 것이다. 펌프는 밤낮으로 맹렬하게 진

동하는 동안, 석유를 추출했을 것이다. 펌프는 밤낮으로 맹렬하게 진동하다가 각 동작이 끝날 때에는 커다란 한숨 소리를 내었을 것이다.

그 지방에서 끌어올린 석유는 막대한 이득을 남겼다. 1920년과 1930년대 초기에는 트리니다드에서 온 많은 사람들이 베네수엘라 유전에서 노동자와 기술자 혹은 서기직으로 일하게 되었다. 이렇게 된 것은 단지 베네수엘라 사람들이 관목이 우거진 야영지에서 일하기를 원하지 않았기 때문인지도 모른다. 그렇지 않으면 한 세기 내내 일어났던 파괴적인 시민 전쟁이 있은 후에 아무런 기술도 익힐 수 없었기 때문인지도 모르겠다. 그것도 아니라면 한 세기 전에 있었던 파나마 운하 건설 현장처럼, 건축 회사들이 더 쉽게 다룰 수 있는 이민자 노동력을 선호했기 때문일 수도 있다.

그래서 많은 트리니다드 사람들이 유전지대의 노동자로 근무하게 되었다. 비록 그곳의 식민지적인 분위기에도 불구하고 많은 트리니다드 사람들이 처음으로 자유와 돈맛을 알게 되었다. 그들은 무한한 가능성을 최초로 맛본 사람들이 되었던 것이다.

그 무렵에 베네수엘라는 트리니다드에서 아주 나쁜 평판을 갖고 있었다. 트리니다드에서 베네수엘라는 전쟁과 가난, 무법천지와 불확실성, 반란의 기운과 독재적인 권력으로 가득 찬 남아메리카의 나라라고 인식되어 있었다.

수많은 피난민들이 트리니다드에서 끊임없이 건너갔다. 영국의 식민지 법률이 피난민들에게 정치적인 은신처를 제공해 주었다. 바로 이런 상황이 내가 성장하던 1940년대의 일이다. 그러나 그 즈음에 베네수엘라에서는 트리니다드 사람들을 노동자로 고용하지 않게 되었다.

베네수엘라는 유럽에서 들어오는 이민자들을 찾고 있었다. 그리고 다른 한편으로는 트리니다드 사람들을 추방하는 이민법이 생겼다. 그런데 트리니다드 사람들은 여전히 베네수엘라로 건너갔다.

불법적인 이주였던 것이다.

소년 시절에 나는 이런 식으로 이주하는 사람들에 대해 들은 적이 있었다. 그 당시에 나는 내가 살고 있던 스페인 항구를 작은 규모의 식민지적 지형 개념(파리아 만은 내가 도시에서 볼 수 있던 것보다 약간 크다고 여기고 있었다.)으로 파악하고 있었다. 그런 이유 때문에 나는 사람들이 불법적으로 베네수엘라까지 건너갔다는 말을 들었을 때, 단지 스페인 항구의 북쪽으로 가는 정도로만 생각했었다. 나는 그들이 해질 무렵이나 밤에 배를 타고 강한 급류를 따라 노를 저어서 베네수엘라 해안에 도착하게 된다고 상상했었다.

하지만 그것은 상상에 불과했다. 그런데 나는 사람들이 베네수엘라로 어떻게 건너갔는지 물어본 적이 한 번도 없었다. 단지 지금까지 살아오면서 책을 쓰고 난 후에 스스로 베네수엘라 여행을 한 다음에야 나는 그 방법을 알게 되었다.

베네수엘라까지 건너갔던 불법적인 수단은 다름 아닌 원주민들이 사용하던 오래된 방법이었다. 그리고 16세기에는 탐험가들과 침략자들이 그 방법을 사용하게 되었던 것이다. 그것은 멕시코 만의 남쪽으로 멀리 내려간 다음, 다시 거대한 오리노코 강의 어귀에 있는 복잡한 수로를 타고 올라오는 방법이었다. 그렇게 들어오는 사람들을 경비하기란 결코 쉬운 일이 아니었을 것이다.

어느 날 오후에 나는 보트를 타고 오리노코 강을 여행했다. 얼마 지나지 않아서 나는 강 어귀에 있는 도시에 도착했다. 여전히 비가 내리고 있었다. 간선도로는 웅덩이에 고여 있던 물이 넘쳐서 흠뻑 젖어 있었다. 그 모습은 마치 강물이 대지 위로 솟아오른 것과 같았다. 공기는 습기로 축축했다.

오래된 문서에 기록되어 있던 '오리노코 강에 빠진 땅'이라는 말이 떠올랐다. 젖은 콘크리트 울타리 너머로 꽃을 피우고 있는 식물과 작은 나무들은 트리니다드에서도 흔히 볼 수 있는 것들이었다. 꽃과 나무들은 집 주위에 작은 정글을 형성하고 있었다.

길을 따라서 걷고 있을 때, 뜻밖에도 카레요리 냄새가 여기 저기에서 습기를 타고 풍겨왔다. 트리니다드에서 온 인도인들이 이곳에서 살고 있었던 것이다. 그들은 지역 인구의 중요한 부분을 차지하고 있었다.

토착 원주민들은 이 강을 능숙하게 다룰 줄 아는 사람들이었다. 그 토착 원주민들은 더 이상 존재하지 않지만, 흐름과 조수에 대한 지식은 그들의 후계자들에게 그대로 전달되었다.

강 어귀로 흘러 들어오는 트리니다드 반도의 남서쪽 끝단에는 큐리아판이라고 불리는 닻을 내리는 장소가 있었다. 큐리아판은 초기 스페인 사람들이 알고 있었으며, 나중에는 로리 경과 다른 사람들도 알게 되었다.

그곳에는 여전히 어촌이 있었지만 큐리아판이라는 이름은 더 이상 존재하지 않았다. 그 마을은 스페인식의 이름인 세드로스, 세다스라고 불려졌다.

세드로스에 사는 많은 어부들은 아시아계의 인도인들로 갠지스 강의 평원에서 농사를 짓던 사람들의 후손이었다. 한 세기가 채 흐르지 않아서 그들의 새로운 고향이 된 이곳의 지형적인 특성은 세드로스에 있는 아시아계 인도 사람들에게 본래의 재능을 부여해 주었다. 내륙에서만 살던 그들의 조상들은 결코 가져본 적이 없는 바다의 기술을 습득하도록 만들어 주었던 것이다.

나는 비행기 안에서 거대한 강의 어귀에 있는 '물에 빠진 땅'이라고 불리는 곳을 내려다본 적이 있다. 엄청나게 많은 강물이 혼란스럽게 소용돌이치면서 흘러가고 있었다. 나는 한 장의 지도도 없이 그곳을 찾아왔던 사람들 모두에 대해 놀라게 되었다.

나는 내륙으로부터 멕시코 만의 다른 쪽에서 거대한 강의 어귀로 접근했다. 나는 지금까지 막연하게 상상만 하고 있었던 장소에 도착하게 되었다. 나는 과거의 역사에 접근하고 있는 것이다. 그곳은 내가 성장했던 도시보다 더 작은 규모를 가지고 있었다.

나는 작은 섬에 대한 이야기를 들으면서 자라났다. 하지만 어린 시절에 보았던 멕시코 만은 섬보다 훨씬 큰 것이었다. 마구 소용돌이치는 급류가 흐르는 멕시코 만은 섬과 대륙에 속한 강 어귀 사이에 있으면서 항상 전설 같은 신세계의 일부가 되어오고 있었다.

콜럼버스는 소금물과 단물이 함께 있는 것을 발견했다. 하지만 그는 자신이 단지 두 섬 사이에 있는 것이라고 생각했기 때문에 그 이유를 결코 알지 못했다. 그곳에는 다른 이름들이 있었는데, 지금은 신비스럽게 여겨지고 있다. 골포 드 라 벨레나스, 고래들의 만이라는 이름과 태고적으로 거슬러 올라가는 이름인 골포 트리스트, 슬픈 만이라는 명칭이다.

나는 로리 경이 1595년에 만든 멕시코 만에 대한 지도를 보면서 내가 바라보고 있는 지형에 견주어 비교할 수 있었다. 로리 경의 지도에는 전혀 엉뚱한 지형이 표시되어 있었다. 남쪽이 그 지도의 꼭대기에 표시되어 있었다.

그 지도를 보면 로리 경이 오리노코 강 아래로 내려가는 길을 찾고 있었다는 사실을 알 수 있다. 지도를 바라보고 있으면 어떤 것이 사실(형태를 그린 것이기에 거짓말을 한다거나 꾸며내는 것이 절대적으로 어렵다.)이고 어떤 것이 그가 꾸며낸 것인지를 알게 된다.

베네수엘라로 여행을 하게 될 때에는 먼저 트리니다드를 방문한다. 그곳에서 며칠을 지낸 다음, 다른 지역으로 운항하는 비행기를 타고 한 시간 정도 여행하면 카리브 해안과 인접한 카라카스 공항에 도착하게 된다.

내가 마누엘 소르자노를 만난 것도 베네수엘라행 비행기를 타고 가던 도중이었다. 그것은 벌써 15년 전에 있었던 사건이었다. 소르자노는 창문쪽 좌석에 앉아 있었고 나는 그의 옆자리인 통로 쪽 좌석에 앉아 있었다. 그는 나보다 몇 분 먼저 탑승했지만, 아주 안정된 표정을 하고 있었다.

소르자노의 발 밑에는 여러 개의 꾸러미들이 가지런히 놓여 있었다. 그리고 다른 꾸러미들 몇 개는 좌석에 있는 함 속에 들어 있었다. 이런 모습은 몹시 특이하게 보였는데, 그가 트리니다드에서 물건을 샀다는 사실을 나타내는 것이었다. 석유붐이 일던 그 당시에는 멕시코 만의 양쪽 모두 돈의 여유가 있었다. 하지만 물건을 사는 사람들은 대개 고층건물과 번쩍거리는 구매 중심지가 있는 카라카스에 몰리고 있었다.

그는 작은 키에 갈색 피부를 가진 오십대 후반의 늙수그레한 사람이었다. 깔끔하게 면도한 얼굴은 넓고 주름이 있었고 배타적인 표정을 짓고 있었다. 그 표정은 공격적인 성격을 암시하는 것 같았다.

우선 살펴본 처음의 인상을 보면, 그는 철저한 베네수엘라 사람으로 스페인계의 정착민에서 시작하여 여러 인종의 피가 섞인 해안가의 메스티조일 것이다. 단지 자기 자신만의 풍경과 제한된 언어 그리고 자기만의 삶의 방식을 고집하면서 다른 모든 것들과 단절되어 살아가는 그런 사람인 것 같았다.

얼마 지나지 않아 나는 노인에게 전혀 예상하지 못했던 스타일을 발견하게 되었다. 그는 곱슬머리를 땋아 뒤쪽으로 1인치 가량 늘어뜨린 작은 변발 모양을 하고 있었던 것이다. 그런 머리 모양은 18세기 해적과도 같은 인상을 주었다.

조금 전까지는 알아차리지 못했지만 변발은 그의 첫인상에 지대한 영향을 주었고, 나는 그 머리 모양을 통해 얼굴에 나타나지 않는 공격성을 엿볼 수 있다고 생각했다. 그 변발은 그 남자에게 있어서 너무나 단호한 인상을 풍기게 하는 부분이었다.

소르자노는 셔츠를 입고 있었는데, 단추를 끼운 소매 아랫부분에는 커다란 동전을 단 무거운 팔찌가 보였다. 그 팔찌는 금으로 만들었거나 혹은 금을 입힌 것이었다. 그런데 이 사람은 무엇 때문에 베네수엘라로 돌아가는 것일까?

나는 플라스틱으로 된 그의 쇼핑 가방 속에서 레코드 판 몇 장을 발견했다. 라피아 바구니 안에는 상표가 붙어 있지 않은 병과 트리니다드 원주민들이 만든 피클 병들이 들어 있었다. 피클들은 집에서 만든 것처럼 보였다.

그렇다면 내가 그의 인상을 잘못 본 것일까? 결국 그도 트리니다드 출신의 아시아계 인도인이란 말인가? 내가 생각한 대로 베네수엘라의 이방인이 아니라 나의 직관적인 추측이 맞는다는 말인가? 나는 그의 외관을 다시 한 번 살펴보았다. 그의 외모는 약간 특이한 모습을 하고 있었다. 나는 그에게 단도직입적으로 질문했다.

"당신은 트리니다드 사람인가요?"

"아니오, 베네수엘라 사람입니다."

그는 단호한 목소리로 말했다. 하지만 그의 말 속에는 트리니다드의 억양이 들어 있었다.

우리가 탄 비행기는 활주로에서 이륙한 다음, 몇 분 만에 멕시코 만 위를 날아가고 있었다. 나는 지금부터 40여 년 전에 이곳을 작은 바다라고 생각했었다. 그렇지만 이 바다는 내가 생각했던 것보다 훨씬 커서 한참 동안이나 어느 쪽에서도 육지를 찾아볼 수 없을 정도였다.

바닷물은 다양한 올리브색을 띠고 있었으며 넓고 분명한 모습으로 불규칙한 띠를 만들다가 가장자리에 노란 거품을 일으키곤 했다. 오리노코 강과 대서양은 영원한 갈등 관계를 유지하면서 서로를 향해 엄청난 양의 물을 밀어내고 있었다.

"베네수엘라 어디에서 살고 있나요?"

나는 소르자노를 쳐다보면서 물어보았다.

"나는 베네수엘라의 모든 곳에서 살고 있지요. 직업상 모든 곳을 돌아다닙니다. 현재는 시우다드 구아야나에서 머무르고 있어요. 하지만 나는 모든 곳을 잘 알고 있답니다. 바르키시미토, 투카피타,

마라카이보, 시우다드, 볼리바……. 마르가리타에도 잠시 동안 머물렀어요.”

소르자노는 부드러운 미소를 지으면서 말했다. 그는 여러 장소들의 이름을 발음하는 것이 즐거운 모양이었다.

“시우다드 볼리바는 안고스투라라고 불린 적이 있었어요. 그곳은 사람들이 처음으로 맥주를 만든 곳이랍니다.”

“그렇군요.”

나는 그런 사실이 대단히 낭만적인 것이었기 때문에 그의 흥미를 끌 수 있을 것이라고 생각했다. 하지만 그는 아무런 관심도 없는 것처럼 보였다. 그는 다시 무거운 침묵을 지키고 있었다.

나는 가만히 앉아서 새로운 화젯거리를 생각해 내려고 노력했다. 우리가 입국카드를 작성해서 제출해야 하는 시간이 되었다.

“저를 도와 주시겠습니까? 이것을 좀 갖고 계십시오. 안경을 꺼내야 하니까요.”

소르자노가 자신의 여권을 꺼내면서 말했다. 붉은 빛이 감도는 갈색의 베네수엘라 여권이었는데, 그는 여권을 아주 조심스럽게 다루었다. 나도 역시 여행할 때마다 내가 갖고 있는 영국 여권을 잃어버리지나 않을까 항상 신경을 쓰면서 소중하게 다루었다. 만약 여권을 잃어버린다면 다른 사람들에게 나 자신을 권위 있게 설명할 수 없을지도 모른다는 의심을 품고 있었던 것이다.

그가 나에게 여권을 전해주었기 때문에, 나는 그의 사진과 이름을 볼 수 있었다. 그의 이름은 마누엘 소르자노였다. 나는 소르자노라고 하는 이름을 18세기 말의 베네수엘라 기록문서에서 보았던 적이 있었다. 마누엘 소르자노는 베네수엘라 방식의 이름이었다. 하지만 베네수엘라에는 소르자노라는 이름이 너무나 많았다. 소르자노의 직업은 목수라고 적혀 있었다.

“우리는 해마다 여권을 갱신해야 합니다. 그 문제로 인해 여간 번거롭지 않아요.”

그는 여권을 다시 가져가면서 말했다.

"몹시 불편하겠군요."

"그래요, 게다가 나는 여행을 많이 하기 때문에……. 발급 비용도 그렇게 작은 돈이 아닙니다. 지난해에는 새로운 여권을 만드는데 35볼리바였는데 올해에는 75볼리바가 들 겁니다. 1달러는 2볼리바에 해당합니다."

소르자노가 나를 쳐다보면서 말했다. 하지만 그것은 사실이 아니었다. 그의 말은 틀린 것이었다. 달러는 그가 말한 금액의 절반 정도의 가치밖에 없었다. 그렇게 여행을 많이 다니고 팔에는 묵직한 금팔찌를 차고 있는 사람이 베네수엘라 통화에 대한 기본적인 사실도 모른다는 점이 어쩐지 이상하게 생각되었다.

그는 자신의 입국 카드를 작성하기 위해, 내게 어려운 질문을 하지 말라는 듯이 플라스틱 가방 속에 들어있던 최신 레코드를 보여주었다. 그것들은 모두 힌두교의 기도 노래들이었다. 어떤 것들은 트리니다드 사람들이 부른 것이었고 어떤 것은 네델란드령 가이아나의 여자 가수 드로파티가 부른 노래였다.

그것들은 바로 소르자노가 트리니다드 출신의 인도인이라는 사실을 말해 주는 것들이었다. 그와 동시에 그에게는 더 이상 아무것도 묻지 말아야 한다는 것을 알려주는 것이기도 했다. 그런 생각이 들자 다시 한 번 그의 외모가 약간 달라 보였다. 그가 말한 그대로 여겨지게 되었던 것이다.

소르자노는 내가 생각했던 것처럼 이방인은 아니었지만, 그는 어떤 면에서 여전히 낯설고 나와는 동떨어진 사람으로 여겨졌다. 아마도 내가 갖고 있지 않은 종교적인 면들을 가지고 있었기 때문이었을 것이다. 그에게는 인도의 오래된 신들과 경배의 의식들(내가 상상하기 어려운)에 대한 생각이 가득 차 있을 것이다.

항공기 승무원이 간식을 제공하자 마누엘 소르자노는 그것을 정중하게 거절했다. 나는 음식을 먹는 도중에 소르자노를 힐끗 쳐다보았다. 그는 나의 시선을 의식했는지 희미한 미소를 지으면서 말했다.

"나는 술과 고기를 먹지 않습니다."

나는 깜짝 놀랄 수밖에 없었다. 소르자노가 술과 고기를 먹지 않는 부류의 힌두교도라고는 생각하지 않았기 때문이었다.

하지만 내가 그의 말을 정말로 믿었던 것은 아니었다. 그는 술을 잘 마시는 트리니다드 출신의 인도인 얼굴을 하고 있었다. 아래로 약간 눌린 듯한 부드러운 입술과 처진 볼, 공격적이면서도 물기가 어려 있는 눈동자들이 그러한 느낌을 주었다.

갑자기 나에게 어떤 생각이 떠올랐다. 소르자노가 어쩌면 고행을 하고 있을지도 모른다는 것이었다. 혹은 금식을 한다는 종교적인 서약을 했는지도 모르는 일이었다.

소르자노가 보여주는 모습, 음식을 절제하는 행위 따위는 얼마 전에 가족 중에서 어떤 사람이 죽었기 때문에 치르고 있는 장례 의식과 연관된 것일지도 모른다. 아마도 그런 의식을 치르기 위해서 그는 트리니다드로 돌아갔던 것이리라.

소르자노는 트리니다드 럼주에 대해서 잘 알고 있었다. 소르자노는 럼주를 베네수엘라로 몇 병 가져가고 싶었는데, 최근 며칠 동안 너무나 마음이 조급했기 때문에 그만 잊어버리고 말았다는 말을 했다.

트리니다드산 럼주는 감기에는 아주 좋은 약이 되는 술이었다. 특효라고 할 수 있을 만큼이나 좋은 효과를 발휘했던 것이다. 소르자노는 나를 바라보면서 이렇게 말했다.

"머리 위에다 약간의 럼주를 바르고, 이마에 몇 방울 흐르게 하면 다음날 아침에는 감기가 사라져 버리고 맙니다."

비행기는 멕시코 만 상공을 지나가고 있었다. 한참 동안이나 우리는 베네수엘라의 카리브해 해안 위를 날아갔다. 넓은 지도처럼 펼쳐진 흐릿한 녹색의 땅과 희고 붉은 갈색의 해안가, 어두운 바다 그리고 작은 강들의 입구에 있는 진흙의 얼룩들이 보였다. 하늘 위에서 바라보는 풍경은 아주 낯선 느낌을 주었다.

위성을 통해서 미지의 세계를 바라보듯이, 거대한 도시들이 마치 작은 점처럼 보였다. 비행기가 날아가고 있는 정도의 높이에서 내려다보는 남아메리카의 북단(특히 파나마 지협에서 베네수엘라의 오리노코 강에 이르는 구역)은 전혀 새로운 장소로 느껴졌다.

"트리니다드에서 살았던 적도 있어요."

예전에 그는 트리니다드(그 당시의 이름을 내게 말해 주지는 않았지만, 아마도 인도식의 이름이었을 것이다.)에서 네 명의 자녀를 두고 있었다고 한다. 지금은 베네수엘라에서 마누엘 소르자노라는 이름으로 아홉 명의 자녀를 두었는데, 그들 모두가 베네수엘라식의 이름을 가졌다고 말했다.

"모자 속에 여러 개의 이름을 넣고 제비를 뽑는 것과 같았어요. 첫째는 안토니오, 둘째는 페드로, 첫딸은 돌로레스라고 부르지요. 아이들의 엄마는 그 이름을 무척 좋아한답니다."

그런데 한 가지 궁금한 것이 있었다. 소르자노는 베네수엘라에서 다시 결혼했다고 말했다. 베네수엘라에서 태어난 아홉 명이나 되는 아이들의 엄마는 과연 누구일까?

"그녀는 인도에서 태어났어요."

그는 지금의 아내가 인도인이라고 말했다.

"단지 인도 말밖에 할 줄 모르는 여자입니다."

인도어는 트리니다드나 구아나에서는 더 이상 사회적으로 통용되는 언어가 아니었다. 힌두어가 주로 사용되고 있었던 것이다. 그것은 마누엘 소르자노가 베네수엘라식 이름을 붙인 아이들의 엄마가 힌두계 가수 드로파티의 고향인 수리남 출신이라는 의미였다. 마누엘 소르자노가 웃으면서 말했다.

"나는 집에서는 단지 스페인 말만 쓴답니다. 아이들도 스페인 말로만 대화를 하지요."

새로운 땅, 새로운 이름, 새로운 신분, 새로운 가족, 새로운 생활 방식, 심지어는 새로운 언어(수리남에서 사용하는 힌두어는 그가 트리니다드에서 들었던 적이 있는 힌두어와는 아주 달랐을 것이다.) 이런 환경 속에서 살아가면서 그는 생활에서 많은 스트레스를 받았을 것이다. 그렇지만 그는 항상 그랬듯이 직관적으로 자기의 길을 개척하면서 상실감이나 공허감 없이 살아가는 인상적인 생활을 하였던 것이다.

하지만 소르자노가 직접 그렇게 여행을 많이 한다고 말했음에도 불구하고 베네수엘라 화폐에 대한 달러 가치도 모른다는 사실이 이상한 일이었다. 그리고 아홉 명이나 되는 아이들의 어머니가 쓰고 있는 언어가 인도어가 아니라 힌두어라는 사실을 모른다는 점이 이상하게만 여겨졌다. 소르자노는 인도의 종교나 관습을 여전히 간직한 채 신성한 제의와 음식, 음악 그리고 숭배사상에 대한 난해한 개념들을 이해하고 있음에도 불구하고 거의 대부분의 사람들이 알고 있는 사실을 모르고 있는 경우가 많았다.

하지만 그것은 이상한 일이라고만 할 수도 없었다. 직관을 따라 살아가는 도중에도 자기 조상들의 문화의 잔유물이 그를 계속 사로잡고 있었을 것이다.

소르자노가 뒤로 한 걸음 물러서거나 다가갈 수는 없었을 것이다. 조상들이 남긴 문화에 대해서 외적인 지식을 얻을 수도 없었을 것이다. 그래서 더 이상 유지되지 못하고 단절되고 만 것이다. 그의 자녀들에게 전수할 만한 방법도 없었을 것이다.

그들은 스페인식의 이름을 갖고 있었으며, 베네수엘라 언어로만 말하고 있었다. 이런 식으로 거의 1세기가 흐르자, 그들은 전혀 다른 사람들이 되어 버렸다. 그들에게는 애매함이란 존재하지 않았다. 그들은 내가 그들의 아버지를 처음으로 만나게 되면서 갖게 되었던 생각대로 베네수엘라 이방인의 한 부류가 되고 만 것이다.

"당신의 팔찌는 아주 훌륭한 물건이군요."

나는 소르자노가 차고 있는 금화로 만든 팔찌를 보고 싶었다. 소르자노는 기꺼이 그것을 벗어서 나에게 보여 주었다. 그 동전은 빅토리아 시대의 것이었다. 소르자노는 셔츠를 젖히더니 더 많은 것들을 보여 주었다. 소르자노는 커다란 금화로 만든 펜던트가 달린 묵직한 금목걸이를 하고 있었다.

"나는 베네수엘라에서 금을 발견했어요. 금화가 아주 많았죠. 운이 좋았어요."

소르자노가 웃으면서 말했다. 소르자노는 베네수엘라에 도착한 지 얼마되지 않아서 그 금을 발견했다. 그 당시에 소르자노는 목수와 노동자로 일하고 있었기 때문에 중앙 카라카스에서 낡은 건물들을 해체하는 스물다섯 명의 그룹 속에 끼여 있었다. 그 일은 유전 개발 열기가 한참 뜨거울 때, 낡은 카라카스를 부수고 재개발하는 (고속도로를 다시 만드는 것도 포함해서) 사업에 속한 것이었다. 소르자노는 진흙 벽돌로 된 벽을 허물다가 다른 두 명의 인부와 함께 금이 잔뜩 들어 있는 상자를 발견했다. 그가 팔찌에 한 것과 같은 1파운드짜리 금화들과 목에 차고 있는 것과 같은 동전들이 많이 들어 있었다.

그 동전들은 1824년에 주조된 것이었다. 그것은 1818년에 시몽 볼리바가 세우려고 애썼던 독립적인 남아메리카주 최초의 의회를 기념하기 위해 만들어진 역사적인 의미를 가진 동전이었다. 하지만 그것은 내가 기억하고 있는 날짜가 아니었다. 그 동전은 위대한 야망을 내가 피부로 느끼게 된 최초의 상징물이었다.

하지만 그 영국 동전은 스페인 제국의 침략으로 인해 1860년 무렵에 은밀한 장소에 숨겨진 듯 보였다. 그 동전이 주조된 지 30년 정도가 지난 후에 구제국과 구질서의 종말의 의미로, 그리고 새롭게 등장한 제국을 축복하는 의미로 그 동전이 감추어졌던 것이다. 베네수엘라와 남아메리카 다른 곳에서 한 세기 동안에 있었던 무질서와 혼란으로 인해 스페인 제국은 곧 붕괴되고 말았다.

1869년에 영국의 작가이자 위대한 자연주의자인 찰스 킹슬리는 겨울 동안 트리니다드에 머무르면서 오리노코 강으로 올라가는 배가 한 척도 없었다고 보고했다. 그는 단 한 척의 지저분한 배가 스페인 항구에서 카라카스 항구인 라 구아이라로 갔다고 전했다. 싸움으로 많은 세월을 보낸 다음이었기 때문에 카라카스에서는 생명이나 재산 모두가 여전히 안전하지 않은 상태였다.

로마 제국이 붕괴하던 시기에 보물들을 파묻은 사람들은 역사의 왜곡이나 엄청나게 많은 사람들이 이주해 올 것에 대한 생각을 전혀 할 수가 없었을 것이다. 따라서 그들이 알지 못하는 사람들, 그들이 상상할 수도 없는 사람들이 어느 날 그들이 미래를 위해 숨겨 놓은 보물들을 찾아내리라고는 전혀 생각하지 못했을 것이다.

이와 마찬가지로 낡은 카라카스에서 암울한 시기를 살았던 사람들도 영국 파운드 동전이나 금화들을 비밀스럽게 축적해서(거의 대부분이 약탈품이었을 것이다.) 숨겨 놓았지만, 역사의 왜곡으로 인해서 마누엘 소르자노(1860년 당시에만 해도 그의 조상들은 아직 인도를 떠나지 않았을 것이다.)라는 사람이 자기들의 금을 차지하게 될 줄은 꿈에도 몰랐을 것이다.

"바로 그 금화를 이용해서 내 집을 살 수 있었어요. 무엇이든지 나를 꼼짝도 못하게 만드는 것을 더 이상 참아야 할 필요가 없게 된 것이지요."

내가 놀라게 된 것은 그런 행운(그것을 간직하거나 혹은 새롭게 하거나 혹은 잃어버리지 않으려는 소망)이 트리니다드나 베네수엘라에서 정원에 기도 깃발을 매다는 것으로 표현하곤 하던 어떤 종교적인 서약 이후에 당연히 따라오는 음식의 절제와 별다른 관련이 없다는 점이었다.

나는 엄지손가락으로 안고스투라 의회를 기념하는 그 동전을 만져 보았다. 여전히 새 것인 데다가 그것이 지닌 자부심 강한 전설을 새겨 놓은 글자들도 여전히 예리하기만 했다.

그 동전이 주조된 해인 1824년은 오리노코 강을 끼고 있는 도시 안고스투라에서 시거트 박사가 최초로 향기로운 맥주를 만들어낸 해였다. 그것은 기묘한 우연의 일치였다. 의회가 약속한 것을 다 휩쓸어 가버린 베네수엘라의 대혼란이 있은 지 몇 년 후에 시거트 박사의 비밀스러운 맥주 제조법이 멕시코 만을 거쳐서 트리니다드에 전해졌다.

그 당시에 트리니다드는 영국령 식민지였기 때문에 평화스러웠고 상업적으로 성공할 수 있는 기회도 아주 많았다. 그리고 지형적으로 베네수엘라의 관문에 해당되었기 때문에 시거트 박사의 제조법에 사용되는 열대성 약초나 식물 그리고 과일들도 많이 있었다.

베네수엘라의 안고스투라 도시의 이름은 볼리바에서 다시 바뀐 이름이었다. 이제 세상에 알려진 안고스투라라는 도시의 이름은 그 동전이 기념하고 있는 의회 때문이 아니라 다른 곳에서 만들어진 맥주 때문에 유지되고 있는 것이었다.

나는 목걸이를 들어 올려서 금 무게를 느껴본 다음, 다시 소르자노에게 돌려주었다. 그리고 이렇게 말했다.

"그것을 가지고 돌아다니려면 걱정이 되겠군요."

소르자노는 약간 고개를 숙이더니 사제가 의식에 사용하는 제복을 입듯이 아주 빠른 몸짓으로 목걸이를 목 뒤에 걸었다. 피부가 늘어진 노인의 가슴 위로 회색빛이 감도는 검은 머리카락들이 꼬인 채 이리저리 흩어져 있었다. 소르자노는 그 위로 두세 번 가볍게 두드리면서 동전을 속옷 안으로 정돈하더니 셔츠의 단추를 잠그었다.

"이 목걸이는 나에게 기념품의 의미를 담고 있습니다. 은행보다는 이것이 훨씬 더 안전하거든요. 만약 은행으로 가져간다면, 그들은 아마 나를 감옥에 집어넣었을 겁니다. 나와 함께 있었던 다른 두 명의 친구들이 그런 일을 당했습니다. 그들은 섬 출신이 아니라 발로벤토라는 곳에서 온 흑인 친구들이었어요. 그곳에는 구시대의 수많은 플랜테이션 농장들이 있었기 때문에 베네수엘라 흑인들이 많이 살고 있었습니다."

그곳은 내가 어린 시절에 본 적이 있는 작은 코코아 계곡을 다시 한 번 발견하게 된 베네수엘라의 한 장소였다. 오래된 플랜테이션 농장의 막사들과 흑인들의 공동체(하지만 지금은 상황이 많이 바뀌었다. 그들 중에서 대다수는 도시의 노동자로 일하고 있다.)는 놀라운 것이었다. 하지만 발로벤토라는 곳(그 말의 의미는 '바람받이'라는 뜻이었다.)은 지난 번에 바닐라 향기를 맡으면서 커다란 나무의 그늘과 정돈되지 않은 코코아 농장 옆으로 여러 마일 동안 자동차로 달렸던 곳이었다.

마누엘 소르자노는 이렇게 말을 이었다.

"그 흑인 친구들은 금화를 보자마자 주머니에 쑤셔 넣고 재빨리 달아나려고 했어요. 나는 그들에게 곧 붙잡히게 될 거라고 말했어요. 그들은 처음에는 내 말을 그대로 받아들였어요. 하지만 이내 그들은 내가 금을 나누어 주지 않으려고 한다고 느꼈나 봐요. 그래서 그들은 주머니에 금화들을 쑤셔 넣고는 멀리 달아났어요. 나는 뒤에 혼자 남게 되었습니다. 몇 개의 벽돌을 더 뽑아내고 내부를 들여다보니 금이 더 많이 있었어요. 나는 그것을 아주 조용하게 도시락통에 채워 넣었답니다. 그 도시락통은 세 개의 둥글게 생긴 에나멜 그릇들이 포개어져 있었습니다. 꼭대기에는 손잡이가 달려 있고 금속으로 테를 두른 것이었어요. 나는 금화들을 소리가 나지 않게 간수하기 위해 밥과 빵 그리고 음식을 가득 채웠습니다. 그리고 다른 방으로 들어가서 도시락통에서 눈을 떼지 않으면서 다른 친구들과 함께 일이 끝나는 시간까지 하던 일을 계속했습니다."

"혹시 불안하지 않았나요?"

"도시락통을 들고 그 장소를 떠나올 때에는 마치 유리 위를 걷고 있는 듯한 느낌이었습니다. 나는 자칫 실수라도 해서 넘어질까 봐 무척 두려웠습니다. 저녁이 되자 그 금화들을 다른 곳에다 잘 보관해 두었습니다."

"다른 사람들에게 들킬 만한 염려는 없었습니까?"

"나는 몹시 조심스럽게 행동했어요. 아침에도 소란을 피우지 않고 조용히 다시 일터로 나가서 일을 했습니다. 그날 오후에 우리가 금화를 발견했던 방에서 해야 할 일을 다 끝냈어요. 나는 묵묵히 내 일만을 하고 있었습니다. 그런데 오후에 국가 기관에서 근무하는 여섯 명의 경찰이 찾아왔어요. 그들은 미친 개미들처럼 그 장소를 조사하기 시작했어요. 그들이 왜 왔는지를 말하지 않았지만, 나는 그들이 금화가 나온 방을 찾고 있다는 사실을 알았습니다. 그 흑인 친구들 때문에 일어난 일이었어요."

소르자노가 한숨을 쉬면서 말했다.

"흑인들이 무슨 실수를 했나요?"

나는 궁금한 듯이 물어보았다.

"그들이 어떻게 했는지 믿을 수 없을 겁니다. 흑인들은 그 금화만 있으면 중요한 사람 취급을 받을 수 있을 거라고 생각해서 금화를 들고 카라카스에서 제일 커다란 은행으로 갔던 거예요. 그 은행에서는 모든 사람들이 정장을 하고 있었습니다. 당신도 한 번 상상을 해 보세요. 발로벤토에서 온 흑인 친구들이 자기들 방식으로 옷을 입고 콧소리로 이야기를 하면서 냉방 장치가 잘 된 크고 조용한 은행에 들어가 자기들에게 금화가 있다고 말했다는 것입니다. 당연히 은행 안에 있던 사람들은 경찰을 불렀고, 그 친구들은 잡혀서 매를 맞고 모든 것을 잃고 말았습니다."

"나는 경찰들이 사람들을 아주 거칠게 다룬다는 말을 들었어요. 비록 죄가 없는 사람이라고 하더라도……."

"그렇습니다."

하지만 그렇게 대답하고 나서 마누엘 소르자노는 약간 불안한 듯이 목소리를 낮추었다.

"그들이 다루어야 할 사람들이 대부분 거칠게 행동하기 때문이기도 하지요. 만약 당신이 그런 사람에 대해 대답을 듣고 싶다면 내가 답변을 해 드리겠습니다.”

잠시 후에 소르자노는 이렇게 말했다.

“내 아들 안토니오가 지금 경찰서에서 근무하고 있습니다. 안토니오는 어렸을 때부터 경찰에 들어가고 싶어했어요.”

“제복과 총, 지프차 때문이겠죠.”

내가 끼여들면서 말했다.

“그리고 숙박 시설도 그렇죠. 그것을 잊어서는 안 됩니다. 경찰들은 아주 멋진 숙소를 가질 수 있습니다. 안토니오는 항상 그런 것들에 대해 까다롭게 굴었답니다. 몇 년 전에 어떤 사건이 있었어요. 푸에르토 라 크루즈에서 있었던 일이지요. 그 당시에 나는 그곳에 있는 호텔에서 일하고 있었습니다. 어느 토요일 오후에 아이들과 아내를 자동차에 태우고 외출을 했답니다. 바다로 난 길에는 정기적으로 시장이 서고 있었어요. 갑자기 사이렌 소리가 들리더니 경찰이 탄 지프차가 다가오는 것이었어요. 경찰은 우리가 타고 있던 자동차를 길 가에 세우도록 했습니다. 내가 자동차를 멈추자 경찰관 한 사람이 손에 권총을 들고 차 안에 올라탔어요. 그런데 총대로 나를 치려고 하던 그 사람이 아이들과 아내를 보더니만 어리둥절한 표정을 지었어요. 그리고는 아주 부끄러운 듯이 이렇게 말했습니다. ‘디스칼페, 디스칼페, 세뇨라. 죄송합니다, 죄송합니다, 부인.’ 그리고 나서 그는 차에서 내렸어요. 몇 주일 동안 안토니오는 그 일을 두고 놀이를 했습니다. 마당과 집 주위를 뛰어다니면서 총을 든 모양으로 이렇게 말하곤 했습니다. ‘디스칼페, 디스칼페, 세뇨라.’ 아마도 그 일이 강한 인상을 심어 주었나 봅니다.”

비행기는 이제 해안 위로 낮게 비행하고 있었다. 해안선을 내다보기 위해 많은 머리를 옆으로 돌렸던 마누엘 소르자노는 한참 동안 침묵한 후에 이렇게 말했다.

“지난 며칠 동안 내 머리 속에는 그 아이 생각으로 가득 차 있답니다. 그 아이에게 문제가 생겼거든요.”

"경찰에 있다는 그 사람 말인가요?"

"네, 안토니오에 대한 문제입니다. 제 말은 '문제거리'가 생겨서 난처하게 되었다는 것은 아니에요. 하지만 대단히 심각하기는 하답니다. 그리고 내가 그 아이를 도울 수 있는 일이 아니에요. 몇 년 전에 그 아이는 한 소녀와 동거를 하기 시작했어요. 그 애가 사귄 첫 번째 여자였지요. 그 애는 그 사실에 대해 수줍어했지만 시간이 좀 지나자 내가 알게 되기를 원했습니다. 나도 역시 그 애들을 보고 싶어서 찾아갔습니다."

"그 소녀는 어디에서 살고 있나요?"

"오리노코 강에 있는 마을이었습니다."

소르자노는 잠시 동안 생각을 정리하기 위해 두 눈을 감았다. 그는 차분한 목소리로 이야기를 늘어놓기 시작했다.

그 소녀는 아주 젊고 체구가 자그마한 하얀 피부의 전형적인 베네수엘라인이었어요. 아마 열다섯 살이나 열여섯 살 정도로 보이더군요. 내가 그곳에 가서 별로 말을 하지 않자, 그녀는 나를 무척 존경하게 되었습니다. 사실 나는 너무 수줍어했기 때문에 그녀에게 엄하게 대할 수가 없었어요.

이윽고 내가 떠날 시간이 되자 그녀가 나에게 다가오더니 볼에다 키스를 했습니다. 그때 나는 그녀의 어깨에 손을 얹었습니다. 아니지, 어깨가 아니었지. 나는 그 소녀의 팔을 잡았습니다. 그리고는 깜짝 놀랐어요. 그녀는 전혀 부드럽지 않았습니다. 오히려 남자처럼 딱딱하고 아주 작았어요. 다른 어떤 것보다도 그 사실이 더 많이 기억에 남아 있었습니다. 나는 돌아오는 길 내내 그 일을 생각했답니다.

'얼마나 고생스럽게 살아온 것일까? 그녀에게 얼마나 힘든 노동을 시킨 것일까?'

집에 도착하자 아이들 엄마가 나에게 물었어요.

"그 애가 어떻던가요? 괜찮은 아이던가요?"

그녀는 그 작은 소녀에 대해 물었습니다.

"응."

나는 다른 말은 하지 않고 이렇게만 대답했지요. 아이들 엄마는 다시 질문을 던졌어요.

"어떤 아이였나요?"

"아주 귀여운 아이였어."

나는 아주 간단하게 대답했어요. 그밖에 다른 것에 대해서는 말하고 싶지 않았거든요. 그리고 나서 흔히 있게 되는 그런 일이 일어났습니다. 흔히 있는 일이라고 말은 했지만, 만약 그 일이 당신에게 일어난다면 그것은 더 이상 평범한 일이라고 할 수 없을 겁니다.

어느날 안토니오는 어떤 살인 사건을 조사하고 있었어요. 그는 도시에서 멀리 떨어진 곳에 있는 목장으로 가야 했습니다. 그곳은 소를 키우는 목장이었어요. 외국인들이 운영하는 곳이지요.

안토니오는 그곳을 몹시 싫어했습니다. 커다란 콘크리트로 만든 헛간은 열기로 인해 매우 뜨거웠지만, 그 사람들은 소들을 빽빽하게 채워 넣고 닭 분뇨와 당밀을 먹이고 있었습니다. 결국에는 도살을 하기 위한 소들이었지요. 안토니오는 하루 종일 밖에 있어야 했는데 어떤 일 때문에 오후에 일찍 집으로 돌아오게 되었습니다.

이 도시에 시리아 사람이 운영하는 상점이 있었다는 사실을 먼저 말씀드려야 하겠군요. 시리아 사람은 위층에서 살고 있었는데, 그는 도시 근교에 작은 땅이 달린 집을 한 채 갖고 있었어요.

도시로 돌아오는 길에 안토니오는 그 작은 소녀가 시리아 사람과 함께 그 별장 같은 집을 나서고 있는 장면을 목격하게 되었습니다. 그 장면을 보자 그는 커다란 충격을 받았습니다. 마치 누군가가 그의 머리 위에 밀가루 푸대를 떨어뜨린 것처럼 말입니다.

안토니오는 도저히 집으로 그냥 돌아갈 수가 없었습니다. 경찰 초소에 가서 두 시간을 보냈습니다. 그리고 나서 집으로 갔습니다.

그 소녀는 이미 집에 와 있었습니다. 그녀는 마당의 작은 헛간에 있었는데, 그곳은 콘크리트 바닥으로 되어 있었고 위에 달린 바구니에는 양치류 식물들이 있었습니다. 화분들도 있는 곳이었지요. 아주 멋지고 시원한 장소였기 때문에 그녀는 항상 그곳에서 몸을 씻었어요. 두 사람이 자주 시간을 보내곤 했던 곳이었습니다.

그 소녀는 식물들을 가꾸고 있었습니다. 그는 그녀에게 아무런 말도 하지 않은 채, 태양이 내리비치는 마당에서 그녀를 쳐다보기만 했습니다. 그녀가 하고 있는 일이 아니라 단지 그녀의 얼굴을 쳐다보기만 했던 겁니다. 그녀는 그런 안토니오를 보자마자 자신이 곤경에 빠졌다는 것을 알게 되었습니다.

그녀는 화초들 곁을 떠나 집으로 들어가더니 부엌으로 갔습니다. 안토니오도 뒤따라 들어가서 식탁에 앉았습니다. 안토니오는 부엌에서도 계속 그 소녀를 바라보았습니다. 그녀는 다시 부엌에서 나갔습니다. 안토니오도 일어나서 권총을 빼들고서 그녀를 따라갔습니다.

그녀의 뒤를 따라 정원에서 부엌으로, 부엌에서 방으로, 복도로, 침실로, 응접실로 들어가면서 손가락이 방아쇠를 당길 순간을 기다리고 있었습니다. 그녀가 집 밖으로 나가려고 하지 않았던 것이 얼마나 다행스러운 일이었는지 모릅니다. 만약 그렇게 되었다면 안토니오는 아마 권총의 방아쇠를 당기고 말았을 겁니다.

그러다가 그녀가 갑자기 걸음을 멈추었습니다. 안토니오가 가까이 걸어가자, 그녀는 소리를 지르면서 이렇게 말했습니다.

"당신은 시리아 사람들이 어린 소녀들을 유혹하는 것을 얼마나 좋아하는지 모르시나요? 가서 그를 죽이는 것이 어때요?"

그 말은 날카로운 칼처럼 안토니오의 가슴을 찔렀습니다. 그 소녀의 말은 안토니오의 마음을 아프게 만들었습니다. 안토니오는 슬픔에 빠져서 바보처럼 되고 말았습니다. 그 애는 자기가 그녀를 죽일 수 없다는 것을 잘 알고 있었어요.

안토니오는 작은 침실로 들어가서 경찰 제복을 입은 채 침대에 그대로 눕고 말았습니다. 창문이 열려 있었지만, 반쯤 쳐진 커튼이 거의 날리지 않을 정도로 바람이 없고 더운 날씨였습니다.

안토니오는 아주 평온한 기분이 되어서 그대로 잠들고 말았습니다. 거의 어두워진 후에야 잠에서 깨었는데, 안토니오는 자기가 아주 멀리에 와 있는 느낌을 받았습니다.

여전히 침대에 누워 있으니까 옆집에서 생선을 굽는 냄새가 났습니다. 안토니오는 아주 평화스럽게 그 냄새를 맡으면서 이웃 집들에서 들리는 자질구레한 소란에 귀를 가만히 기울이고 있었습니다. 그 소란들마저도 아주 멀리 떨어진 곳에서 들리는 것 같았답니다.

안토니오는 조금 더 침대에 누워 있다가 일어났는데, 그는 자기의 인생이든 다른 누구의 인생든 망칠 필요가 없기 때문에 마음이 안정되었다는 사실을 깨닫게 되었습니다.

안토니오가 완전히 일어난 것은 아주 어두워진 다음이었습니다. 집안은 어둑어둑했습니다. 단지 이웃집에서 나오는 작은 불빛만이 희미하게 보일 뿐이었습니다. 마당도 바깥의 헛간도 매달려 있는 바구니 속의 양치류 식물들과 콘크리트 바닥에 놓인 의자들도 모두 어둡기만 했습니다.

부엌에는 요리를 한 흔적이 없었고 정원에서도 아무런 인기척이 없었습니다. 그 집에는 안토니오 혼자 남아 있는 것이었습니다. 그녀는 어디론가 가 버렸습니다. 안토니오는 집 주위를 돌아다니면서 걷기 시작했습니다. 불도 켜지 않은 채, 어둠 속에서 마냥 걸어다녔습니다.

안토니오는 화장실에 들어갔다가 어두운 마당으로 나왔어요. 그는 조금 더 걸었습니다. 그리고 몸을 꼿꼿이 펴고는 구겨진 제복을 바로 한 다음, 권총을 가볍게 두드렸습니다. 그리고 자동차를 타고 도시로 돌아갔습니다. 그는 강변에 있는 커다란 공원으로 갔어요.

공원에는 강이 흐르고 있었습니다. 그 소녀를 유혹한 시리아인의 상점은 맞은편 길가에 있었습니다. 그 길은 포장이 잘 되어 있는 도로였는데, 가장자리에는 콘크리트로 만든 기둥들이 있었고 그 위에는 수많은 광고 전단들이 다닥다닥 붙어 있었습니다.

상점에는 두 개의 넓은 문이 있었는데, 그날 저녁에는 문 하나가 닫혀 있었습니다. 안토니오가 안으로 들어가자 싸구려 옷감을 묶어놓은 선반 앞에서 시리아인이 마치 기둥처럼 서 있는 모습을 보았습니다.

그 시리아인은 아주 희미한 빛을 발하는 전구 아래에서 손님들과 잡담을 하면서 웃고 있었습니다. 안토니오는 웃고 있는 사람을 관찰하면서 스스로에게 이렇게 말했습니다.

"자, 계속 웃으시지. 이제 곧 웃음을 멈추게 될 테니까. 너는 이제 모든 것이 끝장난 거야."

안토니오는 허리에 차고 있던 권총을 다시 한 번 확인했습니다. 이번에는 아무것도 기다리지 않고 방아쇠를 당겨서 총을 쏠 작정이었지만, 바로 권총을 꺼내지는 않았습니다. 안토니오는 열려진 문 아래로 내려갔습니다. 그 시리아인은 뒤로 돌아서면서 경찰 제복을 발견하고 약간 존경하는 눈치를 보였습니다. 안토니오는 시리아인에게 마음 속으로 이렇게 중얼거렸습니다.

"좋아, 나에게 존경심을 보이는군. 하지만 존경심만으로는 충분하지 않아. 네가 깜짝 놀라는 것을 보고 싶거든. 싹싹 비는 네 눈을 보고 싶어. 그러면 너를 집으로 보내주지."

그 시리아인은 한눈에 안토니오를 알아보았습니다. 하지만 그의 눈빛은 충격을 받거나 깜짝 놀란 눈빛이 아니었습니다. 오히려 짜증이 난 것 같았습니다. 그 시리아인은 증오에 가득 찬 눈으로 안토니오를 바라보다가 그에게 마구 욕설을 퍼부었습니다.

시리아인은 그 순간이 얼마나 심각한지를 잘 모르는 것 같았습니다. 그 상점에 있던 사람들 모두가 이해하고 있었는데도 말입니다. 그들은 이야기를 멈추고 안토니오가 지나가도록 한쪽으로 비켜 섰습니다.

안토니오가 계산대 위로 걸어올라가자 시리아인은 아예 경멸하는 눈초리로 그를 쳐다보았습니다. 그렇게 하는 동안에도 시리아인은 전혀 움직이지 않았습니다.

그런데 아주 우스운 일이 일어났습니다. 안토니오는 마음 속으로 시리아인에게 말하던 것을 그만두고 이제는 자기 자신에게 말하기 시작했습니다.

"어째서 이 사람은 나를 이렇게 경멸하는 거지? 누군가 분명히 그에게 무슨 말을 한 거야. 그의 마음 속에 나에 대한 멸시가 가득 차 있는 한 그를 집으로 돌려보내진 않겠어. 그녀가 이 사람에게 무슨 말을 했기 때문에 나를 압도하는 이런 힘을 갖게 되었을 거야. 그녀가 무엇이라고 말했을까?"

모든 사소한 일들이 머리 속을 스치고 지나갔습니다. 다리에 힘이 빠지자 안토니오는 그 상태로 냉정해지는 것을 느꼈습니다. 안토니오는 그만 울고 싶어졌습니다. 시리아인은 이렇게 말했습니다.

"이제 그만 나가주세요, 페페."

시리아인은 안토니오가 경찰 제복을 입고 있었음에도 불구하고 다른 사람들 앞에서 그를 모욕하기 위해 일부러 '페페'라고 부른 것입니다. 그러자 안토니오는 뒤로 돌아서서 그곳을 떠나고 말았어요.

안토니오는 그 사건이 벌어진 다음, 며칠 동안 그럭저럭 지내다가 나에게 편지를 보내서 와 달라고 요청했습니다. 나는 그런 상태에 있는 그 아이를 보게 되었습니다. 그 집을 보게 된 것은 이번이 두번째였어요. 내가 처음 그 집으로 갔을 때, 그 애들이 나를 위해서 멋지게 꾸미고 있었습니다. 그 소녀도 훌륭한 옷을 입고 공손한 태도로 나를 대했습니다.

이제 그녀가 사라진 그곳에서 내가 보는 모든 것들이 그녀를 더욱 생각나게 만들었습니다. 마당에 있는 작은 헛간과 그 안에 있는 식물들이 그녀를 생각나게 했습니다. 우리는 그곳에 앉아 함께 차를 마셨던 것입니다.

안토니오는 나에게 그 모든 이야기를 들려 주었습니다. 나는 안토니오의 느낌이 나에게도 그대로 전달되는 것을 느꼈습니다. 그는 경찰직을 떠날 생각을 하고 있었어요. 그런 일을 하는 것이 정신적으로 너무 힘겹다고 하더군요. 그리고는 슬프게 울기 시작했습니다.

그 아이에게 뭐라고 말해야 할지를 모르겠더군요. 비록 그 소녀가 그립기도 하고 그 아이의 감정을 함께 느끼고 있다고 하더라도 내게는 뭐라고 말해 줄 만한 경험이 전혀 없었거든요.

나는 사람들이 안토니오를 좋아하게 하거나 그의 곁에 머무르게 하려면 어떻게 해야 하는지 말해 줄 수가 없었던 겁니다. 나는 그 아이들과는 다른 방식을 가진 구세대입니다. 나와 안토니오는 성장 환경이 너무나 다릅니다. 좀더 나이를 먹은 사람들은 그런 방식으로 관심을 갖곤 하지요. 내가 스물두 살이었을 때, 나는 큐무토에 있는 미군 진지에서 일하고 있었습니다. 전쟁이 치열할 때였지요. 나의 아버지는 어느 금요일 오후에 주말을 보내기 위해 집으로 돌아온 나에게 이렇게 말했습니다.

"넌 너무 컸어. 제기랄! 벌써 결혼할 때가 되었다구. 내가 널 위해 보아둔 여자애들이 있단다. 내가 그 아이들 집으로 찾아가서 결혼을 하자는 말을 해 보겠다."

그리고는 그것이 전부였습니다. 나는 미군 진지에서도 덩치가 제법 큰 편이었지만, 아버지에게 아직 결혼할 나이가 아니라고 말할 정도로 성숙한 사람은 아니었습니다.

미처 인생의 방향을 바꿀 만한 기회도 갖기 전에 나에게는 아내가 생겼고 자녀들이 태어나기 시작했습니다. 마치 누군가가 무엇을 준 것처럼 어떤 일이 나에게 일어난 것뿐이었습니다. 나는 그런 것을 찾아나선 적이 한 번도 없었던 겁니다.

내가 저 너머에서 도망을 쳐서, 이곳으로 온 후에도 또다시 그와 유사한 일이 벌어졌습니다. 마투린에서 도망자 생활을 하고 있을 때, 나는 인도인 가족들과 식사를 함께 하는 일에 익숙하게 되었습니다.

나는 그 인도인의 딸에게 멋진 말을 한 적이 전혀 없었습니다. 거의 말을 건네지도 않았지요. 내가 이사를 하면 그들과 그 딸도 나와 함께 이사를 했습니다. 모든 사람들이 동의를 하면 아무도 더 이상 말을 하지 않습니다. 그리고 우리가 함께 살기 전에는 아내가 될 사람에게 전혀 손을 대지도 않았답니다.

그런데 한 가지 재미있는 일은 남자 아이들에 대해서는 여자 아이에 대해 걱정하는 만큼 그렇게 걱정하지 않는다는 사실입니다. 이곳에서는 그들을 위해 미리 준비해 줄 수가 없었습니다. 그들은 그런 구식을 원하지 않았거든요. 그들은 자신들이 선택하는 현대적인 방법을 원했습니다.

그리고 당신도 알다시피 여자 아이들은 얼마나 어리석은가요. 여자 아이들은 달콤한 말 한 마디에 그만 머리를 돌리고 만답니다. 일단 아이를 갖게 되면 더 이상 돌이킬 수 없는 처지가 되지요. 좋든 싫든 어쩔 수 없이 인생의 방향이 정해지고 맙니다.

하지만 돌로레스와 다른 딸의 경우는 아주 좋았어요. 그 딸들은 잘 생긴 외모 덕분에 많은 구혼이 들어왔습니다. 그래서 그녀들이 스스로 선택하고 정착할 수 있었습니다. 다른 딸들도 그런 좋은 본보기 때문에 아마 잘 될 거라고 생각해요.

하지만 아들의 경우는 다릅니다. 딸들은 단지 앉아서 기다리면 되지요. 하지만 아들은 밖으로 나가서 결혼할 상대를 얻어야만 합니다. 그들은 새로운 방식으로 남자답게 여사를 구하려 했지만 사실 어떻게 해야 하는지 전혀 몰랐어요.

그들은 나에게서 어떤 본보기를 얻으려고 하지 않았습니다. 외부 사람들을 진정으로 이해하지도 않았습니다. 단지 모방하려고 했을 뿐입니다. 게다가 더욱 나쁜 것은 나에게서 물려 받은 구식의 수줍음을 여전히 간직하고 있었다는 것이지요.

안토니오에게는 그 소녀를 사귀는 것보다 경찰에 들어가는 것이 훨씬 쉬운 일이었죠. 그 아이는 너무나도 수줍어했기 때문에 한참 동안이나 나에게도 그 사실을 말하지 않았을 정도였으니까요. 그 아이가 교활한 것은 아니었어요. 그렇다고 그 소녀를 염려해서도 아니었구요. 단지 수줍어서 그렇게 했던 것입니다.

그러다가 결국 안토니오가 말해 주었기 때문에 나도 그들을 만나러 찾아갔던 겁니다. 하지만 나 역시 너무 수줍어서 그녀의 얼굴을 똑바로 쳐다보지도 못했습니다. 안토니오도 수줍은 나머지 그녀를 잘 알지 못한다는 듯이 행동했습니다. 그 자리에 있던 사람들 중에서 별로 수줍어하지 않는 사람은 그녀 혼자뿐이었습니다.

나중에 생각해 보니 그녀에 대해 내가 아는 거라곤 내가 본 것이 전부였습니다. 그녀는 사실 낯선 사람이었기 때문에 안토니오도 그녀에 대해서 많이 알지 못했던 것입니다. 지금에 와서야 느끼는 것인데, 그녀도 역시 우리에 대해 그다지 많은 것을 알지 못하고 있었습니다. 바로 이 점이 안토니오가 곤경에 처하게 된 이유 중의 하나였지요.

우리는 하루 종일 이야기를 나누었습니다. 밤이 늦을 때까지 이야기를 나누었던 것입니다. 우리는 이야기를 하고 또 했습니다. 같은 것을 열두 번씩 반복해서 이야기를 하다가 다시 처음부터 시작하기도 했습니다.

나는 안토니오에게 하느님이 그 자리에 함께 하셨기 때문에 방아쇠를 당기지 않고 그 시리아인의 상점에서 걸어 나올 수 있었던 것이라고 말했습니다. 그 아이가 그 소녀를 정말로 알지 못했기 때문에 수치스럽거나 불명예스럽다고 말할 수도 없다는 이야기도 했습니다. 단지 실수를 저지른 것뿐이라고 생각해야 한다고 말했습니다. 다음번에는 그런 실수를 반복하지 않으면 되는 일이라고……

그 소녀도 역시 실수를 저질렀던 것이고 그 시리아인도 역시 실수한 사람이었을 것입니다. 낯선 이방인들 속에서 남자 친구나 여자 친구를 찾으려는 모든 사람들은 실수를 하게 마련이지요. 그리고 그렇게 하다가 결국에는 자기에게 맞는 사람을 만나게 될 것입니다.

나는 안토니오에게 이렇게 말했습니다.

"내 생애에서 나는 너와 네 세대가 자신들의 것을 찾아가는 것과 같은 그런 흥분된 일을 겪어본 적이 한 번도 없단다. 네 세대의 생활 방식은 아주 현대적이기 때문에, 그 자유로움에 나는 약간 부러움을 느낄 정도야. 하지만 네가 이런 신나는 것들을 얻는 데에는 그만한 대가를 치러야만 하는 거야. 다른 사람들 역시 그들의 흥분과 자유를 가져야 하니까 말이야. 네가 그들을 얽매이게 만들 수는 없다. 그 일에 대해 공정하거나 불공정하다는 생각을 할 수는 없는 거야. 일단 네가 흥분을 하기 시작했다면, 그런 공정함과 불공정함에 대한 생각 따위는 치워버려야만 한다. 항상 분노를 억제할 수 있어야 한다. 이 세상은 함께 나누면서 살아가는 거야."

그런 식으로 우리는 어두워진 헛간의 양치류 식물들 옆에서 이야기를 나누었습니다. 많은 이야기를 하면서 나는 그 아이에게 어느 정도는 사실이고 또 어떤 것은 절반만 사실이라는 것을 말해 주기 위해서 생각을 정리했습니다.

마을 사람들은 그러는 동안에도 계속 길가를 지나다니고 있었습니다. 그들은 다른 집에서 나오는 불빛에 비친 그림자 같았습니다. 나는 그들 중 몇 명의 사람은 지금까지 벌어진 이 드라마를 듣고서, 국가 경찰관인 아들과 그의 아버지가 앉아서 작은 소녀와 시리아인에 대해 말하고 있는 것을 알게 되었을 거라고 생각했습니다. 마을 사람들이 다 알게 되면, 나도 말할 수 있을 것이라고 느끼게 되었지요.

하지만 그들은 이 사건의 내막을 별로 들여다보고 싶어하지 않는 것 같았습니다. 그들은 아무런 소란도 피우지 않으려는 듯이 그저 조용히 걸어다니기만 했습니다. 그들은 중병을 앓는 병자가 있는 집 앞을 지나가듯이 조심스럽게 지나갔습니다. 아무런 조롱도 하지 않았구요. 내가 전혀 알지 못하고 찾아볼 이유도 없었던 그런 사람들이었기에, 나는 그들이 조용하게 행동한 것에 대해 아주 고맙게 생각되었고 심지어 존경하는 마음까지 생겼습니다.

우리가 이야기를 하는 동안 안토니오는 피곤을 느꼈는지 점점 조용해졌습니다. 다만 이따금씩 침묵을 깨고 경찰직을 떠나야 한다고 말했습니다.

안토니오가 정말로 그렇게 할 것이라고 믿지는 않았지만, 그 아이의 슬픔은 심각한 것이었습니다. 안토니오는 이웃 사람들의 동정심 때문에 무언가 극적인 것을 보여주려 했던 것입니다. 나는 그것이야말로 가장 위험한 일이라고 느꼈습니다. 그래서 그 아이에게 말했습니다.

"항상 너를 위해 기도하겠다."

그 생각은 아주 단순하게 떠오른 것이었지만, 그렇게 말하자마자 그 말이 아주 적시에 나왔다는 생각이 들었습니다. 안토니오는 내가 외우고 있는 특별한 기도문을 알고 있었습니다.

안토니오가 이런 기도에 대해서 아는 것은 별로 없었지만, 그 아이는 이런 기도문들이 자기의 어머니에게 아주 중요하고 나도 역시 그것들을 진지하게 취급한다는 사실을 잘 알고 있었습니다.

나는 안토니오를 바라보면서 이렇게 말했습니다.

"내가 너를 위해 이 기도를 끝마칠 때까지는 어떤 것도 하지 않겠다고 약속해 주기를 바란다."

안토니오는 비록 아무 말도 하지 않았지만, 나는 그 아이가 제말에 동의한다는 것을 느낄 수 있었습니다. 그러자 마음을 무겁게 누르던 짐이 벗겨지는 듯한 홀가분한 느낌이 들었습니다.

마침내 마누엘 소르자노의 이야기가 끝났다. 그런데 소르자노가 의미하는 특별한 기도문이란 힌두어로 된 경전을 읽는 것이었다. 그것들은 산스크리트어로 된 것을 학자들이 노래로 만든 것이었다.

어린 바나나 나무가 있는 나지막하고 동양적인 장식을 한 제단 앞에 앉아 향기를 풍기는 송진을 태우면서, 그 불에 설탕과 버터를 녹이면서 기도하는 것으로 풍요와 희생을 나타내는 오래된 상징이었다. 나는 오래 전부터 그런 상징들을 잘 알고 있었다.

이런 기도를 위한 제단은 베네수엘라에서 준비할 수가 없는 것이었다. 마누엘 소르자노는 지금은 부르지 않는 이름을 사용하던 인생의 초기 시절을 보낸 트리니다드로 되돌아가야만 했다.

이런 기도를 드리고 난 다음에, 소르자노의 정신은 신선하고 깨끗하게 정돈되었다. 그리고 고기나 술을 먹지 않은 채 단지 기념품으로 라피아 바구니에 라임 피클과 망고 피클이 들은 항아리를 담고 병에 페퍼 소스를 넣고 경건한 힌두어 레코드를 가지고 돌아가고 있는 중이었다.

"나는 베네수엘라로 돌아가서 엄청난 소식을 접하지 않게 되기만을 고대하고 있습니다."

소르자노는 이렇게 말하면서 팔찌를 끼고 있는 손으로 자기의 가슴을 무겁게 두드렸다.

"내가 얻은 행운 때문에 지금 그 대가를 치르고 있다는 느낌이 얼마나 많이 드는지 이루 말할 수 없을 정도랍니다."

"당신이 염려하는 일은 절대로 벌어지지 않을 겁니다."

나는 소르자노를 위로하면서 말했다. 바람이 세차게 불고 있는 회색과 하얀색의 바다가 점점 가까워지고 있었다. 우리는 바다와 산 사이에 나 있는 평평한 땅에 좁은 띠처럼 기다란 활주로가 있는 것을 볼 수 있었다.

바닥이 깊게 패인 붉은 흙과 노란 흙더미를 치우는 기계들 그리고 작고 하얀색의 선이 많은 베네수엘라 국내선 비행기들과 여섯 대 정도의 커다란 국제선 비행기들이 기다란 터미널 건물 옆에 모여 있었다.

급속한 속도로 발전을 이룩한 베네수엘라의 카라카스에는 가장 호화로운 상업 중심지들이 있는데, 그곳에서는 셔츠 한 장이 일백 달러나 되기도 했다. 당시에는 뉴욕에서 50달러짜리 셔츠가 대단한 사치품이라고 여겨지는 시절이었다.

우리는 입국 수속을 밟는 줄에 서 있었다. 마누엘 소르자노는 베네수엘라 사람이었기 때문에 세관에서 손쉽게 통과할 수 있었다. 소르자노는 밖에서 나를 기다리고 있었는데, 길게 땋은 머리와 기념품으로 들고 온 라피아 가방이 다른 사람들의 시선을 끌었다.

내가 출입국 관리에게 다가가자, 그는 내 입국 허가서를 흔들면서 무슨 말을 하려고 했다. 그런데 다른 동료 한 명이 그를 불렀다. 그는 동료를 향해 대답을 한 다음, 나의 입국 서류에 무슨 글씨를 쓰더니 도장을 찍었다. 그리고 나서 나의 여권에도 도장을 찍고 내게 손을 흔들더니 책상에서 떠났다. 마누엘 소르자노가 턱을 치켜들면서 물었다.

"그가 당신 서류에다 무슨 글을 썼죠?"

나는 들고 있던 서류를 들여다보았다. 나는 내 직업란에다 아무런 기록도 하지 않았다. 당시는 작가들이 정부 당국의 의심을 받고 있던 시절이었다. 무장 게릴라들이 작가라는 말을 오용하고 있었기 때문이었다.

출입국 관리는 내가 제출한 서류의 직업란에 '행정부'라고 써 넣었다. 마누엘 소르자노는 이렇게 말해 주었다.

"이 나라가 왜 위대한 나라인지 아십니까? 그들은 당신이 자신을 표현하는 대로 당신을 취급한답니다. 당신이 자신을 존중하는 것만큼 당신을 존중하지요. 이 세상의 다른 어느 곳에서도 그렇게 하지 않습니다."

경찰관 한 사람이 우리를 물끄러미 쳐다보고 있었다. 마누엘 소르자노는 그 눈치를 차린 것 같았다. 그는 태도를 약간 바꾸더니 권위에 적응된 듯한 모습을 나타내었다.

소르자노는 경찰관을 바라보면서 그 제복을 잘 알고 있다는 듯한 친근함과 동시에 존경심을 표현하는 어깨짓을 보여 주었다. 세관에서 소르자노는 이렇게 덧붙였다.

"하지만 당신은 조심해야만 합니다. 여기에는 아직도 게릴라들이 많이 활동하고 있습니다. 안토니오는 두세 번 정도 그들과 총격전을 벌인 적이 있습니다. 안토니오의 동료 가운데 한 사람이 그의 신상기록 카드에 주지사라고 썼던 적이 있습니다. 아마도 그건 일부러 자랑을 하기 위해 그랬던 것 같습니다. 그런데 그 소문이 퍼지게 되자, 어느 화창한 날 아침에 게릴라들이 자동차를 몰고서 나타났습니다. 게릴라들은 일하러 가기 위해 버스를 타려는 순간 그 사람을 낚아챘습니다. 그 버스는 허리를 숙이고 타야 하는 소형 버스였습니다. 모두가 다급하게 움직이는 바쁜 시간이었고 자기 생각에만 골몰해 있었기 때문에 그 사실을 아무도 알아차리지 못했습니다. 게릴라들은 자기들이 잡아온 사람의 배후에 몸값을 지불할 만한 커다란 회사가 존재하지 않는다는 사실을 알게 되자, 그만 그를 사살하고 말았습니다. 이 나라에서는 자기 자신을 스스로 돌보는 방법을 알고 있어야만 합니다."

제**8**장

황량한 멕시코 만에서 : 기록되지 않은 이야기

제8장
황량한 멕시코 만에서 :
기록되지 않은 이야기

지난 시절에 나는 멕시코 만을 배경으로 한 연극이나 영화를 제작하려고 생각했던 적이 있었다. 아마도 연극보다는 영화에 더욱 마음이 끌렸을 것이다. 그 작품은 모두 삼부작으로 이루어져 있었다. 1498년의 콜럼버스와 1618년의 로리 경, 1806년 베네수엘라의 혁명가였던 프란시스코 미란다가 그 중심 인물들이었다. 고뇌하는 세 명의 인물들은 저마다 신세계에 대한 원대한 꿈을 품고 잠시나마 그 꿈을 성취하며 화려한 전성기를 누리기도 했지만, 결국에는 황량한 멕시코 만에서 종말을 맞이했던 것이다. 각각의 독립된 세 이야기들은 등장 인물들도 다르고 의상도 다르지만, 그 속에 나오는 일화들은 서로 연관을 맺으며 전개되었다.

1618년, 늙고 병이 든 로리 경은 황량한 멕시코 만에 머물며, 한 번도 가 본 적이 없고 자신조차 모든 희망을 포기해버린 금광으로부터 소식이 도착하기만을 기다리고 있었다. 이러한 그의 처지는 1498년의 콜럼버스와 비슷했다.

그 당시에 콜럼버스는 자신의 일기에 날로 나빠지는 시력과 건강 그리고 계속되는 불운에 대해 불평을 적어 놓았다. 그리고 그를 후원해주던 군주들에게 자비를 베풀어 달라고 간청하고 있었다.

콜럼버스는 신기하게도 단물과 짠물이 서로 뒤섞여 흐르는 멕시코 만의 해안선을 따라 항해하면서, 그 자신이 '트리니티'와 '은혜의 땅'이라고 이름을 붙여준 섬(사실은 남아메리카 대륙이었다.) 들 사이를 지나는 중이었다.

그는 순간적인 기분에 따라 어떤 곳에는 '기도하는 사람들'이라는 이름을 붙여 주기도 하고 자신이 보았던 경이로운 광경에 대해 허풍을 떨기도 했다. 그러나 신세계에 대한 원대한 꿈은 거의 잃어버린 상태였다.

그는 자신이 하이티 섬에 세우고 떠나온 작은 스페인 식민지에서 무언가 상당히 불길한 일이 벌어지고 있다는 사실을 알게 되었다. 결국 세번째 여행의 마지막에는 사슬에 묶인 채, 스페인으로 돌아가는 신세가 되었다. 그것은 더 이상 기다릴 것이 없게 된 로리 경이 마침내 런던 탑으로 끌려가 처형되는 것과 같은 상황이었다.

이런 식의 광기와 자기 기만(끝내는 굴복으로 이어지는)은 볼리바보다 앞서 태어났던 베네수엘라 혁명가, 프란시스코 미란다의 말년에도 역시 마찬가지였다. 미란다는 콜럼버스나 로리 경처럼 잘 알려진 사람은 아니었다. 그의 경력은 참으로 전설적이며 독특한 것이었지만, 후에 언급하게 될 어떤 이유로 인하여 역사적인 신화를 잃어버리고 말았던 것이다. 이 시점에서 그에 대한 이야기를 정리할 필요가 있다.

1806년에 미란다는 쉰여섯 살이었다. 그는 지난 35년 동안이나 고국 베네수엘라를 떠나 이리저리 떠도는 몸이었다. 20년이 넘는 그 세월 동안에 미란다는 미국과 영국, 프랑스 등지를 돌며, 스페인계 미국인들의 자유를 끈질기게 부르짖었다.

직업적인 면에서 보면 그는 스페인 군대의 탈영병이었다. 그것은 미란다가 베네수엘라에 남아 있는 그의 부유한 가족과는 절연한 채, 자신의 기지만으로 먹고 살아왔다는 것을 의미했다. 남아메리카 혁명(그는 그 혁명에서 숨은 지도자로 인정받았다.)은 그에게 남은 유일한 자산이었다.

1805년에 그는 몹시 곤란한 지경에 이르렀다. 만약 나폴레옹의 프랑스 혁명 군대가 남아메리카 대륙을 침공한다면, 그가 이끌어야 할 혁명이 더 이상 필요없게 될 것이기 때문이다. 몹시 초조한 심정이 된 미란다는 영국을 떠나서 미국으로 건너갔다. 그리고 혁명을 위해 자신의 모든 것을 기꺼이 투자하려는 한 상인으로부터 자금을 얻은 후에, 작은 배 한 척을 구입하고 이백여 명의 용병을 모아 남아메리카로 진격했다.

그것은 남쪽으로 향하는 참으로 길고 지루한 여행이었다. 미란다는 선장과 말타툼을 벌였고, 그의 용병들과도 불화를 일으켰다. 결국 그의 침공 작전은 불행한 참사로 끝났다. 불과 40분 정도의 전투 끝에, 한 척의 스페인 배가 쉰여덟 명의 침략자들을 육지에 상륙시킬 예정이었던 두 척의 비무장 범선을 가로막고 꼼짝할 수 없도록 만들었던 것이다.

미란다가 진짜 전투를 경험한 것은 이미 25년 전의 일이었고, 그 이후로는 단 한 번도 없었다. 기수를 돌려서 황급히 도망치던 그는 바르바도스와 트리니다드에 있던 영국의 세력가들에 의해서 구조되었다. 오랫동안 보수를 받지 못해서 사나워진 그의 미국인 용병들도 치료를 받았다.

그는 트리니다드에서 더 많은 사람들을 모집하여 새로운 침공을 시도했다. 콜럼버스나 로리 경처럼 그도 역사적인 감각을 갖고 있었던 것 같다. 그는 다음과 같이 선언했다.

"콜럼버스가 발견하고 그로 인하여 유명해진 이 멕시코 만은 이제 우리의 용감한 행위와 우리의 전투를 증언하게 될 것이다."

그는 영국 해군의 은밀한 도움을 받아 아무런 저항을 받지 않고 베네수엘라에 상륙하게 되자, 또 다른 선언들을 하였다. 그리고 지방 관리들에게 스페인 권력자들과의 동맹을 포기하지 않는다면 그의 적이 될 수밖에 없을 것이라고 경고했다. 혁명에 대한 그의 생각은 그처럼 단순한 것이었다. 아무도 그의 편에 가담하지 않았고 오히려 많은 사람들이 그에게서 멀어졌다.

애초부터 미란다는 적에게 사로잡힌 쉰여덟 명의 용병들을 위해 몸값을 지불하거나 구출할 계획을 세운다거나 아니면 흥정이라도 해 보려는 시도조차 하지 않았다. 그들 중에 십여 명은 이미 교수형을 당하거나 사지가 찢기고 머리에 못이 박혀 죽었다. 그들의 시신은 여러 사람들 앞에서 공개적으로 불태워졌고, 나머지 사람들도 모두가 참혹하고 무시무시한 감옥에 갇혀 있었다.

그러나 미란다는 그들에 대해서 단 한 마디 언급도 하지 않았고 어떤 유감의 뜻도 표현하지 않았다. 그는 그들을 단순히 돈을 주고 산 노예나 천박한 도박가들로 여길 뿐이었다. 만약 그의 작전이 성공했다면 그들은 많은 전리품을 얻었겠지만, 그렇지 못했기 때문에 목숨을 잃고 말았다고 생각했다. 결국 그들에게 빚진 것이라고는 아무것도 없는 셈이었다.

그는 내륙으로 진격을 계속할 만큼 강인하거나 노련하지도 혹은 신념이 투철하지도 못했다. 십여 일 후에 그는 다시 배에 올랐다. 그리고 베네수엘라 해안에서 조금 떨어진 곳에서 주저하며 막연히 기다리기만 했다. 공식적으로 아무런 명령을 받은 적이 없었던 영국 해군의 지원부대도 물러갔다. 마침내 미란다는 트리니다드로 돌아가는 수밖에 없었다. 이 사건이 있은 후, 한 해 동안 미란다는 줄곧 트리니다드에 머무르면서 마치 유배된 사람처럼 지냈다.

9년 전까지만 해도 트리니다드는 베네수엘라와 스페인 제국의 일부에 지나지 않았다. 그러나 지금은 영국 영토였다. 섬의 대부분은 숲으로 이루어져 있었는데, 사람이 살고 있지는 않았다. 토착 원주민들도 더 이상 찾아보기가 어려울 지경이었다.

지금부터 20년 전에 스페인 사람들은 큐무큐라포라는 오래된 원주민들의 해안 정착지에 곧게 뻗은 도로가 규칙적으로 교차하는 스페인식의 작은 도시를 건설했다. 광장에서 조금 떨어진 곳은 대부분 거주지역으로 계획되었는데, 그 당시에 그곳은 아무것도 없는 황량한 벌판이었다.

미완성 도시의 오른쪽 경계선을 따라 언덕을 돌아가면 삼면이 숲으로 된 지역이 나왔다. 이곳에는 도시보다 늦게 만들어진 새로운 노예 대농장들이 있었다. 농장은 토착민들이 다 사라진 후에도 이백여 년 동안이나 관목숲으로 남아 있던 땅 위에 세워졌다.

대농장주들은 하이티어나 불어를 말하는 다른 섬에서 이 섬의 북쪽으로 건너온 망명자들이었다. 그들 모두가 백인들은 아니었다. 그들 중에는 뮬레토들과 흑인들도 많았는데, 니그로라고 부르지는 않았고 당시의 계급을 나타내는 말로 '유색의 자유민'이라고 불렀다. 트리니다드에는 노예들이 특별히 많았다. 사람들은 아프리카에서 막 수입된 이들을 '신 니그로'라고 했다.

이제 그 섬은 이런 대농장에 의존해서 살아가는 실정이었다. 농장을 떠나서는 아무도 살아갈 수 없었다. 여행도 통제되어 있었기 때문에, 자유롭게 떠돌아다니는 사람이나 거주가 일정하지 않은 방랑자는 전혀 없었다. 미란다와 같이 활동적인 도시 사람이 있을 만한 곳은 아니었다.

영국 정부의 관대한 처사로 인해 미란다는 섬의 개발을 도우면서 한동안 그곳에 머물렀다. 그러나 자신이 마치 유배당한 죄수처럼 느껴졌기 때문에 견딜 수가 없었다. 결국 그는 한때 자신의 고국이었던 이곳을 떠나 집과 가족들이 있는 런던으로 돌아갈 것을 고려하게 되었다.

오랫동안 할 일 없이 지내던 그는 마침내 영국으로 돌아왔다. 이리하여 그의 파란만장한 이야기는 지난날 자신의 고국이었던 작은 섬을 탈출하는 것으로 끝을 맺는 듯싶었다. 사실 그것만으로도 충분한 화젯거리가 되었을 것이다. 그러나 미란다는 그대로 사라져버

릴 운명이 아니었다. 그는 너무나 오랫동안 정치 활동을 벌이며 명
성을 떨치고 온갖 말을 떠벌린 사람이었던 것이다. 결국 또 다른 운
명이 그를 기다리고 있었다.

영국으로 돌아간 지 3년이 지난 뒤에, 베네수엘라에서는 볼리바
와 다른 사람들이 주도하는 진짜 혁명이 일어났다. 그들은 런던에
있는 미란다를 불러냈다. 그가 필요하다고 생각했기 때문이다. 사
실 그 당시에 미란다는 가장 유명한 스페인계 아메리카인이었다.

혁명가들은 미란다의 군사 기술이 유용하게 쓰일 것이라고 믿었
다. 심지어 남아메리카 사람들 사이에서는 군사 문제에 있어서 만
큼은 미란다가 나폴레옹 다음이라는 말이 나돌 정도였다. 그가 11
년 동안이나 스페인과 북아프리카 그리고 서인도 제도에서 스페인
군대를 지휘한 것은 사실이었다. 탈영해서 미국으로 가기 전까지는
연대장이었다.

프랑스로 건너간 미란다는 미국의 독립 전쟁에서 장군으로 활동
했다고 허풍을 떨었다. 그리하여 몇 달 동안 프랑스 혁명 군대의 장
군으로 일하게 되었으나, 결국 그는 무능력으로 인해서 체포되고
말았다. 그러나 3년 전까지만 해도 패배와 불명예 속에서 무료하게
하루 하루를 지냈던 미란다에게 전혀 예상하지 못했던 완벽한 승리
가 기다리고 있었다.

그는 이미 혁명을 위한 모든 준비가 이루어진 베네수엘라에 도착
해서(20년 전에 그가 예언했던 그대로였다.) 지도자와 영웅으로
대대적인 환영을 받았다. 한동안 모든 일들이 잘 되어나가는 것처
럼 보였다. 베네수엘라의 혁명은 성공적이었고 미란다는 이 혁명의
승리를 확실히 보장해준 사람으로 받들어졌다.

하지만 그가 참가한 전투마다 많은 사람들이 피를 흘렸으며, 그
것은 시민의 자유를 부르짖는 혁명가가 얼마나 잔인하고 독단적일
수 있는지를 단적으로 보여주었다. 그의 이러한 잔인성 때문에 사
람들은 차츰 혁명에 대해 의문을 갖기 시작했다.

미란다는 스물한 살에 베네수엘라를 떠나서 1811년까지 거의 사십여 년을 해외에서 보냈다. 그 동안 그는 여러 번이나 변신을 시도했었다. 미국인들 사이에서는 자유를 사랑하는 민주주의자가 되었고 프랑스에서는 혁명가, 위대한 캐서린 시대의 러시아 귀족들 사이에서는 멕시코 귀족과 공작으로, 영국에 망명하고 있을 동안에는 영국 제조업자들에게 남아메리카 대륙 전체를 개방할 수 있는 세력가로 자처했다.

미란다를 통해서 18세기 후반의 유럽 사상가들은 베네수엘라와 남아메리카에 대해 환상을 가지게 되었다. 즉 대륙에 사는 사람들은 최상의 것을 누릴 자격이 있을 뿐만 아니라, 백인들이나 원주민들 모두 플라톤의 공화국을 이룰 수 있는 국민이라는 것이었다. 이런 환상은 좀더 발전하면서 백인이나 원주민 모두가 잉카제국(당시 철학자들이 순수하고 고상한 사람들로 여겼던)의 일원이 될 수 있다고 생각했다.

그러나 미란다가 실제로 알고 있는 베네수엘라는 전혀 그런 곳이 아니었다. 오히려 그가 3년 전에 운이 좋게도 도망칠 수 있었던 트리니다드와 유사한 곳이었다. 베네수엘라는 노예를 이용하는 대농장들이 들어서 있는 신대륙의 식민지에 불과했다. 온 나라 안이 그런 식으로 분할되어 있었다. 스페인에서 파견한 스페인 관리들이 가장 높은 지위에 있었고, 그 다음으로 크레올 스페인계의 귀족들이 있었다. 그 밑으로는 귀족이 아닌 크레올 스페인 사람들이 있었고, 그 다음이 뮬레토들이었다. 그보다도 더 낮은 계층이 대농장에서 일하는 흑인들이었고 가장 미천한 계급이 토착 원주민들이었다. 사실 이러한 계급 사회는 강력한 외부의 권위에 의해서만 유지될 수 있었다. 만약 외부적인 권위가 사라지게 되면 주민들은 자기들이 몰락하고 있다고 느끼기 시작할 것이다. 이곳에서 한 집단이 누리는 자유란 다른 집단에 대한 지배와 압제를 의미했다.

결국 베네수엘라의 혁명이 더 진행될수록, 나라 안의 인종적이며 계급적인 분할은 깊어만 갔다. 또한 온갖 종류의 공포와 질투심이 만연했다. 그러자 혁명은 실패하기 시작했다. 그 나라의 평범한 사람들은 다른 편, 즉 오랜 권위를 지닌 편, 그들이 익히 알고 있는 법률과 종교와 존경심을 지닌 편으로 쏠리기 시작했다.

미란다는 노예들에게 혁명군의 편에 가담하라고 호소했다. 그러나 그들은 그의 말을 듣지 않았다. 혁명가들이 다스리는 지역은 점점 줄어들고 있었고, 발로벤토의 노예들은 반란을 일으켜서 수도인 카라카스를 함락하기 직전이었다. 그러자 자신들의 혁명을 이끌어 달라고 런던에 있는 미란다를 불러왔던 그 사람들이 이번에는 평화를 거래하기 위해서, 혹은 약간의 시간을 벌기 위해 그를 스페인 사람들에게 넘겨 주기로 결정했다. 그러던 어느 날 밤에 혁명군은 미란다를 깨워서 해안가 요새에 있는 지하 감옥으로 데리고 갔다.

그곳이 바로 미란다가 종말을 맞이하게 될 장소였다. 그는 30년 전에 부대를 탈영한 이후부터 이러한 운명을 두려워하고 있었다. 그 두려움은 혁명가인 그의 생애 동안 줄곧 따라다녔다.

스페인 장교로 일한 적이 있었던 미란다는 스페인 감옥이 어떤 곳인지 잘 알고 있었기 때문에 두려움이 한층 더 컸다. 특히 그는 스페인 형벌에서 나타나는 합법적이면서도 종교적인 잔혹함과 보복을 두려워하고 있었는데, 그것은 오직 그런 형벌을 직접 시행해 본 사람만이 느낄 수 있는 것이었다. 최근에 있었던 베네수엘라 전쟁에서 그는 사람들을 교수형에 처하면서 그들의 머리에 못을 박은 적이 있었다.

그 당시에 미란다는 예순두 살이었다. 그리고 그 후에도 4년을 더 살았다. 그는 그 세월을 감옥에서 보냈던 것이다. 어떤 때에는 쇠사슬에 매여 있기도 했다. 아마도 런던에 있는 가족들을 두 번 다시 보지 못할 것이다.

그는 베네수엘라 감옥에서 푸에르토리코 감옥으로 그리고 카디즈 지하 감옥으로 이송되었다. 카디즈 감옥은 대단히 악명높은 곳이었다. 그러나 그를 존중하며 잘 대해 주었던 푸에르토리코 감옥의 총사령관으로부터 카디즈로 옮기라는 명령이 떨어졌다는 말을 전해듣자, 미란다는 총사령관을 껴안으면서 오히려 감사하다고 말했다.

마침내 그는 30년 동안이나 지녀온 온갖 환상들에서 벗어나게 되어서 차라리 만족해 하는 것 같았다. 그것은 미시시피 강의 근원(강의 서쪽에 있는 모든 땅)에서부터 뻗어나와 콜롬비아에 이르는 광대한 스페인 아메리카 공화국에 대한 환상이며, 플라톤 공화국에 걸맞는 잉카족에 대한 환상이고 터무니없는 개인적인 권위에 대한 꿈(콜럼버스의 신세계에 대한 이상이나 로리 경의 생각처럼)이었다.

성인이 된 이후로 미란다의 생애에서 특기할 만한 것은 그의 서류들이었다. 그는 자신이 중요하다고 생각하는 모든 것들을 보관했다. 심지어 초청장까지도 빠짐없이 보관했다. 이 일은 그가 처음으로 여행을 하기 시작하면서부터 시작되었다. 미란다는 더 넓은 세계로 진출하기 시작한 초기 남아메리카 사람들 중의 하나였다. 나중에는 역사와 개인적인 운명에 대한 감각에서 서류들을 간직하게 된 것 같다. 미란다가 역사상 잘 알려지지 않았던 것은, 그가 성취한 것이 별로 없어서가 아니라 남아메리카 혁명이 그보다 앞서 일어났던 다른 세 개의 위대한 혁명, 즉 미국과 프랑스와 하이티에서의 혁명만큼 보편적인 호소력이 없었기 때문이었다.

미란다는 동지로부터 배반당하던 바로 그날, 자신이 소중하게 간직해온 서류들과도 헤어질 수밖에 없었다. 2년 전에 영국에서부터 가져온 그 서류들은 겉장마다 가죽을 대었고 63권이나 되는 방대한 양이었다. 그 후로 1세기 이상이나 그 서류들은 잊혀져 버렸다.

마침내 그것이 다시 발견되었을 때에는 이미 남아메리카의 혁명은 쇠퇴해버렸고 그에 대한 역사도 폼페이에서 발굴된 시체들처럼 굳은 상태였다. 그리고 미란다가 있어야 할 자리는 공백으로 남아 있었다.

베네수엘라인들에게 미란다는 볼리바보다 앞서 혁명을 추구했던 선구자였다. 처음으로 미란다에 대한 글을 읽고 그의 서류들을 보았을 때, 나 역시 나름대로 그를 선각자로 여기지 않을 수 없었다.

그는 고향에 그대로 안주하지 않았을 뿐만 아니라, 식민지의 모순을 깨닫고 넓은 세상으로 뻗어 나가려고 했던 초기 식민지 시대의 인물이었다. 또한 밖으로 나와서 떠도는 시절을 보내는 동안 자기 자신을 철저하게 개혁했던 사람이었다. 그래서 그는 젊은 시절의 나에게 많은 자극과 격려가 된 인물이었고 내가 알고 있었던 다른 사람들에게도 커다란 자극을 주었다.

그러나 이제 와서 내가 느끼는 것은, 한 조상에 대한 개인적인 생각 때문에 명백한 사실들을 너무나도 많이 간과해 버렸다는 점이다. 식민지의 모순에 대한 그의 인식이나 그의 정치적인 주장들 속에는 쉽게 부정할 수 없는 무언가가 담겨져 있었다. 또한 미란다는 고향을 떠난 후로도 자신감을 잃지 않고 살아간 사람이었다. 어쩌면 그것은 차라리 쉬운 일이었는지도 모른다.

그는 외부 사람들이 처음으로 만나본 남아메리카 출신의 사람이었다. 그러므로 자기가 어떤 사람이며 자기의 출신 지역이 어떠한 곳인지에 대해서 무슨 말이든 마음 내키는 대로 할 수 있다는 것을 발견했다. 예를 들어서 미란다는 멕시코의 문학에 대해 토론을 벌이면서 예일 대학의 총장에게 자신이 멕시코 대학에서 법률을 공부했었노라고 큰 소리를 친 적도 있었다.

이 사람이 바로 우리가 1806년 멕시코 만의 해안에서 보게 될 사람이었다. 그 당시에 미란다는 남아메리카를 떠난 지 35년이나 지났고 중년의 후반기에 들어서 있었다. 우리가 프란시스코 미란다라고 하는 이 사람을 좀 더 이해하기 위해서는 과거로 거슬러 올라갈 필요가 있다.

그는 1750년 카라카스에서 태어났다. 그의 아버지는 카나리아섬 출신으로 옷감을 취급하는 상인이었다. 이것은 그가 스페인 본토에서 건너온 스페인 사람이거나 혹은 크레올어를 사용하는 스페인 귀족 사회의 일원이 아니라는 사실을 의미했다.

그의 부친은 엄청난 부자였다. 자기 아들을 스페인 군대에 보내기 위해 지휘관에게 8천 페소라고 하는 엄청난 금액을 뇌물로 바칠 정도로 경제적으로 넉넉했던 것이다. 또한 카스틸인으로서 7대에 걸쳐 순수한 혈통과 고결한 신분을 보존해오고 있다는 사실을 입증하고 동시에, 미란다 가문의 족보를 마련하기 위해서 스페인에서 공증을 얻어낼 정도로 부유했다.

젊은 미란다는 스페인 군대에 입대하기 위해 1771년에 스페인으로 떠났다. 스페인에 도착한 미란다는 거리의 활기찬 모습과 다양한 술 그리고 화려한 창녀들을 보자, 그만 넋을 잃고 말았다. 그리고 자신이 본 모든 것들을 기록으로 남겼다.

스페인에서 쓸 경비를 충당하기 위해서(아마도 이것은 상인이었던 그의 아버지의 생각이었을 것이다.) 그는 450파운드의 코코아콩을 가지고 왔다. 그것들은 카라카스 북부 계곡에 있는 대농장에서 노예들에 의해 재배된 것이었다.

그 코코아들은 150페소에 팔렸다. 미란다는 이 돈을 실크 손수건 한 장과 실크 우산 하나를 사는 데 몽땅 쓰고 말았다. 이것은 대도시 생활의 낭비벽을 단적으로 보여주는 일이었다. 그러나 이것들은 그가 스페인에 도착해서 구입해야 할 값비싼 물건들을 적은 긴 목록 속에 포함되어 있는 단 두 항목에 불과했다.

한 해가 지난 후에야, 그는 비로소 입대를 허락받았다. 그러는 동안에도 줄곧 미란다는 사람들과 말다툼을 벌이면서 지냈다. 이것은 모두 그의 성격 탓이었다. 그는 너무나 독단적이었고(그것은 베네수엘라인과 카나리섬 사람의 특성이었을 것이다.) 그런 성격 탓에 쉽사리 무시당하곤 했다.

하지만 세월이 흐른 후 미란다는 북아프리카에서 근무하게 되었다. 차츰 부대 생활에 적응하면서(하지만 그렇게 되기까지 미란다는 명령 불복종으로 두 번이나 감옥에 갇힌 적이 있었다.) 독단적인 그의 성격은 다른 모습으로 변하기 시작했다.

어느 날 행진을 하다가 그는 칼로 한 군인의 머리를 쳐서 그의 귀에 상처를 입혔다. 그리고 그를 지하 감옥으로 끌고 가서 옷을 벗기고 심지어 때리기까지 하였다. 또한 그는 부대의 자금을 훔치기도 했다. 사실 그런 행동은 돈을 주고 입대 허가서를 받아낸 장교들 사이에서는 일상적인 일이었다.

그들은 여러 방법을 통해 그 돈을 다시 채워넣곤 했다. 그는 항상 군대에서 불만을 늘어놓거나 태만하고 게으른 임무 수행으로 많은 비난을 받았고, 그럴 때마다 온갖 구차한 변명들로 위기를 모면하곤 했다. 미란다의 군대 생활의 대부분은 이런 식이었다.

그런 와중에 미국의 독립 전쟁이 일어났다. 미국에 무척 가고 싶어하던 미란다는 결국 그 전쟁에 참가하였다. 그는 펜사콜라를 포위하고 공격하던 스페인 군대와 함께 있었다. 수적으로 우세했던 영국 군대가 항복한 이후에, 미란다는 몇 가지 물건을 샀다. 특히 세 명의 흑인 노예들과 상당수의 값진 책들을 구입했다.

그는 두 주일 동안 머무르면서 한꺼번에 그 노예들을 모두 사들였다. 그리고 서류 사이에 세 장의 영수증을 보관하였다. 그 영수증들은 그의 지위에 대한 증거물이었다. 또한 한 영국인 포로가 브라운이라고 불리는 한 흑인을 그에게 선물로 주었다고 했다.

스페인의 군수 물자선에 실려 쿠바나 혹은 다른 스페인 영토로 밀수입된 이 네 명의 노예들은 상당히 좋은 값으로 팔렸다. 미국 전쟁에 참가한 스페인 장교들은 이렇게 부정한 방법을 통해 많은 수입을 올렸다.

마침내 더욱 엄청난 이익을 얻을 수 있는 기회가 찾아왔다. 쿠바의 총독이 음모를 꾸민 것이다. 미란다는 육군 대령으로 발령이 난 이후에 영국령 섬이었던 자메이카로 가서 영국 죄수들과 스페인 죄수들을 교환하라는 임무를 수행할 예정이었다. 그것이 미란다에게 내려진 임무였다.

하지만 미란다는 영국의 고위층을 매수한 후에 자메이카에서 배 두 척을 구입했다. 그리고 그 배에 흑인들과 영국 도자기와 린네르를 잔뜩 싣고 쿠바로 떠나기로 결정했다. 그곳에서 배를 포함해서 (비록 돛대가 부러지기는 했지만) 가지고 간 모든 것들을 팔아버릴 작정이었다.

미란다는 자메이카에서 구입한 귀중한 책을 비롯하여 자신의 물건을 모두 가지고 바타나보 항구에 내렸다. 밀수품을 실은 선박은 항로를 빙 돌아서 하바나로 갈 예정이었다. 이제 미란다는 혼자서 모든 위험을 감수해야만 했다. 막상 이 계획을 세우고 지시한 쿠바의 총독은 손 하나 까딱하지 않아도 되었다.

그러나 이렇게 엄청난 부정을 끝까지 감출 수는 없는 일이었다. 그 사실을 미리 알고 분개하는 몇 명의 스페인 장교들이 있었다. 결국 세 대의 수레에 여섯 꾸러미의 짐을 싣고 바타나보를 떠날 예정이던 미란다는 출발 직전에 세무국 관리들에게 체포되었다. 그들은 일부러 미란다를 더욱 엄격하게 다루었다. 그가 입고 있는 제복이나 장교 신분증도 아무런 소용이 없었다.

미란다는 항상 그랬던 것처럼 교묘한 변명을 늘어놓았지만 이번에는 전혀 도움이 되지 않았다. 세무국 관리들은 무자비하게 화물을 검사했으며, 총독마저도 책임을 회피했다. 열두 달이나 걸린 이 사건은 결국 스페인 국왕의 손으로 올라가게 되었다.

결국 좋지 못한 소식이 쿠바로 되돌아올 것을 예감한 미란다는 판결을 기다리지 않고 도망치기로 결심했다. 총독의 도움을 받아 그는 한 미국 선박에 올라탈 수 있었다. 그리고 그대로 미국으로 흘러 들어갔다. 그것은 참으로 현명한 선택이었다. 6개월 후에 발표된 스페인 국왕의 판결은 미란다의 장교 허가증을 빼앗고 북아프리카에 있는 오란에서 10년 동안 수비대 근무를 하라는 것이었다.

국왕의 판결이 쿠바로 전해졌을 즈음에, 미란다는 미국에서 그 지역의 고위층들과 교제를 하며 친분을 나누고 있었다. 그것은 함께 음모를 꾸몄던 쿠바 총독이 배려를 해 주었던 덕분이었다.

그는 미란다를 추천하는 편지 한 장을 미국에 주재하는 스페인 공사에게 보내 주었다. 총독의 편지를 받은 스페인 공사는 부지런히 유명한 사람들에게 미란다를 소개해 주었다.

그의 생애에서 처음으로 미란다는 자신이 남아메리카인이자 교양을 갖춘 지식인으로, 또한 당당한 권리를 가진 자유인으로 다른 사람들의 관심의 대상이 되고 있음을 느꼈다. 1783년 미국에서는 카나리섬에 사는 사람들에 대해서 혹은 베네수엘라 크레올이 무엇인지 알고 있는 사람이 아무도 없었다. 더구나 미란다에게는 사교적인 술수를 쓰는 교묘한 재능이 있었다. 그는 마치 이 순간을 위해서 지금까지 자신을 훈련하고 있었던 것 같았다.

어떤 모임에서 미란다는 월프 장군이야말로 자신이 모범으로 삼았던 군인이라고 말했다. 우연하게도 이 말을 들었던 사람은 월프 장군의 친구들을 잘 알고 있었다. 그러므로 미란다를 고위 관직의 장교들에게 소개해 주었다. 아마도 자신의 말 한 마디가 이런 결과를 낳은 것에 대해 미란다만큼 놀란 사람은 없었을 것이다. 소개를 받은 장군의 친구들은 또 다른 고위층 사람들에게 미란다를 소개했다. 그렇게 해서 거의 한 해 반이라는 시간이 흘렀다.

어느 순간인가 미란다는 스페인에도 미국 방식의 자유가 반드시 필요하다는 생각을 갖기 시작했다. 그 뒤로부터 이것은 그의 주된 관심사이자, 그가 계속해서 내세우는 대의 명분이 되었다. 이런 생각은 미란다의 권위를 더욱 높여 주었다. 그러므로 미란다가 사실은 스페인 군대에서 탈영한 사람이라는 말이 나왔을 때에도, 그의 평판에는 아무런 해가 되지 않았다.

미국을 떠나서 영국으로 건너갈 때, 미란다의 손에는 화이트홀에 있는 재무장관에게 보내는 소개장이 들려져 있었다. 그는 아주 재빠르게 움직였다. 18개월 전만 해도 그는 하바나 식민지의 밀수업자이자 탈영병 신세에 불과했었다. 그러나 지금은 모든 남아메리카인들의 자유를 위해서 일하는 일종의 협상가로서 런던을 찾아온 것이다.

그리고 20년이라는 세월이 흐르자, 베네수엘라인들은 식민지적인 자부심과 허영심으로 미란다가 미국에서 보낸 시간에 대해서 더 많은 주석을 덧붙이게 되었다. 베네수엘라인들은 미란다를 미국 독립 전쟁에서 라파예트나 워싱턴 같은 유명한 장군들과 어깨를 나란히 하고 싸운 전사로 만들었던 것이다.

미란다의 여행은 해마다 계속되었다. 방랑은 그의 특징처럼 되어 버렸다. 장래의 해방자인 그에게는 언제나 기꺼이 자금을 대주는 사람들이 끊이지 않았다. 정력가였던 그는 가정부나 하녀 그리고 창녀들과도 지칠 줄 모르는 육체 관계를 맺었다. 하인들과는 항상 싸움이 그치지 않았다. 그들은 종종 미란다의 부정이나 나약한 성격을 눈치채는 듯했고, 그도 역시 베네수엘라인 특유의 식민주의자적인 권위주의로 하인들을 협박하면서 때리곤 했다.

그러나 고위층과의 교제에 있어서는 소개에 소개가 이어지면서 날로 범위가 넓어졌다. 집에서 멀리 떨어지면 떨어질수록, 사람들과의 교제는 더욱 쉽게 이루어졌다.

러시아에서 그는 다시 육군 대령이자, 멕시코 귀족이면서 백작이 되었다. 캐서린 대제는 만약 그가 스페인 사람들의 손에 넘겨지면 심한 문초를 받게 되지나 않을까 염려할 정도로 미란다를 아꼈다. 한 번은 그가 대제에게 스페인 대사가 그의 육군 대령의 자격을 놓고 시비를 건다고 말하자, 대제는 즉시 미란다를 러시아 군대의 육군 대령으로 삼았다. 그리고 그에게 하사금을 내리면서 유럽에 있는 러시아 대사관들은 항상 그에게 개방되어 있다고 말해 주었다.

이제 그의 명성은 걷잡을 수 없이 커졌다. 그가 저지른 사소한 잘

못이나 실패들은 문제가 되지 않았다. 영국으로 되돌아간 미란다는 영국 정부와 중대한 협상을 하게 되었다. 그 협상은 여러 해를 끌었지만 결국 아무런 결론도 끌어내지 못했다.

하지만 프랑스로 건너가자, 프랑스인들은 미란다를 프랑스 혁명 군대의 장군으로 삼았다. 이 일은 결국 마스트리히 포위에서 엄청난 참패를 당하고, 미란다는 투옥 중에 재판을 받게 되는 것으로 끝났다.

그러나 이러한 실패도 영국에서의 그의 명성에는 아무런 해가 되지 않았다. 사실 그는 합법적인 방법으로 풀려나서 다시 장군의 직위에 올랐다. 그 후 그가 쉰다섯 살이 될 때까지, 남아메리카를 침공 혹은 해방시키려는 영국의 계획은 미란다 장군을 중심으로 전개되었다가 취소되고, 다시 전개되는 일이 되풀이되었다. 한 번은 신대륙을 정복하기 위해서 인도에서 1만 명이나 되는 군대를 데려오려는 무모한 계획을 세운 적도 있었다.

이렇게 오랜 기다림과 실망이 계속되는 기간 중에도, 미란다의 명성은 약해지지 않았다. 그는 점점 더 성장하고 있었다. 그리고 더 많은 것을 배우게 되었다. 세상에 대한 지식과 다양한 경험 그리고 유명한 사람들과의 친분 등은 그를 20년 전의 밀수선 선장이었던 과거와는 완전히 다른 사람처럼 보이도록 만들었다.

혁명의 날을 기다리는 동안에도, 그는 정부의 지도자로 행세했다. 처음에는 미란다도 거듭 약속을 파기하며 그를 애타게 만드는 영국의 수상들에 대해서 도덕주의자처럼 말했을 것이다. 그러나 이제 그는 모든 사람들이 서로 이해 관계로 뒤얽혀 있다는 사실을 알게 되었고, 자신이 무엇을 제공해야 하는지도 이해하게 되었다.

만약 미란다를 앞세우지 않고 영국이 남아메리카를 침공한다면, 현지 사람들의 심한 저항을 받게 될 것이 분명했다. 그러므로 영국으로서는 미란다와 같은 인물이 필요했던 것이다. 그가 단지 한 척의 배를 몰고 침공을 감행했던 것은, 오직 노년에 이르러 더 이상 아무런 역할을 할 수 없게 되고 런던에서 쓸모가 없게 된 자신을 발견하게 되지나 않을까 두려웠기 때문이었다.

　첫번째 침공이 실패한 후에 미란다는 종적을 감추었다. 그러다가 1806년이 되었을 때, 멕시코 만에 다시 나타났다. 그는 마땅히 다른 사람들의 조롱거리가 되어야만 했지만, 사정은 그렇지 않았다.
　곧이어 새로운 침공 계획이 세워지고 이번에는 카리브해에 있는 영국 함대의 도움을 받게 되었다. 장군들과 지휘관들 모두가 미란다를 지원하는 편이었다. 그들은 미란다가 승리하게 되면 남아메리카에서 얻게 될 엄청난 땅과 자원에 대해 관심이 아주 많았다.
　영국 전함 한 척이 바바도스에서 그를 싣고 스페인 항구로 들어갔다. 리앤더호라는 미란다 소유의 배에 타고 있던 반항적인 미국인 용병들로부터 그를 보호하기 위한 처사이기도 했다. 미국인 용병들은 한 해 동안이나 아무런 보수도 받지 못했기 때문에, 미란다의 지도력을 신뢰하지 않고 있었다.
　미란다는 부두에서 트리니다드의 총독이었던 히슬롭 장군의 환영을 받았다. 히슬롭은 신경이 무척 예민한 사람이었다. 그는 이제 겨우 마흔 살의 나이였지만 벌써부터 쇠퇴의 기미가 역력했다. 그가 마지막으로 참가한 전투는 20여 년 전에 있었던 지브롤터 해전이었다.
　서인도 제도에 있는 임시 행정 주둔지에 10년이나 머무르는 동안, 그는 술을 너무 많이 마셨다. 또한 지난 3년 동안 트리니다드의 총독으로 부임하면서 이 섬과 주민들을 증오하게 되었다.
　그 당시에 히슬롭은 자신이 노예 반란이라고 판단했던 어떤 사건을 막 처리하고 난 직후였다. 그 일로 인해 히슬롭은 상당히 겁을 집어먹고 있었다. 그가 직접 처리했던 일(교수형과 수족의 절단을 비롯한 잔인한 형벌)과 총독이 된 이래 그의 이름으로 행해진 모든 일의 합법성에 대해 몹시 불안한 상태였다.

그는 자신이 직접 행했던 일이나 아니면 그의 책임하에 이루어진 모든 일들이 문책을 받을 수도 있다는 생각에 끊임없이 시달리고 있었다. 왜냐하면 영국이 정복한 이래로 그곳에는 아직까지도 확실하게 공인된 법체계가 없었기 때문이었다. 아무도 스페인 법률이나 영국 법률이 어떻게 적용되는지 몰랐다. 게다가 양국의 법체계에 대해서 충고를 할 만한 적절한 법률가도 없는 실정이었다.

사실 미란다에게는 아무런 권력도 없었다. 그는 런던이나 뉴욕에 있는 상인들로부터 받는 보조금과 영국 정부로부터 이따금씩 부정기적으로 지급되는 기부금에 전적으로 의지하면서 생활하고 있었다. 두번째 침공을 시도할 때에는 전적으로 영국의 지원에 의지했다. 그 반면에 히슬롭은 영국의 정부를 대표하는 입장에 서 있는 사람이었다.

하지만 두 사람이 만난 자리에서 히슬롭이 오히려 부탁하는 입장이었고 미란다는 그의 요청을 들어줄 수 있는 처지였다. 미란다는 히슬롭이 자신에게 간청하는 것이 있다는 사실을 즉시 알아차렸다. 그 요청이란 바로 이런 것이었다.

"미란다 장군, 나중에 남아메리카에 군인을 위한 자리가 생기면 지체하지 말고 나를 불러주시오."

그들은 마차를 몰면서 초라한 작은 마을을 지나갔다. 마을의 중심이 되는 광장으로부터 멀리 떨어진 부두 근처에는, 앞으로 많은 건물들이 들어서게 될 거주 지역이 있었다. 그곳은 황량하고 매우 넓었다.

스페인 사람들이 닦아놓은 거리에 이제는 영국 왕실이나 군대에 해당하는 영국식 이름이 붙여져 있었다. 킹, 퀸, 프린스, 듀크, 조지, 셜로트, 프레드릭, 세인트 빈센트, 애버 크롬비…… 우기라서 그런지, 더러운 길들은 온통 진흙투성이였고 공기는 따뜻하면서도 습기가 많았다.

미란다가 총독의 손님 자격으로 묵게 될 정부 관저는 북쪽 언덕

아래에 위치해 있었다. 두 사람은 이번 침공 작전에 필요한 병력에 대해서 이야기를 주고받았다. 먼저 히슬롭이 말했다.

"물론 당신에게 우리의 병력들을 제공할 수는 없습니다. 하지만 당신 배에 탄 미국인 용병들은 당신과 함께 가게 될 것입니다. 그들 중에 몇 명이 여기에 그대로 머무르고 싶다고 말했지만, 나는 그들이 당신의 지휘 하에 있을 경우에만 이곳에 머무르도록 허락되었음을 분명히 알려줄 것입니다. 그리고 미국 용병들 중에서 주동자가 누구인지 밝히게 되었습니다."

"빅스 말이군요."

미란다가 고개를 끄덕이면서 대답했다.

"맞습니다. 하지만 빅스와는 모든 문제가 원만하게 해결될 것 같습니다. 그리고 또 다른 문제는 스페인 당국입니다. 그들은 전쟁이 끝나면 이 섬이 스페인으로 다시 귀속될 것이라는 말을 퍼뜨리고 있답니다. 그 말은 이곳에 있는 스페인 사람들 중에서 어느 누구도 진정으로 원해서 머무르고 있는 것이 아님을 의미하는 것이지요. 그들은 또한 당신이 모든 노예들을 해방시킬 것이라는 소문을 퍼뜨리고 있답니다. 이런 소문들은 당연히 프랑스 후원자들을 실망시키 겠지요. 루바리는 벌써 190명의 프랑스인 지원자들을 모집했답니다. 하지만 그들은 앞으로도 노예들에 대한 재산권을 보장하겠다는 말을 당신으로부터 직접 듣기를 원하고 있습니다. 그것이야말로 이 지역에서는 대대로 내려오는 재산들이지요. 바로 땅과 노예들 말입니다. 사실 이 지역의 총독으로서 나는 대지주들을 위한 간수에 불과하다는 느낌이 들 때가 자주 있답니다."

미란다는 슬며시 화제를 돌렸다.

"내가 이곳으로 보내 달라고 부탁한 편지가 있을 텐데요."

"당신에게 온 편지들이 있어요. 몇 통은 토르톨라에서 보낸 것이고 몇 통은 리워드 섬에서 온 것이더군요. 그리고 턴불 씨가 당신에게 줄 간단한 인쇄물이 들어 있는 상자와 견본들을 보냈어요. 당신이 베네수엘라에 상륙하게 될 때, 사람들에게 나누어 줄 물건들이지요. 당신의 추천서와 함께 말입니다. 어떤 사람들은 군사 행동에 대해서 아주 단순한 개념만을 갖고 있답니다.”

정부 관저는 시급히 수리를 해야 할 지경이었다. 히슬롭은 그 점에 대해서 정중하게 사과했다.

“미안합니다. 이 섬의 기금이 바닥난 상태이기 때문에 어쩔 수가 없었습니다…….”

“아니, 이런 것은 아무런 문제도 되지 않습니다. 그저 당신의 환대에 감사할 뿐입니다.”

이전의 총독은 자신과 가족들 그리고 수행원들의 생활 수준을 아주 높이 잡았기 때문에, 겨우 6개월이라는 재임 기간 동안 재정에 커다란 구멍을 남겨 놓았다. 그가 물러간 뒤에 요새를 강화하기 위해서 경비가 필요했지만, 일부는 버려진 상태로 그대로 남겨 둘 수밖에 없었다. 또한 몇 가지 공공 작업을 위해 흑인들을 고용해서 정부 관저가 있는 마당에서 일하도록 시켰는데, 그들조차도 노예 상인들로부터 외상으로 사 온 것이었다. 누더기에 온통 진흙이 묻어서 갈색으로 보이는 무명 옷이 바로 노예들의 전형적인 옷차림이었다. 미란다는 마을을 통과해서 마차를 달리는 도중에 그런 흑인들을 종종 보았다.

“그들은 전문적인 목수나 기술자들이 아니랍니다.”

히슬롭이 머리를 흔들면서 말했다.

“정식으로 목수를 고용하려면 한 사람에게 적어도 100파운드를 주어야 합니다. 하지만 노예들에게는 60파운드면 충분하지요. 그들은 아프리카에서 이곳으로 들어온 흑인들입니다. 막노동 말고는 아무 짝에도 쓸 수가 없는 놈들입니다. 게다가 영어나 불어 어느 쪽도 못하죠. 들리는 소문에 따르면 내년부터 노예 매매가 금지될 것이라고 합니다. 그래서 상인들은 지금부터 할 수 있는 대로 많은 새로운 흑인들을 데려오고 있답니다. 사정이 이렇게 되자 여러 가지 자체적인 문제들이 생겨나게 되었어요. 당신이 이곳에 오랫동안 머무르게 되면 자연히 그런 모든 일들을 잘 알게 될 겁니다. 흑인들과 땅에 대해서 말이지요."

"하지만 나는 어떤 일인지 잘 모르겠군요."

"미란다 장군, 이곳에서 당신의 인기가 높다는 건 별로 놀라운 일이 아니겠지요. 맥 루리 양도 당신을 만나고 싶어합니다. 그녀는 이 섬에 있는 아름다운 숙녀들 가운데 한 명이지요. 1802년에 이곳으로 왔는데, 그럴듯한 사교 모임이 없어서 아주 따분해 하고 있답니다. 그녀는 속이 다 비치는 옷을 입고 다닙니다. 그녀는 그것을 '투명옷'이라고 부르는데, 가슴이 다 보일 정도예요. 그런 것이 최신 유행인가 봐요. 그녀는 당신을 직접 만나서 헤스터 스탠홉 부인이나 캐서린 대제에 관해서 듣고 싶어하지요. 이들에 대한 이야기들은 당신이 오기 전부터 이미 이곳에 널리 퍼져 있었습니다. 유명한 사람들에게는 항상 그런 소문이 따르게 마련이지요. 그런데 당신이야말로 이곳에 온 사람들 중에서 가장 유명한 사람이랍니다. 당신이 오기 전에는 아마도 코모도르 사무엘 후드가 이곳에 온 가장 유명한 사람이 아니었을까 싶군요. 그는 나일강의 전투에서 넬슨 제독의 부사령관으로 있었지요."

미란다가 짤막하게 대답했다.

"사무엘 후드 부사령관이 이곳으로 오기 전에, 나는 그를 만났던 적이 있어요."

"그리고 버나드도 당신을 만나고 싶어합니다. 지난 주에는 아주 심하게 저를 졸랐지요."

히슬롭이 말했다.

"그는 드 고빌의 대농장주로 활동하고 있습니다. 대단히 예의가 바른 사람이지요. 그는 드 고빌 가문의 딸과 결혼했어요. 그 결혼으로 인해 그는 드 몬타렘버트 남작과 친척 사이가 되었답니다. 버나드는 분명히 당신에게 그 사실을 알려 줄 겁니다. 그 남작은 우리

지역에서 가장 커다란 농장을 지닌 대농장주 중의 한 사람이랍니다. 그는 아마도 당신 편이 되어줄 겁니다. 이곳에서부터 저쪽 모퉁이까지 전부 그의 농장입니다. 그는 지금부터 5,6년 전에 산타도밍고에서 이곳으로 왔는데, 이곳에 오자마자 120명이나 되는 흑인들을 잃고 말았어요. 질병에 걸린 겁니다. 그것은 아주 유명한 사건이었지요. 버나드가 그 이야기도 당신에게 들려 줄 겁니다. 그는 머지않아 당신을 방문할 예정이라고 하더군요.”

“나도 버나드를 알고 있습니다. 나는 파리에서 그를 만나게 되었지요. 나중에는 런던으로 건너갔지만 말이죠. 7년 전에 나는 그를 영국에서 이곳으로 보냈답니다. 나를 대신하면서 상황을 잘 감시할 것을 부탁했지요. 하지만 그가 도착한 이래로 나는 소식을 한 번도 받아본 적이 없답니다. 단 한 마디도……. 총독님이 말씀하신 자가 바로 그 사람이 아닐까요? 그렇다면 내가 나타나서 오히려 걱정하고 있는 것은 아닙니까? 아니면 내가 그를 위해서 무엇인가 해 줄 수 있는 일이 있기 때문에, 나를 찾아오기로 결심한 것일까요? 총독은 어떻게 생각하고 있습니까?”

“미란다 장군, 조금 전에 당신이 편지에 대해서 물어 보았지요. 그 편지들은 방 안에 있답니다. 그런데 얼마 전에 또 다른 편지가 도착했답니다. 어제 아침, 초소에 있는 편지함 속에 들어 있던 것으로, 익명이랍니다. 아마도 나를 비난하는 글 같습니다. 그런 것들이 내가 이곳에서 어쩔 수 없이 참고 살아야 하는 것들이지요. 이곳에서는 명예라는 것이 별로 어울리지도 않지만, 그 누군가의 명예를 존중하는 의미로 그 편지를 당신에게 전달해 드리지요. 다만 당신이 그 편지를 나와 똑같은 방식으로 다루어 주기를 요청할 뿐입니다. 당신도 중상모략이나 핍박을 받았던 적이 있을 것입니다. 이런 곳에서는 아주 쉽게 비난을 받곤 한답니다.”

마침내 두 사람은 인사를 나누고 헤어졌다. 점심 식사는 오후 3시에 있을 예정이었다. 미란다는 총독실에서 나와 이제부터 작전

본부로 삼을 자신의 방으로 들어갔다. 토르톨라와 리워드 섬에서 온 편지가 들어 있는 작은 가방이 보였다. 히슬롭이 말했던 익명의 편지도 절반 정도 접혀진 채, 더러운 상태로 놓여 있었다.

그 방은 총독이 사용하는 관저의 뒤편에 있었다. 정원의 잔디와 나무들은 방금 내린 비로 촉촉하게 젖어 있었다. 창 밖으로 그다지 멀지 않은 곳에 솟아 있는 언덕이 보였다. 공기는 몹시 축축한 느낌을 주었다. 비와 대지와 나뭇잎이 뒤섞이면서 풍기는 냄새는 마치 카라카스의 북쪽에 있는 코코아 계곡에서 맡을 수 있는 냄새와 아주 흡사했다.

미란다는 1771년에 그의 아버지가 프린스 프레드릭 호에 실어 주었던 코코아 콩자루에 대한 기억이 새삼스럽게 떠올랐다. 아버지는 그것을 카디즈에 도착하면 돈으로 바꾸라고 말했다.

그 방에는 작은 도마뱀들이 아주 많았다. 미란다는 도마뱀을 잡아 보았다. 그 도마뱀은 노란색 몸집을 하고 있었다. 미란다가 주위를 둘러보니, 도마뱀들이 남긴 배설물들이 여기저기에 널려 있었다. 침대는 먼지나 작은 벌레들, 도마뱀의 똥 같은 것으로부터 보호하기 위해 얇은 모슬린 천으로 덮여 있었다. 그 천은 탈색이 된 상태로 여기저기에 주름이 잡혀 있었으며, 오랫동안 쌓인 먼지로 인해 회색빛이 되었다. 미란다는 그 천을 쓰다듬어 보았다. 그것은 축축한 공기로 인해서 축 늘어져 있었다.

정원에서 사람들이 바쁘게 움직이는 소리와 이야기를 주고받는 소리가 들렸다. 노예들은 스페인어나 프랑스어 혹은 영어를 쓰는 것이 아니라, 아프리카 말을 사용하고 있었다. 그는 머리 속으로 편지 문안을 작성하기 시작했다.

사랑하는 샐리.

이번에는 35년 만에 고향으로 돌아온 기분이 드는구려. 놀랍게도 나는 우기에 맡을 수 있는 이런 독특한 냄새에 금방 익숙하게 되었소. 머지않아 비와 바람은 바닐라 덩굴의 냄새를 가져다 주겠지.

나는 이곳을 아주 잘 알고 있다는 느낌마저 드는군. 마치 고향처럼 말이야. 이곳이 내 마음 속에 항상 자리잡고 있었던 고향처럼 여겨지고 있소. 하지만 여기는 낯선 사람들로 가득 차 있다오. 나는 물의를 빚고 싶지는 않소. 그러나 이곳의 사람들에 대해 심한 거리감이 드는군. 당신 생각을 하지 않는다면 나는 어찌할 바를 모를 지경이오.

그는 토르톨라 가방을 열었다. 그리고 비서들의 필적으로 적힌 공문서들 중에서, 자신이 찾고 있던 어색한 글씨체를 발견했다.

런던. 피츠로이 스퀘어. 그래프톤 거리 27가. 4월 15일
사랑하는 장군님에게 이 편지를 보냅니다.

저는 두 아기가 모두 다 잠들고 난 후에 당신에게 이 편지를 쓴답니다. 벌써 밤이 깊었습니다. 마치 사랑하는 당신을 부르면, 당장이라도 당신의 음성이 들려올 것만 같습니다.

얼마 전에 리앤더는 로드에서 열린 장터에서 북과 칼과 총을 샀습니다. 그리고 장군님을 위해 싸우러 나가겠다고 저를 괴롭히고 있답니다.

미란다는 머리 속으로 답장 문안을 생각해 보았다.

사랑스런 샐리, 나는 당신의 편지에서 발견되는 모든 문법적인 실수와 잘못된 철자마저도 사랑한다오. 네 달 전에 당신이 쓴 편지가 이제야 내게 왔구려. 당신 목소리가 들려오는 것 같소. 또한 그리운 집과 서재와 책들을 다시 보는 것 같군.

그리운 샐리, 당신을 생각하지 않는다면 여기에서는 금방 현기증이 나서 더 이상 아무 일도 하지 못할 거야. 흑인들이 아프리카 말

로 시끄럽게 떠들어대는 이곳에서는 분명하게 무엇을 알아본다거나, 아니면 많은 것을 알려는 노력조차도 할 수가 없어. 내 주위에는 온통 코코아 농장에서 풍기는 냄새가 진동하고 있소.

잠자고 있는 리앤더의 얼굴은 당신 모습 그대로입니다. 요크셔에서 온 아저씨가 런던에서 초상화 몇 점을 그린 다음, 우리와 함께 지내기 위해 방문하셨어요. 그분은 가끔씩 리앤더를 장군님의 서재에 앉혀 놓고 그림을 그리곤 한답니다.

저는 겨울이든 여름이든 주일마다 한 번씩 서재에 불을 피운답니다. 아저씨는 그곳에서 그림을 그리고 있는데, 아직 끝나지 않았어요. 모두들 리앤더가 나이에 비해서 남들보다 두 배나 더 지혜롭다고 말해서 저는 기분이 한껏 부풀었답니다.

저는 그리운 당신의 지시를 따라서 잘 지내고 있어요. 러더포드 씨의 말씀이 당신이 그토록 고생하고 있는데 저라도 당신의 사기를 올려 드려야 한다더군요. 그래서 정기적으로 소식을 보내기 위해 노력하고 있어요. 저는 마음 속으로 날마다 당신에게 이야기를 한답니다. 하지만 날마다 당신에게 전할 새로운 소식이 있는 것은 아니에요.

지난 2월 27일에는 당신과 저의 둘째아들 프란시스코가 태어났어요. 그 날도 저는 하루종일 높은 파도가 치는 바다 위에서 엄청난 위험을 감수하고 있는 당신에 대한 생각으로 가득 차 있었답니다.

당신은 이번에 태어나는 아들이 당신의 이름을 물려받기를 원하셨지요? 프란시스코와 리앤더는 모두 다 3월 23일에 세례를 받았답니다. 러더포드 씨가 롱챔프 씨와 함께 아침 일찍 찾아와서 우리를 마차에 태우고 성 패트릭의 소호 스퀘어로 데려다 주었답니다. 그리고 롱챔프 씨가 아버지 대신에 두 아기를 위해서 신부님의 질문에 대답해 주었지요.

가페이 신부는 서명을 하는 자리에 롱챔프 씨의 이름을 틀리게 써서 두 번이나 줄을 그었답니다. 여기에 프란시스코의 세례 증명서를 동봉합니다. 가페이 신부가 당신을 위해서 저에게 준 것입니다.

우리가 다시 그래프톤 거리로 돌아왔을 때, 러더포드 씨는 저에게 우리가 로마 가톨릭의 세례를 받은 것에 대해 적지 않은 사람들이 눈살을 찌푸릴 거라고 말하더군요. 그 중에는 우리가 잘 알고 있는 사람들조차도 당신이 입으로 말하는 것과는 달리 마음 속에는 전혀 다른 생각을 품고 있는 사람이라고 떠들어댄다는 거예요. 하지만 저는 사랑하는 장군님이 계획하시는 일들에 대해서는 안심하고 있답니다.

우리 아들들의 세례식이 있은 후에, 저는 장군님께서도 장교들에게 남아메리카의 민중들과 새로운 국기를 섬길 것을 맹세하도록 할 것이라는 사실을 깨달았어요. 그리고 그 날과 그 다음날까지도 당신이 얼마나 많은 고생을 하고 커다란 위험을 겪고 있을까 생각했답니다.

사랑하는 당신. 저는 종종 그 국기를 떠올리곤 해요. 이 크래프톤 거리에서 그것을 만들면서 많은 시간을 보냈지요. 때로는 리앤더가 가까이 다가오지 못하도록 책상 다리에 단단히 묶어놓은 채, 서재 바닥에 국기를 펼쳐놓곤 했었어요.

샐리.

당신에게 무슨 말을 해야 좋을지 도무지 모르겠구려. 당신에 대한 추억으로 가득 차 있던 그 깃발은 당신이 이 편지를 쓴 지 한 달 만에 그만 잃어버리고 말았다오. 바로 비호와 바커스호를 잃었을 때였소.

우리는 육지로 상륙하기 위해 공격을 감행했지. 나는 3월 12일까지 기다렸다가, 가방에서 그 국기를 꺼내 리앤더호에 함께 탔던 사람들에게 자랑스럽게 보여 주었소. 내 생각에는 프란시스코가 태어난 것이 바로 그 무렵이었던 것 같구려. 이제 그 녀석은 생후 두 주일 되었겠군.

비호와 바커스호는 두 척 모두 무장을 하지 않은 배들이었지. 우리가 그토록 기대했던 배들은 결코 돌아오지 않았다오. 규율도 모르고 상관을 비웃기만 하는 망나니 같은 미국인 용병들을 데리고 그토록 오랜 시간을 항해한 끝에 육지에 상륙하려고 했지만, 우리는 아무런 일도 하지 못한 채 그냥 달아날 수밖에 없었소. 아마도 스페인 사람들은 그 깃발을 모욕할 것이오. 그러기 위해 특별한 방법을 찾아낼 것이오.

1806년 5월 1일. 저는 당신의 소식을 기다리면서 다른 사람들은 어떤 사실을 알고 있을까 추측해 보려고 애를 썼어요. 판화상으로 일하는 홀랜드 씨가 아저씨에게 장군님의 초상화를 요청했답니다.

그래서 아저씨는 아침 내내 작은 서재의 책상 앞에 앉아서 당신의 옆모습을 그렸어요. 길게 자란 머리카락을 등 뒤로 늘어뜨리고 끝부분에는 작은 리본을 묶었지요. 그리고 실크로 만든 넥타이를 맨 아주 진지하고도 엄격한 모습이었어요.

아저씨는 인쇄를 하게 되면 아마도 조판공이 장군의 머리 위로 후광과 왕관이 나타나도록 만들 거라고 하더군요. 저는 이것이 아주 좋은 징조라고 생각했어요. 왜냐하면 아저씨 말씀에 따르면 홀랜드 씨는 그의 판화를 팔기 원하는데, 언제 좋은 소식이 도착하는지 알고 있다고 하더군요.

그런데 턴불 씨가 찾아오더니, 장군님께서 이곳에 있다고 해도 전혀 염두에 두지 않는다는 듯이 무례하게 집 안을 돌아다녔어요. 그리고 서재에 있는 책값을 언제 지불할 것인지 큰 소리로 물었답니다. 그 책값은 1,000파운드나 됩니다. 서적업자들과 제본업자들은 제가 결코 허락하지도 않았는데 그 청구서를 턴불과 포베의 회사로 보냈다는 거예요. 그 사람은 마치 저 따위는 눈에 보이지도 않는 것처럼, 저에게는 인사도 하지 않았어요.

당신이 이곳에 없기 때문에, 리앤더와 프란시스코와 그들의 엄마인 저에 대해서는 조금도 아랑곳하지 않는다는 태도로 집 안을 마구 휘젓고 다니더군요. 장군님, 그들은 눈에 보이지 않는 은밀한 장소에 매복하고 있는 위험한 적들이에요. 제가 살아있는 한, 리앤더와 프란시스코에게 스스로 자신을 잘 돌볼 수 있어야 한다고 격려해 줄 거예요.

마침내 그 사람이 가 버리자, 저는 심한 구역질이 나고 심장이 터질 지경이었어요. 사랑하는 당신, 그들의 손아귀에서 자신을 잘 보호하세요. 밤마다 고요한 정적이 감도는 집에서 당신의 아내는 당신이 곧 자신의 것을 정당하게 요구하게 될 날이 오기를, 그래서 왕관이 당신의 머리 위에 놓여지기를 기도하고 있답니다.

미란다는 정원에서 들리는 시끄러운 소동 때문에 생각에 잠길 수가 없었다. 많은 사람들이 한꺼번에 소리를 지르고 땅 위를 달려가는 불규칙한 소리가 나더니, 마차용 마구가 움직이는 소리와 좀더 많은 사람들이 떠들어대는 소리가 들렸다.

얼마 후에 고함 소리가 들려오면서 육중한 물체가 느리게 움직이는 듯한 소리가 들렸다. 샐리의 목소리를 들으면서 마음 속으로 답장을 쓰고 있던 미란다는 런던에 있는 자신의 집과 서재와 잠든 아들들에 대한 생각에서 문득 깨어났다.

미란다가 생각했던 것보다 방은 더욱 어두웠다. 마치 미란다의 생각처럼 시간이 꽤 흘러서 이미 밤이 되어버린 것 같았다. 멕시코 만과 강 어귀에는 우기가 계속되고 있었다. 한 차례의 짧고 격렬한 집중호우가 내리고 나면, 이슬비가 오다가 다시 또 다른 폭풍우가 몰아치는 것이다.

미란다는 창문 쪽으로 다가갔다. 시골에서 흔히 볼 수 있는 조잡한 발이 붙어있는 덧문 꼭대기에 비를 잘 막아내도록 경첩이 달려 있었고, 문이 닫히지 않게 하기 위해 막대기로 버텨 놓았다. 덧문의 기울어진 면을 타고 물이 떨어지고 있었다. 페인트 칠은 오래 전에 벗겨져 나무가 회색으로 변색되어 있었고, 창턱은 썩기 시작한 상태였다.

집 뒤에 있는 마당은 진흙과 자갈, 관목들로 엉망진창이었다. 마치 우거진 숲속에 있는 개간지와도 같은 모습이었다. 한쪽으로는 분리된 작은 부엌이 붙어 있었는데, 물에 젖어서 하얀색의 도료가 모두 떨어져 나간 판자들이 회색빛을 띠고 있었다.

검게 그을린 창문들이 활짝 열려져 있었고, 그곳으로부터 연기가 피어오르고 있었다. 아마 총독과 그의 손님을 위한 저녁 식사가 준비되고 있는 모양이었다. 다른 한쪽에는 부엌에서 나온 재들을 모아 쌓아둔 오래된 잿더미가 보였다.

바로 앞에 있는 진흙 속에는 수레에서 풀려난 노새 한 마리가 서성거리고 있었다. 여기저기에 벽돌 조각들이 지저분하게 흩어져 있었고, 수레는 앞부분이 부서진 상태로 손잡이가 진흙탕에 처박혀 있었다.

진흙이 묻은 옷을 입은 서너 명 가량의 흑인들이 노새와 수레 근처에 모여서 미란다가 지금까지 한 번도 들어보지 못했던 말로 떠들어대고 있었다. 미란다는 그 말이 아프리카 말일 것이라고 추측했다.

그 흑인들이 영어나 프랑스어 혹은 스페인어로 이야기를 했다면, 미란다는 지금처럼 그들을 주의 깊게 살펴보지 않았을 것이다. 하지만 이상스럽게 들리는 말소리는 알 수 없는 미지의 세계를 의미하는 것이었기 때문에, 미란다는 말하고 있는 사람들의 얼굴을 자세히 주시하면서 보았던 것이다.

그러자 흑인들도 역시 하얀 머리를 길게 땋은 어떤 노인이 어두컴컴한 창가에 기대어 기울어진 덧문 아래에 서 있는 것을 알아차리게 되었다. 그 흑인들은 잠시 동안 자기들이 왜 가만히 서 있는지도 모르는 채 그저 그를 바라보면서 서 있었다. 그것은 마치 자신들이 무엇을 하는지 혹은 왜 해야 하는지 혹은 그들이 과거에 어디에 있었는지도 잊어버린 듯한 멍청한 모습이었다.

미란다는 런던에 있는 집과 샐리 그리고 그녀의 공포심에 대해 깊은 생각에 빠져 있다가 깨어났다. 그리고 그의 상념을 방해하고 있는 것들이 무엇인지를 보게 되었다. 그는 관목 숲과 흑인들을 주목했다.

미란다는 그들의 체력이 많이 약해져 있다는 사실을 알 수 있었다. 플랜테이션 노동자들은 여러 세대를 거치면서 그들의 강인함으로 인해 육체적인 노동을 기대하는 가축들로 취급되었다. 베네수엘라에서도 역시 마찬가지라고 할 수 있었다. 이것은 플랜테이션에서 노예들에게 전승되는 방식이었다.

많은 아프리카인들이 처음 도착했을 때에는 이 사람들처럼 아주 약하기 그지 없었다. 도착한 첫해에 수많은 사람들이 물과 음식 그리고 독충들로 인해서 죽어갔다.

정착한 플랜테이션 농장에서는 새로 온 신참자들을 단련하면서 그들이 위험한 한 해를 극복해 나가는 것을 지켜보았다. 그러나 정부 관저의 마당에 서 있는 이 아프리카인들은 그런 것도 없이 완전히 버려진 사람들처럼 보였다.

한 사람은 눈이 붉게 충혈되어 있었다. 우기에 걸리는 열병의 징조를 보이고 있는 것이다. 그는 불운한 경우였다. 아마도 그와 함께 있던 다른 한 사람의 경우도 마찬가지였을 것이다.

미란다는 아프리카인들의 눈을 바라보면서 전혀 다른 종류의 삶에 대한 운명을 생각해 보았다. 미란다는 자신과 그 아프리카인들 사이에 있는 거리를 다시 한 번 깨닫게 되었다. 그리고 나서 미란다는 다시 자신과 주위의 환경으로 되돌아왔다.

미란다는 이제 곧 쏟아지려는 폭우와 물에 젖어서 썩어가고 있는 창턱 그리고 그다지 반갑지 않은 도마뱀들의 까만 똥들이 그들이 먹고 남은 나무에 붙어 있는 것을 보고 있었다. 도마뱀들이 아주 활동적으로 주변을 돌아다니는 것이 눈에 띄었다. 이 엷은 노란색의 생물들은 거의 투명하게 보였고 눈꺼풀이 없는 커다란 눈을 가진 작은 악어처럼 보였다.

미란다는 구석에 놓여 있던 세 개의 상자를 보았다. 선원의 상자처럼 생긴 그것들은 턴불과 포베의 견본들이 든 상자로 히슬롭 장군이 언급했던 것이었다. 그 상자들에는 수직으로 아주 굵은 글자체가 칠해져 있었다. 그것은 마치 런던에서 볼 수 있는 거리의 간판을 그대로 옮겨 놓은 것 같았다.

트리니다드의 본부에 계신 도스 히슬롭 장군님께 보냅니다. 이것은 미란다 장군에게 드리는 것입니다. 런던에서 턴불과 포베로부터.

미란다는 샐리의 편지를 다시 읽어보지 않았다. 점심 식사까지 한 시간 정도가 남아 있었기 때문에 그는 다른 편지들을 확인할 수 있었다. 심한 폭우가 다시 마당과 나무들 그리고 지붕에 쏟아지기 시작했다. 폭우는 미란다가 편지에 집중하는 것을 도와주었다.

비가 그치자 곧바로 하인 한 명이 찾아와서 방문객이 있다는 사실을 알려주었다. 미란다는 서둘러 자리에서 일어나 베란다로 나갔다. 방문객은 다름 아니라 7년 전에 런던에서 마지막으로 보았던 버나드였다. 마차를 몰고 온 흑인 마부는 비에 흠뻑 젖어 있었고 마차에는 온통 진흙이 튀어 있었다.

비록 비는 그쳤지만 주변에 있는 언덕에서 흘러 내리는 개울물이 여전히 시끄러운 소리를 내면서 하류를 향해 달려가고 있었다. 버나드가 타고 있던 마차는 처음에는 좋은 마차로 보였다. 하지만 자세히 살펴보니 뚜껑은 부서져 있었고 접는 부분은 매우 낡았으며 움푹 꺼진 몸체는 여기저기가 긁혀 있었다. 그리고 문에 그려진 문장은 매우 투박해 보였다.

비에 흠뻑 젖은 마부는 알파라가타라는 노동자들이 신는 신발을 신고 있었다. 그 신발은 발가락과 발뒤꿈치 부분에 면으로 엮은 끈이 달린 아주 얇은 가죽 밑창을 댄 싸구려 슬리퍼의 일종이었다.

마부가 신고 있는 알파라가타의 끈은 마부의 발뒤꿈치에 눌려서 이미 오래 전에 납작하게 되었다. 비가 마구 들이치고 있었기 때문에 베란다는 흠뻑 젖어 있었다. 조금씩 들어오는 공기는 차갑게 느껴졌다.

미란다는 버나드에게 안으로 들어오라는 말조차 하지 않았다. 두 사람은 베란다에 그대로 서 있었다. 버나드가 먼저 말을 꺼냈다.

"장군님."

하지만 미란다는 여전히 아무런 말도 하지 않았다. 두 사람 사이에 무거운 침묵이 흘렀다.

"제가 편지를 한 장도 쓰지 않았던 것을 잘 알고 있습니다. 그 점에 대해서는 죄송하게 생각합니다."

버나드가 고개를 숙이면서 말했다.

"여기에 편지들이 많이 있군. 그런데 자네가 전혀 편지를 쓴 적이 없다고? 정말인가?"

미란다가 냉소적인 목소리로 반문했다.

"저는 편지를 미루고 또 미루어 왔습니다. 해마다 그렇게 했던 것입니다. 그러다가 이제는 너무 늦어 버렸군요. 히슬롭 총독께서 제가 결혼했다는 말을 했을 것입니다. 제 아내는 드 고빌 후작의 딸입니다. 듀퐁 듀바이버 드 고빌이지요. 그는 드 몬탈란버트 남작의 친척이기도 합니다. 이 지역에서 이보다 더욱 훌륭하고 고귀한 신분은 아마 없을 겁니다. 제 자신에게 그런 것이 가능하리라고는 전혀 생각조차 못했던 것이지요. 저는 혁명에 대한 생각은 접어 두어야만 했습니다. 장군님은 세계적인 명사입니다. 그래서 제가 이런 말을 할 수 있다고 생각합니다. 변명이라고는 말하지는 않겠어요."

미란다는 차분한 눈빛으로 버나드를 쳐다보았다.

"나도 남작에 대해서 들은 바가 있네. 그는 1801년에 무려 백오십 명의 흑인들을 데리고 이곳으로 건너왔었지. 그러나 단 한 방에 백여 명이나 잃어버리고 말았지."

"아니, 백이십 명이었습니다. 첫달에 그런 일이 일어났지요. 산타도밍고와 마르티니크에서 모든 것을 잃어버린 다음이었습니다. 그보다 더 가슴이 아픈 일은 없었어요. 그런데도 그는 다시 재기했습니다. 장군님, 저는 장군님의 시간을 더 이상 빼앗을 생각이 없습니다. 저는 장군님을 가능한 한 빠른 시일 내에 찾아뵙고 제 자신에 대해 설명하는 것이 의무라고 생각했습니다. 장군님, 세월은 이미 많이 변했습니다. 한때 제가 혁명에 대한 생각을 치워 버리긴 했지만, 지난 몇 달 동안 저는 장군님이 알지 못하는 여러 가지 방법으로 장군님을 도와 드렸습니다. 장군님이 그런 사실을 알고 계시는 것이 중요하다고 생각합니다. 물론 이곳에 거주하는 프랑스 사람들은 우리의 오랜 관계를 잘 알고 있습니다. 그래서 저는 그들에게, 특히 장군님이 새로 조직한 원정대를 지원하는 사람들에게, 우리 사이에는 어떤 정치적인 싸움도 없었다는 사실을 다시 한 번 확인시켜 줄 수 있었습니다. 이곳에 있는 친구들과 정적들은 모두가 장군님에 대한 여러 가지 구설수를 퍼뜨렸답니다. 소문은 캐서린 대제의 궁정에서 일어난 일만은 아니었습니다. 어떤 이야기들은 프랑스 혁명 때에 있었던 것들이지요. 장군님은 혁명 군대에서도 역시 장군이셨습니다. 하지만 저는 사람들에게 항상 말해왔습니다. 장군님은 땅과 흑인들에 대한 재산권을 존중할 것이기 때문에 두려워할 것이 아무것도 없다고 말입니다. 이곳에 있는 사람들은 항상 그것들을 염려하고 있습니다. 그렇다고 근세 이후에 그들을 비난할 수 있는 사람은 없을 것입니다. 저는 장군님께서 제가 잘했다고 생각해 주시기를 바랄 뿐입니다."

"나도 그렇게 생각하네."

미란다가 고개를 끄덕였다.

"그럼 이만 돌아가 보겠습니다."

"자네 마차인가?"

"아닙니다. 아내의 것입니다. 마차 위에 그려진 것은 고빌의 문장이랍니다. 투박하기는 하지만 그래도 마르티니크에서 태어나서 그곳에서 자란 흑인이 그린 것입니다. 그리고 장군님은 믿기 어려우시겠만 빵 제조업자 훈련도 받았던 사람이랍니다."

"빵 제조업자라고? 자네가 사람들에게 시키는 일이라는 것이 고작 그런 것들인가?"

버나드는 계단을 따라 내려가기 시작했다. 미란다는 그의 모습을 보면서 결코 잊을 수 없고 아직도 부끄러움이 남아 있는 35년 전의 그 사건을 생생하게 떠올렸다. 450파운드나 되는 베네수엘라산 코코아를 카디즈에서 단지 실크 손수건과 실크 우산으로 맞바꾸었던 일이었다.

버나드는 비가 마구 쏟아지고 있었지만, 여전히 잘 차려 입은 훈작 사위의 옷차림을 하고 있었다. 엷은 노란색의 바지와 하얀 깃이 달린 셔츠 그리고 파란색의 실크 상의를 입고 있었다.

버나드는 절반이나 썩어가고 있는 나무 계단에 이르기 전에(마부는 이미 돌아갈 준비를 하고 있었다. 마부는 고삐의 물기를 털어내는 중이었다.) 뒤로 돌아서더니 미란다를 쳐다보았다.

미란다는 버나드가 방문한 목적이 무엇인지 몰라서 의아해하고 있었다. 그 순간은 전혀 뜻밖이었던 것이다. 버나드는 이렇게 말했다.

"미란다 장군님, 시 의회의 서기가 지난 주에 죽었습니다. 히슬롭 총독이 장군에게 그 사실을 말씀드리던가요? 그 자리가 공석이라는 뜻입니다. 보수는 아주 작아요. 한 달 봉급이라고 해야 장군님에게 런던에서 식사 한 끼도 사 드리지 못할 정도랍니다. 하지만 그 자리는 이 지역에서는 어느 정도 권위가 있는 자리입니다. 그것이

제게는 아주 중요한 것이지요. 그것은 저에게 권한이 생기는 일입
니다. 장군님도 저의 심정을 충분히 이해하실 수 있을 겁니다. 저는
장군님께서 그 자리에 저를 추천해 주시기를 희망하고 있습니다."

　점심 식사를 하면서 히슬롭이 말했다.
　"그가 원하는 것을 알겠어요. 당신이 그 문제에 대해 말할 필요
도 없습니다. 나는 지금까지 여러 번이나 그런 내용을 전해 들었지
만, 못들은 척하고 있답니다. 그 문제도 그렇게 내버려 두지요. 지
금은 당신의 귀향을 기념하는 의미로 포도주를 들기로 합시다. 무
려 35년 만의 귀향이니까요. 나는 단지 당신의 귀향이 무사히 이루
어지기를 바랄 뿐입니다."
　미란다가 웃으면서 대답했다.
　"당신의 제안은 정말 고맙습니다. 하지만 단지 설탕물이면 됩니
다. 여러 해 동안 나에게 있었던 것은 그게 전부였으니까요. 어린
시절부터 카라카스에서 설탕물을 마시곤 했습니다."
　"우리가 이곳에서 부족하지 않은 유일한 필수품이 바로 설탕입
니다. 하지만 설탕물을 마시는 것은 어쩐지 당신에게 어울리지 않
는 것 같군요."
　"그런 말은 어색하기만 합니다. 나도 그 사실을 잘 알고 있습니
다. 1771년에 제가 스페인에 갔을 때, 포도주는 내가 여행하면서
알게 된 것들 가운데 하나였습니다. 시인들이 그것을 시에다 쓸 정
도였지요. 유럽산 포도주는 우리가 카라카스에서 마셨던 맛없는 교
회용 포도주와는 전혀 달랐습니다. 나는 프린스 프레드릭호에서 포
도주에 대해 많은 생각을 했습니다. 카디즈에 도착하자마자 나는
여인들이나 교회들 그리고 그림들에 대해서 기록을 만든 것처럼 모
든 종류의 포도주에 대해서도 기록을 하기 시작했습니다. 일기에다
얼마나 많은 양을 적었는지도 모르겠어요. 교양이 있는 사람처럼
말입니다. 나는 그 무렵에 스물한 살의 한창 나이였거든요."

미란다가 잠시 동안 생각에 잠기면서 말했다.

히슬롭이 갑자기 생각난 듯이 물었다.

"그런데 훈작의 사위가 당신을 만나기 위해 자기 마차를 타고 달려왔단 말이죠? 그것은 아주 유명한 마차랍니다. 가게의 간판처럼 문장을 그려 넣었지요. 버나드가 친근하게 굴던가요?"

"잘 모르겠어요. 오히려 나를 위협하는 것 같았습니다. 버나드는 내가 과거의 혁명가라고 말하더군요. 이곳에 있는 다른 사람들보다 자기가 나의 과거에 대해서 더 많이 알고 있고, 어떤 사람들은 내가 이곳에 있으면 자기들의 재산이 안전하지 않다고 느끼게 된다고 하더군요."

히슬롭이 고개를 끄덕이면서 대답했다.

"불행하게도 그의 생각이 옳습니다. 그것은 명성을 손상시킬 수도 있는 문제입니다. 스페인 사람들은 항상 나쁜 소문을 퍼뜨리고 있습니다. 이런 소문들을 저지하지 않는다면, 당신의 프랑스 지지자들이 모두 달아날지도 모릅니다. 그들은 인근 섬에서 온 피난민들로서 돈이 없는 귀족들입니다. 한 밑천 잡기 위해 이 일에 뛰어든 것입니다. 땅과 흑인들을 비롯한 모든 재산들을 다시 일으키려는 것입니다. 우리 모두는 그런 사실을 잘 알고 있습니다. 그렇지 않기를 바라지만 이런 세상에서 재산이란 땅과 흑인들로부터 전해 내려오는 것입니다. 우리는 버나드의 위협을 심각하게 받아들여야 합니다. 당신이 내게 말했다는 것을 그가 알 수 있도록 만드는 방법을 찾아보도록 하지요. 그리고 그가 서기직을 맡도록 해 주어야 하겠지요. 하지만 한 달 정도는 아무런 약속도 하지 않는 것이 좋겠습니다. 그렇게 하면 버나드도 장난을 치지 못할 것이고, 당신도 시간을 좀 벌 수 있을 겁니다. 아, 그 마차! 버나드는 다시 한 번 재주를 부렸군요."

"내가 1799년에 그를 이곳으로 보낼 당시만 해도 그에게 돈을 줄 만한 재정적인 여유가 없었답니다. 오늘 아침에 그를 만났을 때도 돈이 많은 것처럼 가장해야만 했습니다. 그런데 이상한 일이지요. 나는 그에게 아무런 악의도 갖고 있지 않거든요. 그리고 마침내 그가 계단을 거의 내려가서 나에게로 몸을 돌렸을 때, 나는 주의깊게 그의 옷차림을 살펴보았습니다. 내 마음 깊은 곳에서 버나드에 대한 동정심이 일어나더군요. 버나드는 아주 상처받기 쉬운 사람처럼 보였습니다. 그에게 허풍쟁이라고 말하면서 타고 온 마차나 맨발의 흑인 마부를 비웃는 일도 쉬울 것 같았습니다. 하지만 나는 그렇게 하는 것이 너무나 쉽게 느껴졌기 때문에 그렇게 하고 싶지 않았습니다. 그런 사람에게는 항상 연민의 정이 느껴진답니다."

"그런 생각이 들었습니까?"

"그래요. 버나드는 너무나 많이 노출되어 있었습니다. 나는 그에게서 나의 젊은 시절의 모습을 보는 것 같았습니다. 나도 역시 오래 전에는 문장을 가진 적이 있었습니다. 그것을 가지려면 스페인 연대의 허가를 얻어야만 합니다. 스페인에서는 그렇게 하는 사람들이 많았어요."

"어떻게 해야 가문의 문장을 얻게 됩니까?"

"나의 아버지가 고용했던 사람 중에서 자조 오르테가라고 불리는 사람이 있었습니다. 자조 오르테가의 방법은 아주 단순했습니다. 그는 카라카스와 카나리섬 출신의 미란다 가문을 12세기 때의 오래된 미란다 가문의 성과 연결시켜 버렸답니다. 그리고 내가 누군인지에 대해서 또 나의 아버지와 우리의 재산에 대해서 나 스스로가 자랑스러워했습니다. 라 구아리라에서 프린스 프레드릭호를 타면서부터는 나는 완전히 다른 부류의 사람이 되어 있었습니다. 나는 마치 내게 돌아올 정당한 유산을 주장하기 위해 스페인으로 여행하는 사람인 것처럼 행동했습니다. 그리고 그 문장은 그런 유산의 일부분이라고 열정적으로 믿은 적이 있었습니다."

히슬롭이 차분한 목소리로 물었다.

"여행의 결과는 어떤 것이었나요?"

"프린스 프레드릭호는 스웨덴 군함이었습니다. 완전히 이국적인 분위기였습니다. 그 배는 내가 변했다는 것을 느끼게 했습니다. 여러 해 동안이나 나는 그렇게 살았습니다. 그러면서 나는 내가 누구인지를 알고 있으면서도 동시에 나 자신이 다른 누군가라고 믿게 되었습니다. 이런 서로 다른 두 개의 생각을 동시에 간직한 채, 내가 산 값비싼 책들 위에 미란다 가문의 문장을 그려 넣기도 했었습니다."

히슬롭이 술잔을 기울이면서 말했다.

"문장을 새긴다는 것은 대단한 영광이라고 할 수 있습니다. 그런 문장을 소유할 수 있는 사람은 그렇게 많지 않아요."

"한 가지 몹시 어이없는 일을 말씀드리지요. 스물다섯 살의 생일을 맞이하고, 다시 두 주일이 지났을 때 나는 스페인 국왕에게 편지를 써서 산티아고의 훈장인 붉은 십자를 조사해 달라고 요청한 적이 있었습니다. 그것은 아주 당당한 요구였습니다. 왕이 직접 귀족계급의 혈통을 조사하겠다는 명령을 내렸습니다. 나는 카라카스와 카나리섬의 출신이라는 사실을 잘 알고 있었습니다. 자조 오르테가가 나를 위해서 혈통을 새롭게 만들어낸 것도 알고 있었습니다. 그런데 내 마음의 한구석에는 자조 오르테가가 마침내 우리의 가문에 대한 진실을 찾아낸 것이라고 생각하고 있었기 때문에, 국왕의 조사를 받을 만한 가치가 있다고 여기고 있었습니다. 나의 내부에는 굉장한 무엇인가가 존재하고 있기 때문에 왕은 반드시 이것을 발견해야만 한다고 생각한 것이지요. 나는 스물다섯 살에 아프리카에 있는 프린세스 연대의 지휘관으로 있었거든요."

"그래서 어떤 결과가 나왔습니까?"

"나중에 가서야 나는 이런 모든 일들을 부끄럽게 여기게 되었습니다. 나는 왕으로부터 대답이 없었던 것을 무척 기뻐했습니다. 며칠 전까지 그런 사실을 잊어버리고 있었는데, 지금은 냉정하게 그 모든 일들을 돌아볼 수 있게 된 것입니다. 하지만 나는 그 당시에 젊은 사람으로서 가졌던 논리를 이해할 수 있기 때문에 왜 그런 일을 벌이게 되었는지 알 수 있습니다. 버나드가 계단을 내려갈 때, 그의 신발에 흙탕물이 튄 것과 낡은 마차 뚜껑에서 떨어지는 물방울이 값비싼 실크 상의에 군데군데 묻어있는 것을 보자 갑자기 그런 생각이 떠오르는 것이었습니다.”

미란다가 미소를 머금으면서 말했다.

히슬롭이 미란다를 응시하면서 대답했다.

“과거를 돌아보는 것은 쉬운 일이지요. 하지만 현실을 분명하게 바라보는 일은 결코 쉽지가 않아요. 우리는 지금 무엇을 하는지 항상 알고 있는 것은 아닙니다. 발을 질질 끌면서 갈 수도 있는 것입니다.”

“당신은 나를 놀라게 하는군요. 물론 나는 단지 땅과 흑인들을 얻기 원하는 이런 프랑스 귀족 출신의 모험가들과 함께 해방 운동을 해야 하는 것이 정상적이 아니라는 사실을 잘 알고 있습니다. 히슬롭 하지만 그것은 밖에서 바라보는 관점입니다. 나는 지금 내가 하는 일의 결과를 알고 있어요. 그리고 어떻게 이곳까지 오게 되었는지도 알고 있습니다. 당신도 이미 알고 있을 겁니다. 내가 이곳으로 오게 되기까지 있었던 여러 사건들이 어떻게 꼬이고 방향이 바뀌었는지에 대해서…….”

“나는 나 자신에 대해서 생각하고 있었습니다. 장군을 책망하려는 생각은 전혀 없습니다. 나는 직무에 충실한 군인입니다. 어린 시절부터 그것은 나의 야망이었어요. 내가 마지막으로 참가했던 전투는 지브롤터에서 있었습니다. 그것은 이미 20년 전의 일이었지요. 나는 지난 10여 년 동안이나 이곳에서 정체된 상태로 지냈습니다. 하지만 나는 여전히 나 스스로를 군인이라고 생각하면서 미래를 그려 봅니다.”

“당신이 생각하는 미래의 모습은 어떤 것입니까?”

“그건 잘 모르겠어요. 정말로 내가 무엇을 하고 있는지 더 이상은 잘 모르겠어요. 그들은 나를 정부 관저라는 곳에 두고 총독이라고 부르지만, 사실은 이곳의 대농장주들을 위한 감옥의 간수에 불과할 뿐입니다. 나는 차라리 당신과 함께 있고 싶습니다. 장군이 있는 곳에서 말입니다."

히슬롭이 머리를 숙이면서 말하자 미란다가 대답했다.

"내게는 항상 많은 위험들이 따라다니고 있소."

"최근 몇 달 동안 마음 속에 담아둔 생각들을 말씀드리지요. 나는 지금까지 이런 만남을 얼마나 기다렸는지 모릅니다. 나는 예전에 네 달 동안 스페인어를 배웠습니다. 하루에 한 시간씩 스페인어를 배우면서 지난 해, 아니 두 해 동안 단순한 꿈을 꾸는 것이 고작이었습니다. 우아한 사교계와 멋진 집들 그리고 윤이 나는 마룻바닥과 아름다운 스페인 부인들 속에서 언제인가는 내가 배운 스페인어를 구사한다는 그런 꿈이었지요. 최근에는 전투를 경험한 적도 전혀 없습니다. 하지만 당신의 참모는 충분히 될 수 있을 겁니다. 장군의 편에서 우리 지휘관들과 장군들과의 일이 매끄럽게 진행되도록 도울 수 있을 겁니다. 나는 그들 대부분을 잘 알고 있기 때문에 그들의 성격도 모두 파악하고 있습니다. 어떻게 말을 해야 하는지도 알고 있어요. 군인들에게는 정확한 말이 아주 중요하지요. 장군에게 쓸모가 있을 겁니다."

날이 점점 어두워지면서 다시 굵은 빗줄기가 마당과 지붕을 때리기 시작했다. 빗줄기가 세차게 내리고 있었다. 비가 쏟아지기 시작한 몇 분 동안은 시끄러운 소음으로 인해 대화를 하기가 어려울 지경이었다. 히슬롭이 다시 말을 이었다.

"이런 날씨는 당신의 목숨을 빼앗을 수도 있습니다. 이곳 사람들이 쓰는 말 중에서 이런 것이 있어요. '겉옷을 입어라, 그러면 땀이 날 것이다. 그것을 벗어라, 그러면 추워서 떨릴 것이다.' 이런 곳에서 10년을 지내고 나니 건강이 엉망이 되었답니다. 나는 영국의 6월을 그리워하고 있습니다. 하지만 6월에 영국에 나가려면 수많은 계획을 미리 세워야만 합니다. 3월에는 호위대 일로 버진섬에 있는 토르톨라에 가야만 하니까요. 11월달에는 영국으로 들어가고 싶지 않아요.”

“하지만 총독에게는 카라카스가 더 나을 것입니다. 그곳에서는 계절이 상관없으니까요. 카라카스의 계곡은 영원한 봄의 땅으로 알려져 있습니다. 꽃들은 아주 강한 향기를 내뿜고 과일 열매들은 아주 크고 달지요.”

미란다는 히슬롭 총독이 우편함에 들어 있다고 말해 주었던 익명의 편지를 보여 주었다. 봉인을 뜯지 않은 상태 그대로였다. 그는 편지를 탁자 위에 올려놓으면서 이렇게 말했다.

“이 편지를 총독이 있는 곳에서 읽는 편이 훨씬 낫겠다고 생각했어요. 하지만 조금 있다가 읽기로 하지요.”

“장군님!”

히슬롭은 미란다의 행동에 매우 감동한 눈치였다. 얼마 후에 하인들이 점심 식사를 가져왔다. 하인들이 맨발로 딱딱한 판자 위를 밟으면서 들어오자 그들에게서 연기와 숯이 타는 냄새 그리고 비와 썩은 나뭇잎 냄새가 물씬 풍겼다. 그 냄새들은 부엌으로 사용하는 오두막에서 나던 냄새들이었다.

히슬롭이 다시 말을 꺼냈다.

“장군님, 이건 연회가 아닙니다. 이곳의 생활은 선상에서와 아주 비슷합니다. 우리에게는 2만 명의 흑인들이 있는데, 플랜테이션 농장에서 아침 5시부터 저녁 6시까지 일하고 있습니다. 이곳에서 가장 부족한 것은 식량입니다.”

“농장에서 재배를 하지 않습니까?”

“플랜테이션 농장에서 나오는 것이라고는 코코아와 면 그리고 사탕수수와 커피뿐입니다. 흑인들은 시간이 나면 카사바나 얌 그리고 고구마와 같은 작물을 재배합니다. 하지만 어떤 물건도 사고 파는 것이 허락되지 않고 있습니다. 이곳에서는 노동자들을 파구놀이라고 부릅니다. 그들은 이따금씩 숲에서 작은 야생 동물들의 고기를 구해오기도 합니다. 그리고 어떤 유색 인종의 자유인들은 그들이 소유하고 있던 가축류들을 내다 팔기도 하지요. 하지만 우리는 늘 기아에 가까운 상태랍니다. 여기에서 우리가 먹는 음식은 거의 모두가 캐나다나 미국에서 수입된 훈제 아니면 염장되어서 상자에 담겨오는 것들입니다. 쇠고기, 고등어, 연어, 대구, 청어 등이 그런 것들입니다. 심지어 상자에 든 담배도 있습니다. 버터는 소금을 쳐서 붉은 오렌지빛이 나는데 파운드당 6실링이랍니다. 아무도 우유에서 버터를 만들 생각은 하지 못하고 있습니다.”

“그 점에 대해서 사과할 필요는 없어요. 나는 이런 음식에 대해서 잘 알고 있습니다. 집에서 먹던 기억이 납니다. 그런데 정원에서 무슨 일이 벌어지고 있나요? 저 사람들은 자기들이 무엇을 하고 있는지 알고 있나요?”

“나는 그걸 잘 알 수가 없습니다. 의심스러운 일이지요. 당신은 군인입니다. 장군은 일단의 무리가 무엇을 하고 있는지 파악할 수 없다면, 그것은 그 무리 자신도 무엇을 하고 있는지를 잘 모르고 있기 때문이라는 사실을 알고 있을 겁니다. 그들은 그들이 들은 대로만 할 뿐입니다. 우리는 물의 범람을 줄이기 위해 언덕에 경사진 땅을 고르게 만들려고 한답니다. 동시에 배수로를 파고 있는데, 바닥에 자갈을 깔지요. 그들이 몇 년 전에 이 정부 관저를 만들 때, 함께 끝을 내야만 했던 일이었습니다. 하지만 아직도 끝나지 않았습니다. 먼저 도랑을 파고 자갈을 집어넣습니다. 그리고 나서 덮으면 된다고 가르쳤지요. 물이 고여서 썩는 것을 방지하기 위한 조치였습니다.”

“그렇게 할 필요가 있었나요?”

“물론입니다. 물이 썩기 시작하면 이내 모기들이 번식하고 맙니다. 모기가 생기면 여기에서는 더 이상 살 수가 없게 됩니다. 내가 그들의 지휘관격인 사람에게 해야 할 일을 설명하자, 그는 잘 알았다는 시늉을 했습니다. 하지만 내가 그에게 돌을 묻으라고 요청하자, 왜 그렇게 해야 하는지 정말로 모르더군요. 플랜테이션 농장에서 일하는 사람들은 어느 정도 생각이 있지만 이곳에 새로 온 흑인들은 아무것도 모릅니다. 그들은 노동이라는 것을 하면서도 자신들이 일한다는 것을 알기나 하는지 모르겠습니다. 그들은 아마도 처벌받는 것에 대해서만 생각하는 것 같아요."

"그들을 이끄는 것은 몹시 힘겨운 일이겠군."

"이런 흑인들은 낮 동안에는 지옥에 있는 거라고 믿고 있어요. 말 그대로 지옥이지요. 그 점을 알고 있었나요? 이상한 지옥이라고 할 수 있는데, 그곳에서는 자기들이 무엇을 했든지 혹은 그들에게 무슨 일이 일어났든지 별로 상관이 없다고 생각합니다. 일단 태양이 지면 진짜 세계가 그들에게 시작되는 것이지요. 어두운 밤이 되면 모든 것이 변하게 됩니다. 장군도 알다시피 이곳에서는 5분 안에 밤이 되고 맙니다. 밤이 깊어가면 모든 사물들은 균형을 잃어버리게 됩니다. 우리는 유령이 되고 그들은 왕과 왕비 그리고 왕세자와 위대한 재판장이 되는 것입니다. 그들은 왕관을 쓰고 손에 채찍을 듭니다. 그들의 마법사들이 그들에게 말해 준 것이지요. 그들은 그렇게 믿고 있어요. 당신이 그들에게 무엇을 한다거나 아니면 그들의 영을 일깨우려고 아무리 노력한다고 해도 아무런 소용이 없습니다. 그들은 밤의 세력이 자신들의 것이라고 확신하고 있습니다. 이런 것들이 우리가 올해에 일찍 조사하려고 했던 것 중의 하나입니다. 당신이 10년 동안 살았던 곳이라면, 당신은 그곳에 대해서는 잘 알고 있다고 생각할 것입니다. 하지만 그 순간 당신은 줄곧 방심할 수 없는 모래 위에 서 있었다는 사실을 발견하게 됩니다. 바로 그와 같은 경우지요."

"베네수엘라에서도 흑인들이 옷을 차려 입고 흥겹게 지낸다는 것은 잘 알고 있습니다. 그들은 대단히 흉내를 잘 내는 사람들이지요. 그러나 어느 누구도 그런 것을 조사하겠다고 생각한 사람은 없었다고 생각합니다.”

“하지만 우리는 조사해야 합니다. 그들이 바바도스에서 장군에게 무슨 말을 했는지는 잘 모르겠지만, 작년 12월에 이곳에서 소동이 일어났습니다. 대규모의 반란이 일어날 뻔했던 것입니다. 그들 모두가 그 소동에 참가했으니까요.”

히슬롭은 하인들을 향해 턱을 내밀면서 이렇게 말했다.

“소요가 발생했다는 겁니까?”

“그렇습니다. 모든 흑인들은 자기들이 백인에게 속해 있든지 아니면 유색인에게 속해 있든지 간에 모두 그 일에 가담했습니다. 우리의 코 밑에서 우리가 전혀 눈치채지 못하도록 여러 해 동안이나 일을 꾸미고 있었더군요. 그러던 어느 날 그들은 모든 백인들을 죽이려고 했습니다. 그리고 단 하나의 피부색을 지닌 사람들만 남아 있게 만들고 난 다음, 교회로 가서 성찬식에 참여하고 돼지고기와 춤의 축제를 벌이려고 했답니다.”

“총독은 그 사실을 어떻게 해서 알게 되었습니까?”

미란다가 궁금한 표정을 지었다.

“심문이 있을 때 그들은 이렇게 대답했습니다. 그것이 지난 3년 동안 그들이 생각해 낸 전부였어요. 그들은 그 일을 벌인 후에 돼지고기를 먹으면서 춤을 추고 즐겁게 살 작정이었다는 것입니다. 장군은 잘 믿을 수 없을지도 모르겠지만, 그들은 사람들을 죽이고 집과 들판을 불태우려고 시도했어요. 이전에도 나는 흑인을 똑바로 보지 않았습니다. 내 말이 의미하는 바를 아시겠죠?”

“어느 정도는 이해할 수 있습니다.”

“나는 지금도 흑인들을 똑바로 바라보고 싶지 않지만, 항상 쳐다보게 됩니다. 그들이 내가 지켜보고 있다는 것을 의식하지 못할 때도 있습니다. 어쨌든 한 달 혹은 두 달 안에 모든 것들이 변할 것입니다. 마당에서 일하는 이 사람들은 노예선으로 가거나 아니면 다른 공공작업을 하게 될 것이고, 다른 사람들이 이곳에 있는 마당에서 일을 하게 될 것입니다. 여기에 있는 사람들은 아직 아무것도 모르고 있습니다. 우리는 그 일을 비밀로 하고 있어요. 우리는 중국인들을 데려오려고 합니다.”

“중국에서 말이오?”

“꼭 그렇지는 않아요. 주로 인도의 캘커타에서 데려오려고 합니다. 하지만 그들이 이곳으로 오게 된 최초의 중국인이 될 것입니다. 그 생각을 처음으로 하게 된 것은 내가 3년 전에 여기 총독 관저 주위의 황폐함을 보고 난 다음이었습니다. 나는 이곳에 식물원이 있었으면 좋겠다고 생각했어요. 다른 섬에는 그런 것이 있거든요. 흑인들은 그 점에 대해 잘 알지 못했지만, 대농장주들도 그런 생각을 별로 좋아하지 않았습니다. 그들은 흑인들이 농장을 떠나서 다른 농사일을 하는 것 자체를 원하지 않았던 것입니다. 나는 런던에다 중국인들에 대한 생각을 써 보냈습니다. 일은 아주 천천히 진전되었습니다. 거의 2년이라는 세월이 걸렸으니까요.”

“그래서 모든 일들이 예정대로 진행되었습니까?”

미란다가 히슬롭을 응시하면서 물었다.

“동인도 회사에서 캘커타에 있는 중국인들을 선발했다고 합니다. 그들이 이곳에 도착할 무렵이면 당신은 더 이상 이곳에 있지 않겠지요. 그리고 나도 그 일에 대해 흥미를 잃어버리게 되겠지요. 미 카마 아키…….”

“히슬롭!”

“나의 스페인어 실력을 보여드리지요. 미 카마 아키…….”

“여기에 있는 내 침대는……. 총독의 스페인어 억양은 전혀 어색하지 않소. 아주 훌륭해요.”

“노 하 시도…….”

“그것이 아니었다…….”

“우나 드 로사…….”

“장미 한 송이가…….”

"여기에 있는 내 침대는 장미 한 송이가 아니었다."

"정말 유창하군요."

"나는 중국인들이 이곳에서 야채도 재배하기를 바라고 있습니다. 흑인들은 정말로 아무것도 모르고 있고, 대농장주들은 그들의 농장에서 일하는 흑인들이 재배한 것은 아무것도 팔지 못하도록 금지하고 있으니까요. 그들은 하이티의 사건 이후에 자기들이 소유한 흑인들이 어떤 생각도 하지 않기를 바라고 있습니다. 하지만 그들은 흑인들을 학대하면서도 어느 선에서 학대를 그쳐야 하는지를 잘 모르는 사람들 같아요. 이곳에서 내 생애의 3년을 보내면서 인간의 비열함을 더욱 많이 보게 되었습니다."

"비열함이라……. 나는 그 말을 알고 있습니다. 하지만 대화에서 사용하는 것은 한 번도 들어본 적이 없습니다."

미란다가 히슬롭의 말을 가로막으면서 말했다.

"아마도 내가 그 말이 들어간 문장을 지난 3년 동안이나 사용하고 있었기 때문일 겁니다. 나는 항상 마음 속으로 그 말을 한답니다. 그러면 어느 정도 위로가 되더군요. 우리가 이곳에 모아 놓은 프랑스 귀족들은 모든 사람들에게 해를 끼치고 있었습니다. 장군은 프랑스에 가 본 적도 있고 그들 군대의 장군으로 근무한 적도 있습니다. 나는 지금 당신이 모르는 것에 대해 말하는 것이 아닙니다. 프랑스 귀족 사회에 대해서는 잘 알려져 있지 않습니다. 난 그들을 이해할 수가 없어요. 그들은 자기들 주위에 있는 사람들이 초라하게 될 때에만 부유하다고 느낍니다. 다른 사람들이 격하되어서 자신의 지위보다 낮게 되면, 안정을 느끼게 되나 봅니다. 나는 이제서야 그들이 왜 프랑스에서 혁명을 일으켰는지를 이해할 수 있어요. 그리고 그와 같은 혁명을 하이티에서 다시 한 번 재현할 것입니다. 더욱 난폭한 방법으로 말입니다. 그리고 이곳에서도 한 번 일으킬 뻔한 적이 있습니다. 그들은 나를 개입시키려고 했습니다."

히슬롭은 몹시 흥분하면서, 말을 할 때마다 규칙적으로 가슴을 가볍게 두드렸다.

"이곳에서 혁명의 기운이 싹트고 있었다는 겁니까?"

"그렇습니다. 나는 깊은 밤에 군사들을 데리고 달려가서 주모자를 찾아냈습니다. 만약 조사가 있게 되면 내가 그 책임을 져야만 합니다. 나는 나 혼자뿐이었어요. 바로 그것이 고빌과 몬탈란버트와 루제트와 다른 사람들이 생각한 것이에요. 그들은 그저 팔짱을 긴 채로 가만히 서 있으려고만 했습니다. 하지만 나는 그런 일이 일어나게 놓아둘 수가 없었습니다. 나는 임무를 완수해야 하는 군인입니다. 이 지역에 대한 수비와 공공 질서를 지키는 일은 나의 책임이니까요. 나는 흑인들에 대한 관리나 경영에 대해서는 아무것도 모릅니다. 그런 것에 대해서 알도록 요청받았던 일도 없었습니다. 런던에서 법률가로 일하던 개로우는 픽튼의 재판에서 그 점을 분명하게 했습니다. 나는 사본을 모두 가지고 연구를 해 보았습니다. 개로우는 법률을 넘어서 월권 행위를 하는 관리는 자기의 행동에 대한 책임을 져야 한다고 말했어요. 따라서 시 의회의 대농장주들과 간수들과 다른 모든 사람들은 모두 자기들의 역할을 해야만 했어요. 그들은 나의 이야기를 별로 좋아하지 않았지만, 나는 내 입장을 분명하게 밝혔습니다. 장군이 좀더 오래 머무르게 된다면, 내가 이 섬에서 가장 인기있는 사람이 아니라는 것을 알게 될 겁니다."

"그런데 언제 조사가 있을 예정인가요?"

미란다가 궁금한 듯이 질문을 던졌다.

"누가 당신에게 벌써 말을 했나요? 아마 그 일에 대해 엄중한 조사가 있을 것입니다. 런던에서 날아온 소식은 아주 이상했어요."

"조사할 것이 많은가요? 아주 나쁜 일이었습니까?"

"세 명이 교수형을 당했다고 합니다. 머리에 못을 박고 몸을 쇠사슬로 매달았습니다. 광장에서 그 일을 했다고 하더군요. 아마도 많은 사람들이 그것을 구경했을 겁니다. 해적들의 시체는 런던에서 약간 위쪽에 있는 템스강의 둑 위에 세운 교수대에다 매달았다고 합니다.”

“몹시 참혹한 일이군요.”

“여러 사람들의 수족이 절단되었습니다. 그것은 섬에서도 사용하는 방법이지요.”

“총독의 경우에는 어떻게 절단합니까?”

“귀를 잘라 버립니다. 나는 다른 곳에서도 그렇게 하는 것을 본 적이 있습니다. 어떤 섬들에서는 코를 자르기도 하지만, 이곳에서는 단지 귀를 자른답니다.”

“베네수엘라에서는 그런 것을 본 적이 없습니다. 하지만 내 기억만을 의지할 수는 없지요. 형벌은 언제나 관습에 의지하게 됩니다. 그런데 당신이 너무 과민하게 반응하고 있는 건 아니오? 반역은 반역이니까.”

“그것은 내가 기분이 좋은 상태일 때 스스로에게 하는 말이지요. 식민지의 서기관으로 있는 캐슬러 경이 승인을 보내왔어요. 캐슬러 경은 그런 계급에 대해 공동체에서 경계를 해야만 한다고 말하더군요. 하지만 조사가 있게 되면 그런 승인이 도대체 무슨 가치가 있겠습니까?”

“그런 것은 형식적인 절차라고 할 수 있겠지요.”

“내가 그 사람들에게 백 대의 채찍질을 하고 그들의 귀를 자르게 했을 때, 만약 나에게 어떤 법률 조항을 따라서 그렇게 했는지를 설명하라고 한다면 나는 아무 말도 할 수 없을 겁니다. 나는 단지 시의회와 대농장주들의 말에 따른 것에 불과합니다. 간수들이 해야 할 일을 알아서 한 것입니다. 나는 법률이 어떤지를 찾아 본 적이 없습니다. 여기에서는 어떤 법률이 사용되는지조차 알지 못해요.”

“이 지역은 어떤 역사적인 배경을 가지고 있습니까?”

미란다가 히슬롭을 쳐다보면서 물어보았다.

“지금부터 9년 전까지만 해도 스페인 제국의 영토에 속해 있었습니다. 전쟁 말기의 스페인으로 돌아가야 하는지 아니면 다른 곳에서 어떤 것에 대한 교환 조건으로 프랑스 사람들에게 물어 보아야 하는지를 도무지 모르겠어요. 아무도 모르더군요. 만약 법률이 스페인 방식이어야 한다고 말한다면, 여기에서는 스페인 법률에 대해서 내게 말해 줄 사람이 전혀 없답니다. 법률책이나 법률가는 모두가 멕시코 만의 다른 쪽에 모여 있습니다. 군대의 총독으로서 단지 책임있는 시민들의 충고만을 따를 수밖에 없는 노릇이지요. 그것은 톰 픽튼이 저질렀던 일인데, 나도 그의 뒤를 그대로 뒤따르게 되었습니다. 그리고 픽튼을 반대하는 청원서가 나왔습니다. 무려 서른 일곱 개의 혐의 사실이 제기되었습니다. 재판도 없이 사형을 집행한 것과 허위로 감금한 것, 고문과 산 채로 화형에 처한 것 등이 바로 그것이었습니다. 그의 보석금으로 4만 파운드가 결정되었습니다. 하지만 그 사람은 이미 파멸한 것이나 다름이 없었고, 그의 삶은 최근 3년 동안 절망 상태에 놓여 있습니다."

"총독은 이곳에 너무 오랫동안 있었군요. 당신은 너무 지나칠 정도로 깊이 생각하는 것 같습니다. 당신과 픽튼은 서로 비교할 수조차 없어요. 그는 악명이 매우 높았으니까요. 그런 혐의의 대부분은 연대에 있었을 때부터 있던 것입니다. 다른 것들은 모두 거부되고 말았지요. 도둑질을 한 어린 뮬레토 소녀를 고문한 것에 대한 고소도 있었지만, 그것도 역시 거부되었습니다."

"그들이 바바도스에서 당신에게 말하지 않던가요? 그 재판은 엘렌보로우 경이 있는 곳에서 이루어졌습니다. 2월 말까지 계속되었지요. 픽튼 장군은 유죄로 판명되었습니다."

"그런 소식을 언제인가 들은 적이 있는 것 같군요. 나는 픽튼이 나에게 많은 해를 입혔기 때문에, 그에게 원한을 갚아야 한다고 생각했습니다. 그렇지만 지금은 그렇게 생각하지 않습니다. 총독도 역시 쌓인 원한으로 인해 너무나 많은 시간을 낭비할 수가 있습니다. 복수를 한다는 생각 따위는 그만 잊어버리십시오. 그는 물론 상소를 할 것입니다."

"그는 당연히 상소할 것입니다. 하지만 그는 이미 파멸당했어요. 사람들을 고문하도록 만들고 산 채로 불태우는 여러 가지 방법들을 생각해낸 자들은 바로 대농장주들입니다."

히슬롭이 약간 흥분하면서 말했다.

"그 사실을 모르고 있는 사람은 아무도 없소."

"하지만 대농장주들은 자유인입니다. 감옥을 세운 사람은 픽튼이 아니랍니다. 그가 이곳에 왔을 때에는 이미 간수들과 고문실 그리고 특별히 고안한 '뜨거운 방'이 있었습니다. 대농장주들이 전에 세워 놓았던 것들입니다."

"그렇다면 모든 책임이 대농장주들에게 있는 것이로군."

"대농장주들은 간수들에게 보수를 지급하면서 흑인들을 고문하거나 채찍질을 하도록 시켰어요. 행정장관이었던 대농장주가 그 당시에 뮬레토 소녀를 고문하도록 간수에게 60릴을 지불했는데, 그 돈은 6달러 60센트 정도였어요. 아무도 그 농장주나 혹은 다른 사람들을 조사하지는 않았습니다. 그들은 4만 파운드의 보석금을 물지 않아도 되었구요. 그들은 프랑스의 귀족들로서 자신들 외에는 어느 누구에게도 관심이 없습니다. 이곳에 오랫동안 머물게 되면 생각이 달라질 것입니다. 신뢰를 잃어버리게 되지요. 그리고 자신의 방법을 잃어버리고 말 것입니다."

"그런 입장에 처한다면, 나도 그렇게 될 겁니다."

"장군에게 한 가지 더 말씀드릴 게 있습니다. 작년에 이곳에서는 침략 소동이 일어났었습니다. 처음에는 프랑스 사람들이 그랬고 그 다음에는 스페인 사람들이었지요. 스페인 제독 그라비나가 장비를 갖추고 이곳 바다 위에 나타났습니다. 우리의 병력이 얼마나 작은지 또한 지속적인 공격을 받게 된다면 얼마나 쉽게 깨질 수 있는지를 당신에게 말할 필요는 없을 것입니다. 우리는 분명히 섬 전체를 방어할 수가 없었어요. 해안선은 3백 마일이나 되고, 어떤 곳은 지형이 험악해서 거의 거주하는 사람들이 없는 형편입니다. 그래서 나는 시 의회에서 우리가 방어할 것들을 결정해야 한다고 생각했습니다. 나는 차구라마스에 있는 해군항을 수비하는 것이 무엇보다 전략적이라고 생각했습니다. 그곳은 작은 지역이었기 때문에 얼마 되지 않는 병력으로도 방어가 충분히 가능한 곳이랍니다. 선박들을 잘 보호하고 있으면, 나중에라도 다시 싸울 수 있었습니다. 그러나 대농장주들은 싫다고 대답했습니다. 우리 군대의 임무가 그들의 재산을 보호하는 데 있다고 주장했던 것입니다. 장군, 이제 당신은 영국에서 일어나고 있는 노예제도와 노예매매에 대한 논쟁에 휘말리게 되는 것입니다. 대농장주들이 '흑인들'이나 혹은 '노예들'이라고 말하는 것 대신에 '재산'과 '재산의 자유로운 양도' 또는 '자유로운 공급'이라는 말로 표현하고 있다는 것은 잘 아실 것입니다."

"그들은 흑인을 재산으로 생각하고 있소."

"그들은 땅에 대해서는 언급조차 하지 않습니다. 그들 가운데 대부분은 그들이 이곳에 왔을 때 공짜로 땅을 갖게 된 것입니다. 스페인 사람들은 섬을 개발하기 위해서 정착민들에게 그들이 데리고 온 흑인 한 명당 16에이커의 땅을 제공했습니다. 어떤 백인 정착민은 한 명당 32에이커의 땅을 얻었고 유색의 자유민은 16에이커를 받았습니다. 이곳에 와서 스페인 법률 아래 복종하게 된 수많은 사람들은 다른 지역에서 빚을 지고 도망을 친 사람들이었습니다. 그들이 데리고 온 흑인들조차도 저당을 잡히고 데려온 사람들이랍니다. 그래서 이런 피난민 귀족들은 사실상 커다란 전쟁이 벌어지고 있는 동안에 자기들의 흑인들을 잃지 않도록 보호해 주는 것이 총독으로서의 나의 임무가 아니겠느냐고 말하는 것이지요. 그들은 런던의 권력층에 친구들을 갖고 있었습니다."

"총독에게는 커다란 난관이었겠소."

"그 당시에 나는 차구아라마스에 있는 항구를 요새화하는 일에 7만 5천 파운드를 쓰고 난 후였기 때문에, 도시와 그 주변에 있는 플랜테이션 농장을 강화하려는 생각은 전혀 하지 못했습니다. 그 때문에 재정이 텅 비게 되었고 내게 속한 하인들과 군인들은 거지가 되고 말았습니다. 나는 성실하고 성향이 좋은 흑인들을 특별 흑인 공격대원으로 등록시키려는 생각을 했지만, 그것 역시 말할 수조차 없었답니다. 대농장주들은 자기 소유의 흑인들을 잃기를 원하지 않았습니다. 나는 그들에게 이렇게 말했어요. '우리는 그들을 아주 조심스럽게 다루겠습니다. 만약 그들을 잃어버리게 되거나 그들이 상처를 입게 된다면 우리가 충분한 보상을 해 드리겠습니다.' 그러나 농장주들은 하이티 사건 이후로 흑인들이 총을 다루는 것을 원하지 않는다고 하더군요. 그래서 나는 다시 이렇게 사정했습니다. '그렇다면 좋습니다. 우리가 도시의 서쪽에다 세우고 있는 언덕 위의 요새를 완성하도록 당신들이 소유한 흑인들 몇 명을 내게 빌려 주십시오.' 하지만 그들은 그것조차 거절했습니다. 우리는 지금 어디에 있는 것입니까? 나는 도무지 알 수가 없었어요."

"하지만 총독은 요새를 다 건설하지 않았소?"

"어떤 수단으로든 나는 요새를 지어야 했습니다. 그것은 총독으로서 나의 임무였으니까요. 나는 유색인들이 소유한 흑인들을 동원했습니다. 유색인들 역시 그것을 별로 좋아하지 않았지만, 백인들이 수적으로 우세했기 때문에 어쩔 수 없는 일이었지요. 픽튼에 대한 유죄 판결이 났다는 소식이 전해지자 유색인들 중에서 나를 따르는 사람들이 나타나게 되었습니다. 그런데 유색인 한 명이 그가 엉뚱하게 체포되었던 일을 가지고 픽튼에게 4만 파운드를 보상하라는 고소장을 냈다는군요. 나에게도 그런 비슷한 일이 일어나도록 기다리고 있는 셈이었습니다. 나는 밤낮으로 전에 내가 했던 일들을 다시 돌이켜 보게 되었습니다. 나 자신을 직접 고소하고는 스스로를 변호하는 것이지요. 나는 병에 걸릴 것만 같았습니다. 지난 12월과 1월에 귀가 잘린 흑인들은 백 대의 매를 맞기도 했습니다. 스페인이 통치하던 시기에는 스물다섯 대까지가 한계였습니다. 픽튼은 그것을 서른아홉 대까지 올려놓았는데, 그것은 모두 프랑스인들의 영향 때문이었습니다. 대농장주들이 그런 흑인들에게는 매를 백 대씩 때려야 한다고 요청했을 때, 내가 왜 그것을 허락했는지 모르겠습니다. 오십 대를 맞은 후에 그 흑인은 이미 절반 정도 죽어 있는 상태였습니다.”

“하지만 경범죄는 국가에 대한 반역과는 전혀 다른 문제입니다. 당신은 불필요하게 자신을 괴롭히고 있군요.”

미란다가 히슬롭을 위로하면서 말했다.

“장군도 그렇게 생각하십니까? 귀를 잘린 사람 중에 한 명은 유색인의 자유민이었습니다. 대농장주들은 그 사람을 아주 싫어했습니다. 그들은 유색의 자유민이 흑인들과 연합하게 되면 가장 위험한 부류의 사람이 된다고 말하더군요. 그래서 그 유색의 자유민을 노예로 되돌리기로 결정했습니다. 그들은 그의 귀를 자르고는 섬 밖으로 내다 팔았습니다. 섬에서는 종종 그렇게 하고 있습니다. 그것은 비록 교수형보다 한 단계 아래의 형벌이었지만, 그 사람은 그 이후에 살아갈 가치조차 없게 된 것입니다. 어떻게 해서 자유민에게 그런 일을 할 수 있었을까요?”

“그건 몹시 어려운 문제요.”

“마땅히 그들에게 법 조항을 보여 달라고 요구하는 것이 올바른 행동이었을 것입니다. 하지만 나는 그렇게 하지 못했습니다. 이제는 조사관들이 나에게 그 질문을 하겠지요. 영국의 법률에는 자유민의 귀를 자르고 노예로 만들어서 외부에 싼 값으로 팔아넘겨 죽도록 일만 하게 만드는 그런 법 조항은 없습니다. 영국의 법에 의하면 단지 흑인의 귀만 자를 수 있으며, 그를 다른 곳에 팔 수는 없게 되어 있습니다. 실제로 픽튼에 대한 소식이 전해지기 전까지, 나도 그런 일은 까맣게 잊어버리고 있었습니다. 이제는 그 일을 하루에도 대여섯 번 이상이나, 아니 열두 번도 더 생각하게 됩니다. 내 차례가 되어서 그 사람의 일에 대해 조사를 받게 되면, 내가 할 수 있는 말은 오로지 대농장주들이 지난 12월에 나를 위협해서 그렇게 하는 것이 마땅하다고 종용했다는 사실을 실토하는 것뿐이랍니다. 물론 나 스스로에게 그 불쌍한 사람은 이제 더 이상 런던에 있는 법률가들과 접촉할 수 없는 위치에 있다고 말하면서 자위를 하기도 합니다. 당신도 알다시피 그는 오랫동안 살아있지 못할 거예요. 그런 불법을 그 사람에게 저지르고는, 아니 적어도 그런 불법을 그에게 저지르도록 허락해 놓고는, 이제 그가 죽기를 바라고 있는 형편이 된 것입니다."

"그것은 어쩔 수 없는 상황이었잖소."

"장군, 난 이런 곳에서 그만 벗어나고 싶습니다. 이곳에 있으면 점점 더 수렁으로 가라앉는 느낌이 듭니다. 더 이상 내가 가고 있는 길을 바라볼 수가 없게 되었습니다. 내가 조금 전에 과거를 돌아보는 것은 쉽다고 말씀을 드렸지요. 10년 전까지 내 삶은 너무나 분명한 것이었습니다. 하지만 지금은 안개 속에 싸여 있는 것 같습니다. 내가 왜 이 일을 하고 있는지 모르겠습니다. 법적으로 높은 지위에 있는 사람들에게 복종할 수밖에 없다는 생각은 더 이상 올바른 대답이 될 수 없습니다. 사실 이런 식으로 복종하는 것은 내가 군인으로 근무하면서 몸에 밴 것들이지요."

"총독을 걱정스럽게 만드는 것은 픽튼의 소송 때문만이 아니군요. 날씨탓도 있다는 생각이 듭니다. 그것이 당신을 무기력하게 만들고 있는 것 같습니다. 당신 말대로 너무 오랫동안 이곳에서 간수 노릇만 하느라 지쳐버린 겁니다. 총독은 지금 망상과 싸우고 있는 거요."

"아직 말씀을 드리지 않은 것이 있습니다. 픽튼이 고문했다는 사실을 확실하게 뒷받침해 주는 사건이 하나 있습니다. 3년 6개월 전에 일어난 사건인데, 내가 이곳에 도착한 바로 그 주일에 벌어졌습니다."

"어떤 사건입니까?"

"거대한 농장의 관리인으로 있는 행정 주지사가 오후 늦게 이곳

으로 왔습니다. 내 짐들은 아직 마차에서 내리지도 않았던 상태였
지요. 행정 주지사는 몹시 화를 내고 있었습니다. 그는 나에게 자유
민이었던 어떤 뮬레토인이 흑인 마법사와 거래를 하고 있는 것을
발견했다고 보고했습니다. 그 뮬레토인은 어떤 사람의 집에서 하녀
로 일하고 있는 흑인 여인에게 함께 밤을 보내자고 하면서 그녀를
괴롭혔다고 합니다. 그 흑인 여인은 그를 거절했습니다. 그러자 그
는 이번에는 단순히 친구로 지내자고 하면서 손을 내밀었습니다.
그녀가 손을 잡자 그는 손톱으로 그녀의 손바닥을 긁었습니다. 그
런데 그녀는 곧바로 경련을 일으켰고 손과 팔이 부풀어 올랐습니
다.”

“저런!”

“그 흑인 여인이 소리를 지르자 거리에 있던 다른 흑인들도 깜짝
놀라게 되었습니다. 흑인들은 항상 독을 무서워하고 있었거든요.
몇 명의 흑인들이 경찰관을 불렀습니다. 경찰은 그 뮬레토인을 잡
아서 감옥에 집어넣었습니다. 픽튼 시대에 있었던 오래된 감옥이었
는데, 고문을 위한 ‘뜨거운 집’이 있는 곳이었어요. 2년 전에 우리
는 그것을 부수었지요. 행정주지사는 그 사실을 조사하기 위해 즉
시 감옥으로 달려갔습니다. 뮬레토인은 그 여인에게 독을 사용하지
않았다고 말했습니다. 단지 사랑의 미약으로 그녀의 손바닥을 약간
긁은 것뿐이라고 말했습니다. 그 미약은 플랜테이션 농장의 나이
많은 흑인에게서 얻은 것으로 기름과 수은 그리고 손톱을 섞어서
만든 것이었습니다.”

“최음제를 사용한 것이군.”

“그는 이미 두 명의 여인에게 그 약을 시험했고, 약에 취한 여인
들은 그를 미친 듯이 사랑하게 되었다고 합니다. 그런데 이번에는
그 약을 너무 강하게 만든 것 같다고 말했습니다. 그에게 약을 만들
어 준 흑인도 그런 위험성에 대해서 미리 말해 주었다고 합니다.”

“그 사건은 어떻게 해결되었소?”

"하지만 행정주지사에게는 그 이야기가 결코 우스운 것이 아니었어요. 그는 간수에게 그 뮬레토인을 다락방으로 데리고 가서 고문하도록 명령했습니다. 이상하게도 그곳에는 백인들도 있었습니다. 그곳에서 이탈리아 선원도 보았다는 겁니다. 그는 모든 것들을 목격한 셈이지요. 장군, 혹시 말뚝형이라는 고문 기구에 대해 알고 있습니까?"

"오래 전에 기병대에서 사용하던 고문 기구가 아닙니까?"

"그렇습니다. 오른쪽 다리를 뒤로 해서 왼쪽 팔에 묶은 다음, 무게를 지탱하도록 하면서 고통을 줍니다. 그리고 날카로운 막대기 위에 발가락으로 서 있도록 왼쪽 손목을 매다는 것입니다. 참혹한 고문을 받게 되자 그 뮬레토인은 해독제에 대해 말했습니다. 그것은 럼주와 아위식물 같은 것이었습니다. 물론 아무런 효과도 없었어요. 놀라운 것은 행정주지사가 그것을 정말로 해독제라고 생각했던 것입니다."

"그 여인의 상태는 호전되었습니까?"

"아닙니다. 그 여인은 팔이 여전히 부풀어오른 상태로 계속 비명을 질러대었습니다. 모든 사람들이 깜짝 놀라서 두려움에 떨었습니다. 프랑스 간수로 있던 늙은 발로가 다시 뮬레토인을 매달자, 그는 기절해 버리고 말았습니다. 뮬레토인은 식은 땀으로 범벅이 된 채 한참 동안이나 가만히 누워 있었습니다. 의식을 회복한 후에는 조금 전에 말했던 플랜테이션 농장의 흑인에 관해 다른 식으로 이야기를 했습니다. 그는 섬에서 추방된 적이 있는 흑인 마법사에게서 그 약을 받았다고 주장했습니다. 대농장주는 마법이라는 말을 듣자 공포에 질려 버렸습니다. 행정주지사는 그 뮬레토인을 당장 섬 밖으로 추방해야 한다고 말했습니다. 그를 그곳에서 완전히 추방하기를 원했던 겁니다. 그러자 일은 순식간에 이루어지고 말았습니다. 서류도 없었고 다른 것도 전혀 없었습니다."

"모든 것이 일방적으로 이루어지고 말았군요."

"나는 그 사건을 잊을 수가 없습니다. 하지만 더 기억에 남는 것은 사랑의 미약이나 아위식물, 럼주 같은 것이지 마법사가 아니었습니다. 지금 내 기억의 밑바닥을 더듬어 보니, 그 날 행정주지사와 나누었던 모든 대화들이 상세한 부분까지 떠오르는군요. 픽튼의 유죄 판결이 선고된 이후에 그 모든 것들이 다시 나타났습니다. 그 뮬레토인과 이탈리아 선원까지도 말입니다. 아마도 그들은 런던으로 달려갔고 그곳에서 자기들을 묵게 해 주고 경비 일체를 대주는 사람들을 만났을 겁니다. 그리고 법률가들과 접촉하게 되었겠지요. 픽튼의 기소를 지지했던 모든 사람들은 지금은 법률가들 뒤에 숨어 있습니다. 유색의 자유민들은 그 일에 열광적으로 나서고 있습니다. 이곳에는 그런 사람들이 무려 6천 명이나 됩니다. 그들은 돈도 충분히 마련할 수 있는 사람들입니다. 나를 기분 나쁘게 만들었던 것은 내가 항상 유색인들을 친구로 대해 주었다는 사실입니다. 톰 픽튼도 그들을 친구로서 대해 주었습니다. 들리는 소문과는 상관없이 그는 유색인들이 당하는 법적인 굴욕에 대항해 싸우기도 했습니다. 그는 그 점에 대해 런던으로 많은 편지를 써 보내기도 했습니다."

"그것은 나도 알고 있소."

"그들이 의도했던 것은 장군도 이미 들은 바가 있는 것처럼 이곳에서도 영국 법률과 영국 헌법 그리고 책임있는 정부가 필요하다고 하는 것이었습니다. 여기에서는 특별한 방식으로 언어를 사용하는데, 그들이 의미하는 바는 자신들만의 입법부와 행정부를 두고 자신들의 법을 세우고 싶다는 것입니다. 그들을 법적인 굴욕으로 몰아 넣었던 그런 법률이 어떤 것인지 알려 드리겠어요. 그들은 유색인이 흑인들을 소유하는 것을 금지시키려고 합니다. 그것은 명백한 범죄라고 할 수 있습니다. 일단 유색인이 흑인들을 소유하는 것을 불법으로 만들어 놓는다면, 그들은 단 일격에 유색인들을 무기력하게 만들 수 있습니다. 그렇게 되면 유색인들은 이곳에서 플랜테이선 농장을 경영할 수도 없고 자신들의 생계를 이어갈 방도도 잃게 됩니다. 그 사람들은 자신들에게 속한 흑인들을 데리고 모든 일들을 해 나가고 있거든요.”

“유색인들은 몹시 어려운 입장에 놓여 있군요.”

미란다가 가벼운 한숨을 쉬면서 말했다.

“그런 셈입니다. 그리고 여기에는 자유로운 여행자들도 없습니다. 유색인이 흑인들의 도움을 받지 않고 할 수 있는 유일한 일은 시 의회의 경찰이 되는 것입니다. 그것은 일반적인 경비원의 일종이지요. 마치 스페인 제국이 지배하던 시절처럼 말입니다. 선착장과 도시 안에 있는 흑인들을 감시하면서 야간 통행금지를 어기는 사람들을 찾아내는 것과 같은 일입니다. 때로는 감옥에 가서 일을 도와줄 수도 있겠지요. 그들에게 흑인을 소유하는 것을 허락하지 않으려는 것에는 여러 가지 허울 좋은 이유들이 있습니다. 온갖 비방이 난무하고 있어요. 흑인들에 대한 납치와 실종을 비롯한 여러 가지 일들이 벌어지고 있는 것입니다.”

“그런 일을 사전에 막을 수 있는 방법은 없습니까?”

“이곳에는 경찰이 단지 여섯 명뿐입니다. 우리가 재정적으로 유지할 수 있는 숫자가 바로 그 정도랍니다. 그런데 유색의 자유민들은 무려 육천 명이나 됩니다. 만약 유색인이 흑인을 소유하는 것이 불법화된다면, 그들은 소유하고 있던 모든 흑인들을 팔거나 아니면 압류당하게 될 것입니다. 어느 쪽이든지 이곳에 있는 사람들 중에서 단단히 한몫을 잡는 사람들이 있을 겁니다. 적어도 흑인들의 절반 가량을 유색인들이 소유하고 있거든요. 그래서 우리가 엄청난 돈에 대해 이야기를 하는 것입니다. 거의 확정적이기는 하지만 만약 내년에 아프리카 흑인들을 들여오는 것이 중단되어서 우리 친구들의 표현대로 ‘공급’이 순전히 지역적인 문제로 되고 만다면, 더 많은 돈이 좌지우지될 것입니다. 듀 카스텔레와 몬티그낙 그리고 몬탈란버트가 구상하고 있는 것 중에는 다른 일들도 있습니다. 유색인들이 집을 사는 것도 금지시키려고 하는 것입니다. 그것은 구식 프랑스 법률의 일부이기도 합니다. 그들은 유색인들이 어디에서 살 수 있다고 생각하는 것일까요? 그리고 집이라고 한다면 어떤 것을 말하는 것인가요? 농장 저택인가요? 그렇지 않으면 도시에 있는 집을 의미하는 것인가요?”

“그들은 도대체 무엇을 노리고 있는 건가요? 그런 일을 한다는 것은 결코 쉬운 일이 아닙니다.”

“이제 그 문제에 대해 말씀을 드리지요. 그들이 원하는 것은 단순히 박해를 위한 수단을 갖고자 하는 것입니다. 그 사람들의 생계를 박탈하려는 것이지요. 그들에게서 재산을 약탈하여 그들의 지위를 격하시키려는 의도인 것입니다. 그리고 또 다른 것들도 있습니다. 그것은 너무 끔찍한 일이기 때문에 아마 당신이 이곳에 있는 동안 들을 수 없는 이야기일 것입니다. 프랑스인들은 당신에게 그것에 대해 말하지 않을 것이고, 유색인들도 역시 너무 놀랍고 창피한 나머지 말하지 않을 테니까요. 이것은 백인 대농장주들이 아주 은밀하게 알려준 것입니다. 영국 법률이 들어오게 되면 유색인들은 경범죄로 채찍질을 당하게 될 거라고 했습니다. 지금은 단지 흑인들만이 매를 맞습니다. 따라서 지금은 자유민으로서 재산을 소유하고 있는 유색인들이 결국 흑인들과 구별되지 않는 동일한 신분으로 전락하게 된다는 것을 의미하는 것입니다. 돈도 자원도 없어지게 될 것이고 대부분이 다시 노예 상태로 돌아갈 것이 확실합니다. 이런 모든 일들이 법과 인간의 권리 그리고 영국 헌법의 관대함이라는 이름으로 이루어지게 된다는 것입니다.”

히슬롭이 약간 격앙된 목소리로 말했다.

“유색인들을 보호할 수 있는 다른 방법은 없습니까? 유색인들을 노예와 같은 상태에 처하도록 한다는 것은 아무래도…….”

“백인들은 내가 그 일을 반대한다는 것을 잘 알고 있어요. 그래서 런던과 섬들을 오고가면서 내 인격을 헐뜯고 다니는 것이지요.

나를 술고래에다 주정뱅이이며 정부 관저에서 먹는 것만을 즐기고, 저녁 식사 후에는 세상 모르고 잠만 잔다고 말하고 있습니다. 총독으로서 위엄이 하나도 서지 않는다는 것입니다. 먹는 것만을 즐긴다니……. 붉은색의 짜디짠 버터와 야채라고는 하나도 없는 선상 음식을 갖고 그렇게 말하다니…….”

“아무런 근거도 없이 함부로 비난하다니…….”

“내가 할 수 있었던 일 중에서 가장 나빴던 것은 그 사람의 귀를 자르도록 허락한 것뿐이라는 사실을 이제 알았을 겁니다. 자유민을 노예로 격하시켜서 가장 악한 부류의 흑인처럼 대접한 것을 말하는 것입니다. 그것은 프랑스인들이 모든 유색의 자유민들에게 실제로 행하고자 했던 일이었습니다. 그들은 내가 심문할 때 막강한 영향력을 행사했습니다. 그들을 마르티니크와 하이티에서 있었던 일을 들려 주었습니다. 흑인들이 마법과 요술에 너무 깊이 몰두했기 때문에 그들을 화형에 처했다고 하더군요. 한 사람은 내게 마르티니크에 있는 자기 친구 하나가 네 명의 흑인을 화형시켰다고 했습니다.”

“그건 너무 잔인한 일이오.”

“그들은 습관적으로 흑인들과 어울리는 유색의 자유민들이야말로 가장 위험하다고 말하곤 했습니다. 그래서 내가 그 사람을 아주 심하게 처벌하기를 원했어요. 심문이 끝나고 모든 증거가 나타난 후에, 그리고 많은 사람들이 밤마다 왕과 왕비 놀이를 하면서 그 놀이의 계속으로 사람들을 죽이게 되었다고 아주 담담하게 말하는 것을 듣고 난 후에, 나는 그 섬과 도시에서 화염이 일어나는 것을 지켜보았습니다. 나는 사람들에게 법에 따라 집행해야 한다고 요구하지 않았습니다. 나는 그를 보지도 않았고 사람들이 감옥에서 그에게 어떤 짓을 했는지 어떻게 그를 섬 밖으로 팔아버렸는지에 대해 물어보지도 않았습니다. 지금도 의아스럽게 생각하는 것은 만약 픽튼의 유죄 판결 선고가 일어나지 않았다면, 내가 그 일에 대해 이렇게 많이 생각하게 되었을까 하는 것입니다. 인간의 비열함에 대해서 말입니다. 장군, 나는 지난 3년 동안 이런 비열함 속에서 살아왔습니다."

히슬롭은 고개를 떨구고 있었다.

"그들은 그래도 당신에게 속한 지원자들입니다. 만약 지금 그 사람들의 도움을 받지 않는다면……."

미란다가 히슬롭을 바라보면서 말했다.

"나에게 속한 지원자들이지, 나의 주인은 아닙니다. 군인으로서 나는 법적으로 상관들에게 복종하는 것이 미덕이라는 분위기 속에 젖어서 살아왔습니다. 나는 군인으로서 고의적으로 법을 어기거나 잘못된 일 혹은 반항적인 행동을 한 적이 한 번도 없습니다. 대부분의 군인들이 나와 똑같이 말할 수 있을 겁니다. 지금 나를 초초하게 만드는 것은 내가 압제자로서 많은 사람들 앞에서 공식적으로 질질 끌려다니게 된다는 생각과 더불어 생활하고 있다는 것입니다. 특히 자유민을 보호하는 것이 나의 임무라고 생각하는 사람들을 압제했다는 것은, 도저히 참을 수 없는 일입니다. 따라서 조사나 혹은 재판이 벌어진다면 나 스스로를 어떻게 변호해야 하는지 잘 모르겠다는 것입니다. 나 자신을 변호하려면 내가 파렴치하다고 생각한 사람들의 편에 서야만 하니까요."

"히슬롭, 당신은 모든 일을 잘 처리할 수 있을 겁니다. 나는 당신을 믿고 있어요."

"픽튼의 유죄 판결이 난 후에 유색인들은 나를 하나의 본보기로 삼을 작정이라고 말했다고 합니다. 그 말은 듣기에 별로 좋은 말이 아니었지요. 프랑스인들이 그들은 충동질해서 나를 해치우려고 한다고 믿을 만한 이유가 있거든요. 장군, 지금은 어떤 것도 분명하지가 않아요. 마치 짙은 안개 속에 갇힌 것만 같습니다."

"당신의 침대가 장미로 된 것이 아니라는 것은 확실하군요. 클래로 키 수 카마 노 하 시도 우나 드 로사, 코모 하 디초."

"나는 새로운 출발을 절실하게 필요로 하고 있습니다."

"카라카스에서는 확실하게 할 수 있을 겁니다."

"장군."

"하지만 당신도 프랑스 지원자들과 같은 편에 있어야 할 것입니다."

"그것은 부차적인 일입니다. 나는 장군의 목적과 전망을 분명히 알게 될 것입니다."

미란다는 탁자 위에 올려 두었던 편지를 꺼내 들었다. 그 편지는 아직도 개봉하지 않고 있었다.

"이제 초소에서 가져온 이 편지를 읽어 보도록 하지요. 아마도 당신의 뮬레토인 친구들 가운데 한 명이 보낸 것 같습니다. 미안합니다, 총독. 내 농담을 너그럽게 들어 주시오. 그런데 이 편지는 프랑스어가 아니라 스페인어로 쓴 것이군. 아마 대서인이 썼을 거요. 공식적인 편지 같은데요. 대충 훑어 보도록 하지요."

미란다는 잠시 동안 그 편지를 읽어 보았다.

"이건 아무것도 아닌데요. 단지 당신에 대한 전형적인 비난일 뿐입니다. 하지만 시작은 아주 정중하군요. 너무 정중하다는 말입니다. 이런 것은 좋지 않은 징조입니다. 얼마 있지 않아서 분명히 흥분하게 될 겁니다. 스페인의 공식적인 발표문에서 흔히 볼 수 있는 성명서 양식으로 보입니다. 이것은 스페인의 높은 지위에 있는 사람들이 보낸 것이로군요. 아주 심각한 내용을 담고 있군요. 나에게 투팍 아마루의 운명을 언급하면서 경고하고 있어요. 투팍 아마루는 1780년에 페루에서 대규모의 원주민 반란이 일어났을 때, 그 지도자가 사용한 잉카식 이름입니다."

"나도 그 사건을 들어서 알고 있습니다."

"아마루는 스페인 병사들에게 체포되어서 무시무시한 고문을 받았습니다. 그는 살아 있는 동안에 혀가 잘리고 산 채로 네 마리의 말이 서로 다른 방향에서 잡아 끄는 능지처참형을 받았다고 합니다. 네 부분으로 찢긴 시체는 특별히 준비한 가죽으로 된 관에 담겨서 페루 내의 각각 다른 곳으로 보내졌습니다. 스페인 군대에 있는 모든 장교들은 투팍 아마루의 운명에 대해서 잘 알고 있습니다."

"그렇게 잔인한 형벌을 가하다니……."

"나는 그 당시에 영국인들과 죄수들을 교환하는 협상이 진행되던 새로운 식민지 자메이카에서 머무르고 있었습니다. 사람들이 아직은 살아 있는 사람을 위해 네 개의 가죽 관을 준비했다는 생각이 특히 나를 괴롭혔습니다. 아마 그로부터 2년 뒤에 내가 탈영을 결심했을 겁니다. 그리고 그 결심의 배후에는 그런 생각이 작용하고 있었던 겁니다. 내가 미국에 있는 동안 또 다른 반란이 일어났습니다. 다른 사람이 투팍 아마루라는 이름을 사용했는데, 역시 동일한 방법으로 끔찍하게 사형을 당했습니다. 여하튼 좀더 주의 깊게 이 편지를 읽어보도록 합시다."

미란다는 진지한 표정으로 편지를 읽기 시작했다.

존경하는 각하.

자유라는 말은 이제 모든 나라에서 우리 시대의 대표적인 표어가 되었습니다. 우리 스페인 사람들은 먼 옛날부터 우리의 땅이었던 이곳에서 당신이 갖고 있는 것만큼이나 큰 포부를 가지고 있었습니다. 우리는 당신에게 항상 존경심을 갖고 있습니다.

먼저 우리의 목적에 대해 말씀을 드리자면, 영국이 이 섬을 정복한 이래로 우리는 영국 정부의 후원 아래에서 잘 지내고 있다는 점을 알려 드리는 바입니다. 최초의 영국군 총독이었던 픽튼은 지금 런던에서 지은 죄를 보상하고 있을 겁니다.

픽튼은 스페인 사람들의 머리를 자르려고 했던 사람입니다. 그는 거의 모든 스페인 문화와 예의범절과 전문적인 학식을 섬에서 추방했습니다. 히슬롭은 오직 연회만을 좋아하는 어리석은 사람입니다. 당신은 히슬롭으로부터 그 일에 대한 이야기를 한 마디도 들어보지 못했을 것입니다.

픽튼이 동포들 중에서 노동자로 남아 있게 된 사람들과 그로그 술을 파는 상점 주인들, 뱃사공들, 사냥꾼들, 석탄 장사들, 마른 고기를 파는 행상인들을 어떻게 다루었는지에 대해 들어보지 못했을 것입니다.

당신도 어린 시절부터 알고 있는 이러한 순박한 사람들, 멋진 말로 자신을 꾸밀 줄도 모르고 자신들이 받고 있는 굴욕 속에서도 단지 믿음과 자부심으로 스스로를 보호할 뿐인 이런 사람들을 그가 어떻게 다루었는지를 말입니다.

히슬롭은 비겁하게 프랑스인들에게는 감히 손도 대지 못하면서 모든 스페인 사람들에게는 심한 고통을 안겨주고 있습니다. 그는 프랑스인들이 소유한 흑인들은 그대로 놓아 두면서, 심지어 그들에게 부역을 면제시키기까지 하면서도 스페인 사람들에게는 강제로 군복무를 시켰습니다.

우리는 제복과 장비를 마련하기 위해서만도 백 달러나 되는 많은 비용을 들여야만 했습니다. 히슬롭이 직접 이 금액을 책정했습니다. 스페인 노동자들 중에는 아주 적은 숫자의 사람들만이 이 비용을 지불할 수 있었습니다. 그래서 대부분의 사람들은 섬을 떠나거나 고원지대의 숲으로 들어가 버렸습니다. 두 가지의 경우 모두 히슬롭의 금고에 들어가 버리고 말았던 것입니다. 섬에서 떠난 사람들의 재산은 모두 히슬롭이 차지하고 말았던 것입니다.

영국의 법률을 따른 지 10년도 채 되지 않아서 우리는 우리 자신의 땅이었던 곳에서 도망자가 되거나 법의 보호가 박탈된 신분으로 처참하게 전락하고 말았습니다. 우리의 언어도 하인들이나 쓰는 말로 판결이 내려지고 말았습니다.

그런데 지금 당신이 우리가 있는 이곳으로 찾아왔습니다. 멕시코만에서 살고 있는 우리는 런던에서 당신을 후원하는 턴불과 포베가 보낸 견본 안내서에 대해 알게 되었습니다.

그들은 아주 공정한 가격으로 바람직한 현대식 제품들을 많이 제
시하고 있더군요. 우리 중에서 어떤 사람은 당신을 더 이상 자기의
백성들에게 진실하게 대하는 카라카스 사람이라고 보지 않습니다.
당신을 변질된 해방자요, 자유애호가로 보고 있는 것입니다.

그들은 당신이 영국 기업의 중매인 자격으로 등장해서 아시아의
많은 지역에 있는 사람들에게 그랬던 것처럼, 남아메리카의 주민들
을 노동자 신분으로 격하시키는 일에 앞장서고 있다고 말하고 있습
니다. 이런 말도 당신에게는 별로 충격이 되지 않을 것입니다.

영국이 이곳을 정복한 이래로 당신과 픽튼은 자유와 혁명이라는
말을 자주 사용함으로써 많은 선량한 사람들로 하여금 신을 두려워
하고 인간을 존중하는 감정에서 멀어지도록 부추겼습니다. 당신은
그들이 더 이상 종교와 사회에 대한 신성한 의무를 중요하게 여기
지 않도록 만들었습니다.

당신은 이런 사람들을 섬으로 유인해서 대륙 정복을 위한 기지로
삼았습니다. 그리고 그들을 우리에 가둔 야생 동물들처럼 이곳에
남겨 두었다가 멋대로 처리했습니다. 이처럼 잘못 인도된 사람들은
당신과 당신이 주장하는 것에 모든 것을 바칠 준비가 되었을 겁니
다.

하지만 당신은 그들에게 아무것도 주지 않았습니다. 당신이 외치
는 혁명이란 아무런 기초도 없고, 선량한 사람들의 영혼에 아무런
울림도 주지 못합니다. 오히려 당신의 혁명은 개인적인 사업으로
전락하면서 고상함마저 상실하게 되었습니다. 그것은 결코 이루어
질 수 없을 것입니다. 그리고 자랑스러운 스페인 사람들의 분노가
당신과 픽튼에 의해서 저질러진 배반 행위에 대항할 수 있는 시기
가 되면, 이 정의의 분노를 잠재우기 위해 당신은 무슨 일이라도 해
야만 할 것입니다.

후앙 만사나의 경우를 한 번 생각해 보십시오. 그는 지난 시절에
이 도시에서 술을 파는 상점을 운영했습니다. 그는 큰 소리로 떠드

는 허풍스러운 사람이었으며, 영국 돈도 아주 많이 가지고 있었습니다. 그런데 어느 날 서른여섯 살의 나이로 불가사의한 죽음을 당하고 말았습니다.

늙은 마누엘 구알은 처음에는 픽튼에 쫓겨서 숨어 다녔는데, 갑자기 잘게 부순 유릿가루에 섞은 아편으로 인해 참혹하게 중독되고 말았습니다. 그의 친구인 호세 에스파냐 역시 멕시코 만 건너로 쫓겨난 후에 자기 집의 난롯가에서 머리가 잘리고 몸이 사등분으로 찢기게 되었습니다. 그의 머리는 쇠로 만든 새장 속에 들어 있었습니다. 나중에 그의 머리는 라 구아이라의 항구에 있는 카라카스 관문에 전시가 되었지요.

안드레 드 에스파냐는 이곳에 있는 비밀 감옥에서 여러 해 동안이나 감금되어 있다가 몸이 쇠약하게 되었습니다. 후앙 카로와 안토니오 발레실라는 둘 다 감옥에서 죽고 말았습니다. 그들의 무덤이 어디에 있는지는 아무도 모릅니다.

당신과 픽튼이 해마다 이 땅에서 사라지도록 만든 생명과 열정을 지닌 사람들에 대해 생각해 보시기 바랍니다. 그리고 그들이 흘린 피로 얼룩진 흙 위에다 발을 디디면서도 조금도 불안해하지 않는 자신에 대해 좀 의아스럽게 생각해 보십시오.

당신의 운명이 혹시 그들처럼 될지도 모른다는 생각과 억지로 빼앗은 이 섬이 당신의 감옥이나 무덤이 될 수도 있다는 생각을 한 번도 해 보지 않았다는 사실이 놀랍지 않은가요?

히슬롭이 어떤 말로 격려를 한다고 해도 그의 말은 아무런 소용도 없습니다. 히슬롭은 군인에 불과합니다. 그의 명예는 복종하는 것에 달려 있습니다. 그는 당신을 즐겁게 해 줄 것입니다. 그는 아주 훌륭한 연회를 여는 사람으로 유명하니까요.

히슬롭은 필요하다면 내일이라도 당장 당신에게서 등을 돌릴 것입니다. 우리가 겪은 것처럼 당신도 그가 발톱을 숨기고 있는 것을 발견하게 될 것입니다.

당신이 해안에다 버려 두었던 쉰여덟 명의 용병들에게는 정의의 심판이 내려졌습니다. 그리고 그 심판은 당신에게도 역시 내려질 것입니다. 당신은 이곳으로 온 것이 마치 고향에 온 것 같다고 생각할지도 모르지만, 지금은 혼자의 몸이고 런던에 있을 때처럼 보호받지도 못하고 있습니다.

이 편지는 여섯 통으로 복사되었습니다. 적어도 한 통이 당신의 손으로 들어갈 것입니다. 당신은 이 편지를 읽으면서 투팍 아마루의 운명에 대해 생각해야 할 것입니다.

"장군, 장군에게 이 편지를 보이지 말았어야 했는데……. 아주 불안하게 만드는 편지로군요."

히슬롭이 미란다가 읽는 편지에 귀를 기울이고 있다가 말했다.

"정말 그렇소. 스페인 사람들의 증오에 대해서는 익히 알고 있었지만, 그것을 접할 때마다 항상 충격을 받게 됩니다. 이 편지는 증오로 가득 차 있군요. 조금 전에 총독은 사람들이 원하는 대로 유색의 자유민 귀를 잘랐을 때, 그들의 증오가 느껴졌다고 했었잖소? 사람들은 당신이 그를 바라보도록 만들고 싶었던 거요. 그의 눈에 나타난 지옥을 보여 주고는 당신이 단지 그를 처벌할 필요가 있다는 것뿐만 아니라 반드시 그의 내부에 있는 것을 없애 버려야 한다고 느끼도록 조작한 것입니다."

"하지만 그 당시에는 어쩔 수가 없었어요."

"스페인 사람들이 갖고 있는 증오도 이와 비슷하답니다. 결코 멀리 떨어진 것이 아니라 신념과 진실 그리고 보복이라는 개념들과 서로 뒤섞여 있습니다. 처벌자로서의 총독의 결정은 매우 정당했습니다. 하느님의 위치에 서 있는 것이니까. 나도 이 모든 세월을 지내면서 이런 식의 증오를 품게 되었기 때문에 잘 알고 있소. 스스로 이런 미움을 삭이고 있지만, 부분적으로는 내가 저지른 것들이 이런 편지를 쓰게 한 책임이 있습니다. 증오에 대항하는 증오가 된 것이오. 나는 스페인과 스페인 사람들에 대해서 말하지 말아야 하는 것을 말한 적이 있습니다. 그건 몹시 어리석은 말이었어요. 스페인 사람들의 마음에 상처를 입히는 말을 한 것이지요. 그들의 자존심을 얼마나 상하게 했는지에 대해서 나도 잘 알고 있습니다. 1771년에 내가 카라카스를 떠났을 때, 나에게 스페인은 세계의 중심지였습니다. 역사나 문화, 예의범절에 있어서도 그러했습니다. 미국이라는 나라는 아직 존재하지도 않던 때였습니다. 미국에 있는 식민지들은 우리보다 더욱 초라한 상태였습니다. 그리고 프랑스 혁명은 그 뒤 20년이나 후에 일어난 것이었습니다. 처음 카디즈에 도착해서 첫달을 보내는 동안, 새옷을 사기 위해 얼마나 많은 돈을 썼는지를 말하자면 부끄럽기 짝이 없습니다. 수 년 전에 나는 비로소 내가 스페인이라는 나라와 그것이 세계에서 차지하는 위치에 대해서 갖고 있던 생각들이 과장되어 있었다는 사실을 알게 되었습니다."

"그것은 아마도 스페인이 보유하고 있던 막강한 군사력 때문이었을 것입니다."

"그 당시에 무적함대는 대단한 명성을 떨치고 있었지요. 1783년에 스페인 군대에서 탈영한 다음, 나는 전쟁의 말기에 처해 있는 미국으로 건너갔어요. 나는 처음으로 내가 자라면서 느끼게 된 스페인에 대해 이야기를 할 수 있었습니다. 실제로 그렇게 한다고 해서 나에게 해가 될 것은 아무것도 없었습니다. 그 점을 알고 있었던 것입니다. 그 당시에 두번째로 투팍 아마루라는 이름으로 등장한 사람의 처형이 있었습니다. 그 사건은 미국인보다는 나에게 더욱 큰 영향을 주었습니다. 그래서 내가 말하지 않았어야만 하는 것들을 말하기 시작했습니다."

"미국의 사교계에서 당신의 이름은 널리 알려져 있었지요."

"예일 대학의 총장이 어느 날 저녁에 나를 불러서 책망하더군요. 그는 스페인 사람들은 법에 대해 나보다 더욱 높은 수준의 존경심을 갖고 있다고 말했습니다. 그 당시에 나는 멕시코 대학에서 법을

전공하고 있었기 때문에 스페인의 관료적 형식주의에 대해 잘 알고
있다고 대답했습니다. 그것은 내가 얼떨결에 꾸며낸 이야기였습니
다. 아주 간단하게 거짓말을 해 버리자, 그는 가만히 있더군요. 러
시아로 건너갔을 때에는 사태가 더욱 악화되었습니다. 나는 아주
멀리 떨어져 있었기 때문에 스페인이나 나 자신에 대해서 말한 것
들이 아무런 문제도 되지 않을 것이라고 생각했습니다. 나는 당시
에 자유를 만끽하고 있었습니다. 러시아 여제와 그곳의 귀족들이
흥미를 가지고 나를 잘 보호해 주었거든요. 나는 그 일에 현혹되고
말았습니다. 그 무렵에는 마치 내가 그 시간을 위해서 태어난 것 같
았으니까요. 그 시절만큼 안전하다고 느낀 적은 없었습니다. 나는
그들을 즐겁게 해 주려고 스페인에 대한 이야기를 할 때 주로 종교
재판소와 끔찍한 미신에 대해 말했습니다. 그리고 스페인 사람들의
무지함과 타락에 대해 말했지요. 그리고 스페인 왕과 그의 아들인
아스투리아스 왕자에 대한 무시무시한 내용들도 말하고 다녔습니
다.”
　“스페인 사람들의 약점을 물고 늘어진 셈이군요.”
　“나는 그 덕분에 사교계에서 제법 인기가 있었습니다. 어느 날
저녁 성페테르부르크에서 열린 모임에 참석했을 때, 어떤 사람이
나를 보자마자 방을 가로질러서 다가왔습니다. 그 사람은 내가 전
에 한 번도 만나 본 적이 없는 멋진 신사였습니다. 나는 미소를 지
으면서 그에게 인사를 했습니다. 나는 비록 그 신사의 입에서 러시
아어가 섞인 어색한 프랑스어가 나올 것으로 생각하고 있었지만 친
근하게 관심을 보여 주었습니다. 다른 러시아 귀족들처럼 나를 자
기 집으로 초대하고 싶어 할 것으로 기대하고 있었습니다. 그런데
그 신사의 입에서 나온 말은 프랑스어가 아니라 스페인어였습니다.
그것도 어조나 형식이 하인에게나 사용하는 그런 스페인 말이더군
요. 그는 다름 아닌 스페인의 대리공사 마칸나츠였습니다. 그는 그
자리에서 당장 내가 육군 대령이면서 백작이라는 것을 증명하는 스

페인의 표식을 제출하라고 요청하더군요. 나는 러시아에서 그런 직함을 쓰고 있었던 것입니다. 하지만 어느 누구에게도 해를 끼치기 위해서 그런 것이 아니었습니다. 오히려 러시아 사람들에게 즐거움을 주기 위해서 그런 직함을 사용하였던 겁니다.”

“하지만 스페인 공사의 입장에서 본다면, 아주 정당한 요구라고 할 수 있겠군요.”

“그 신사의 경멸하는 듯한 태도에 나는 그만 말을 더듬거리고 말았습니다. 그것은 훌륭한 혈통을 지닌 스페인 사람에게서 나온 경멸이었습니다. 나의 거짓말이 간파되자, 나는 갑자기 초라해진 느낌이었습니다. 20년 전의 카라카스로 떠밀려 간 것 같았지요. 나는 프린세스 연대에서 한참 동안 근무하다가 육군 대령으로 은퇴했다고 말하려고 했습니다. 그런데 마지막 순간에 마음을 바꾸어서 카라카스의 거리에서나 쓰는 유치하고 외설스러운 말을 입 밖에 내게 되었습니다. 아마 다른 곳이었다면 그는 칼을 빼어들었을 것입니다. 하지만 그 방에서는 어쩔 수 없다는 듯이 그런 모욕적인 말을 듣고도 가만히 참고 있더군요. 물론 그는 그 일을 잊지 않았습니다. 그는 대사에게 편지를 써 보냈습니다. 그러자 대사는 내 주위에 있는 다른 사람들에게 편지를 써서 돌렸어요. 나는 최근에 비호와 박커스호가 끊어져 떨어져 나갔던 그 당시의 사건에 대해 생각하게 되었습니다. 아주 이상한 일이지요. 나는 여러 해 동안이나 대대적인 침공에 대해 말해 왔습니다. 그것을 이끌고 있는 나에게 그렇게 멀리 떨어진 성 페테르부르크에서 있었던 기억이 떠오르면서 이런 생각을 하게 되었습니다. 이제 너는 너 자신을 그들의 손아귀에 맡기고 말았구나.”

미란다가 한숨을 쉬면서 말했다.

“그 사람들은 어떻게 될까요?”

히슬롭이 미란다의 말을 듣고 있다가 이렇게 질문했다.

“당연히 스페인 사람들은 그들을 아주 심각하게 처리하겠지요.

장교인 도나휴와 포웰 그리고 다른 사람들은 처형당할 것입니다. 나머지 사람들은 모두 감옥에 갇힐 것입니다. 나는 그들에게 항상 말을 했습니다. 이미 편지에 나와 있는 것이지만, 나는 그들에게 질문했습니다. 왜 너희들은 내가 이곳으로 보낸 모든 첩자들이 나를 실패하게 만들거나 아니면 어렵게 만들 것이라고 생각하는가, 그 이유를 말하라고 질문했던 것입니다. 당신은 버나드에 대해 알고 있을 것입니다. 나도 다른 사람들에 대해 잘 알고 있습니다."

"그들은 기다리다가 그만 지쳐 버렸어요. 픽튼처럼 신념을 잃어 버린 것입니다. 사람들이 그에 대해 무엇이라고 말하든 간에 그는 농장을 구입하기 위해 이곳에 온 것이 아니었습니다. 결코 대농장 주가 되고 싶어하지도 않았습니다. 군인으로서 단지 전투를 하기 위해서 이곳에 온 것입니다. 그들은 남아메리카에서 대규모 전투가 있을 거라고 약속했는데, 유럽에서 동맹조약이 변하는 바람에 런던에서의 정책도 변화가 불가피했습니다. 그래서 침공계획도 무기한 연기되었던 것입니다. 하지만 사람들에게 무조건 기다리라고 요구할 수는 없습니다. 모든 사람들이 장군처럼 확고부동한 신념을 가진 것은 아니니까요."

"그건 잘 모르겠군요. 아마 다른 선택의 여지가 없었기 때문이었을 것입니다. 나에게는 두번째의 가능성이 전혀 없었으니까요. 어느 누구도 나에게 차선의 생각을 제시한 적이 없었습니다."

"아무도 그런 일을 하려고 생각하지도 않는답니다, 장군."

"나는 런던에서 픽튼에 반대하는 말을 한 적이 있습니다. 나는 그가 멕시코 만을 건너서 찾아온 혁명가들을 파멸시키려 한다고 생각했습니다. 그러나 나의 생각이 틀린 것이었습니다. 얼마 전에야 비로소 알게 된 사실이지만, 이곳에서 살해된 늙은 마누엘 구알과 같은 사람들은 어떤 베네수엘라인이 죽인 것이었습니다. 카라카스에서 그를 고용한 다음, 그 유명한 유리 알약을 주어서 살인을 시킨 것입니다. 내 측근 가운데 한 사람이 프랑스에서 일어난 혁명에 대해 아주 재치있는 편지를 나에게 보냈습니다. 그리고 거의 비슷한 날에 스페인 국왕에게 용서를 구하는 눈물 어린 편지를 보냈습니다. 픽튼은 그를 보자마자 추방해 버렸습니다. 나는 그 소식을 듣고 몹시 분개했지만, 사실은 그가 나에게 은혜를 베푼 셈이었지요. 실제로 내가 픽튼을 반대하는 말을 하게 된 일에는 또 다른 이유가 있었습니다. 하지만 어느 누구에게도 그런 점에 대해 인정할 수가 없었습니다. 1798년에 그는 나 자신과 과거의 경력 그리고 혁명을 위해서 내가 했던 모든 과업에 대해서 전혀 알지 못한 채, 런던으로 나에 대한 편지를 보낸 적이 있었습니다. 편지에서 그는 내가 다소 쓸모는 있지만 나에게 다른 말을 하지 않아야 한다고 적었습니다. 실제로 편지에 쓴 말들은 더욱 심한 것이었습니다. 나는 그것을 도저히 잊어버릴 수 없더군요. 내 친구인 러더포드가 그 사실을 나에게 알려 주었습니다. 공사들에게 한 그 말들은 나의 신상에 몹시 해로운 것이었습니다. 그 내용을 지금도 암기하고 있습니다.

'런던에는 지금 이 일에 아주 유용하게 쓰일 수 있는 카라카스 태생의 한 사람이 있습니다. 그가 유용한 지식을 갖고 있다거나 혹은 어떤 중요한 인맥을 지닌 사람이기 때문이 아니라, 카라카스에 있는 부유한 상점 주인의 아들이기 때문입니다……'

내가 집을 떠난 지 거의 30년이 지난 다음의 일이랍니다. 그 동안 나는 위험을 무릅쓰고 많은 일을 하면서 내 주장과 인격을 확립해 왔습니다. 그는 이러한 모든 점에 대해 철저하게 무시했던 것입니다. 그야말로 아무것도 이룬 것이 없었으면서 말입니다."

"당신에게 해를 끼치기 위해 카라카스 사람들이 주입시킨 말들을 그는 단지 반복한 것에 불과합니다."

히슬롭이 머리를 흔들면서 말했다.

"나도 알고 있습니다. 그 당시에도 알고 있었구요. 그리고 이제는 그런 것들로 인해 분개하지도 않습니다. 하지만 그 당시에는 그를 결코 용서할 수가 없었습니다. 그래서 나는 항상 그를 반대하는 말을 했던 것입니다. 그런데 런던에 있는 공사들이 그를 대신해서 지방 행정관을 보냈습니다. 그를 소환해서 조사하기로 결정한 것입니다. 그 소식이 전해지자, 나는 기분이 아주 좋아졌습니다. 그리고 나는 내 측근 중에서 한 사람을 새로 임명할 지방 행정관으로 보내라는 요청을 받게 되었습니다. 나는 나의 신용을 다시 세울 수 있는 좋은 기회라고 생각하고 가장 신뢰할 만한 사람을 보내야겠다고 결심했습니다. 그런데 나는 가장 최악의 사람을 선택하고 말았던 것입니다. 바로 버드나였지요. 당신도 잘 아는 버나드는 외부로 나가서 전혀 소식을 전하지 않았습니다. 하지만 다른 사람은 항상 소식을 보내왔습니다. 페드로 바가스라는 사람이었어요. 두세 주일마다 한 번씩 바바도스나 리워드섬에서 우편물을 실은 배가 도착했습니다. 그럴 때마다 화이트홀에 있는 사람들은 최초의 지방 행정관 사무실에 배치된 나의 부하 페드로 바가스가 보낸 한 묶음의 편지들을 보내주곤 했습니다. 하지만 편지에 적힌 말들은 모두가 거짓이었습니다. 그 사실을 미리 탐지했어야만 했는데……."

"그 거짓말을 알아차리지 못했군요."

"그가 쓴 말들은 대부분이 스페인의 성명서에서나 볼 수 있는 그런 수사학적인 어구였습니다. 바가스는 그런 일에 아주 능수능란했습니다. 그의 말에 의하면, 나는 구세주이자 구원자라고 하더군요. 베네수엘라와 뉴그라나다에서 살고 있는 모든 사람들이 나를 기다리면서 나의 주장에 따라 자기들의 생명과 재산을 모두 바칠 준비가 되어 있다는 것이었습니다. 한 번은 나를 정신차리지 못하게 만드는 편지가 왔습니다. 그는 아주 흥분한 상태에서 편지를 쓰는 것이라고 하더군요. 여러 가지 이유들을 대면서 이제 행동을 개시할 절대절명의 순간이 다가왔다고 말했습니다. 더 이상 기다릴 이유가 없다고 하면서……. 그리고 만약 필요하다면 우리 두 사람만이라도 혁명을 시작하자고 했습니다. 일단 우리가 해안에 있는 어느 지점에 상륙하기만 하면, 사람들이 우리의 깃발 아래로 무리를 지어 모일 것이라고 했습니다. 나는 그 편지를 공사들에게 가져가서 보여 주었습니다. 나는 그 일에 너무나 사로잡혀 있던 나머지, 페드로 바가스의 권위를 과장했던 것입니다. 어쨌든 나는 공사들에게 배 한 척과 장비를 내어준다면 트리니다드로 가서 그곳에 있는 흑인들을 모아 군대를 소집하겠다고 했습니다. 만약 허락을 해 준다면 영국 정부의 승인이 나기 전에 기꺼이 먼저 가겠다고 부탁했던 것입니다. 하지만 그들은 나의 요청을 거절했습니다."

"어떻게 보면 몹시 다행스러운 일이었군요."

"그들이 바가스에 대해서 나보다 더 많이 알고 있었는지는 잘 모르겠습니다. 만약 내가 이곳에 나타나서 대륙을 정복하겠으니 흑인들을 내어달라고 요청했다면 과연 무슨 일이 일어났을지 상상할 수 있겠습니까? 당신도 이 작은 도시를 방비하기에 충분하지 않은 인원을 갖고 있습니다. 대농장주들은 절대로 나에게 그들의 흑인들을 보내 주지 않았을 것입니다. 그렇게 되면 나는 다시 런던으로 돌아가서 이 일을 승인해 달라고 요청해야만 했을 겁니다. 나중에 발견하게 된 사실은 바가스가 어떤 사소한 사건이나 혹은 지방에서 떠도는 한담을 꾸며낸 것은 아니라는 것입니다. 그는 단지 자기 보고서에 약간의 변화를 주어 다양하게 보이려고 그런 편지를 썼던 것입니다. 그는 스페인 법률을 따라 일종의 비서이자 보좌관으로서 최초의 지방 행정관에 부합하고자 애를 썼던 것입니다. 지방 행정관으로 근무하면서 거의 날마다 나에게 환상적인 이야기를 써 보낸 것이지요. 그는 내 허락 하에 하루에 10실링을 받았습니다. 지방 행정관으로 그는 더 많은 수입을 올리게 된 것이었습니다. 과거에는 그도 열성적인 혁명가였습니다. 뉴그라나다에서 가담했던 어떤 음모가 폭로되자, 그는 위험에 처해졌습니다. 많은 고통도 당했습니다. 하지만 이제는 지방 행정관으로서 정규적인 월급을 받는 것이 더 중요한 일이 된 것입니다."

미란다는 창문이 있는 곳으로 시선을 돌렸다.

"지난 2월에 있었던 재판에서 픽튼에게 유죄 판결을 내리게 만든
것은 바로 바가스가 제시한 증거 때문이었습니다. 나는 그 문서를
읽어 보았습니다. 바가스는 스페인 법률의 전문가로 불리고 있습니
다. 영국에서는 바가스만이 유일하게 믿을 만한 스페인 법률책을
소지하고 있었습니다. 그는 오래된 스페인 법률에서는 고문을 인정
했지만 현대법에 와서는 그것을 금지했다고 합니다. 그런데 이상한
점은 교수형이나 화형과 같은 더욱 크고 엄청난 사건들은 제외되었
고 사소한 도둑질 사건이 픽튼을 넘어뜨렸던 것입니다. 그 존경받
는 행정 주지사란 자가 어린 뮬레토 소녀를 고문하기 위해 가지고
있던 명령서에 픽튼이 서명을 한 것이 결정적인 증거가 된 것입니
다. 픽튼은 재판을 받았지만 행정 주지사에게 손을 대는 사람들은
없었습니다. 그리고 더욱 이상한 점은 장군이 이곳으로 보냈지만
장군을 실망시킨 바로 그 사람이 픽튼을 파멸시키게 되었다는 것입
니다. 지금은 그가 나를 반대하고 있습니다. 내가 이곳에 부임한 다
음에 바로 일어났던 그 뮬레토인과 사랑의 미약 사건 말입니다. 밤
마다 나는 머리 속으로 국왕의 법정에 있는 의자에 앉아 나 자신을
변호하고 있답니다. 누구를 증인으로 불러야 할 것인가? 그리고 고
문을 한 것이 스페인 사람들이었다는 사실을 어떻게 증명할 수 있
을까? 나는 항상 고민을 하고 있습니다. 그러다가 내가 처리할 수
없는 일로 인해 이렇게 걱정하고 있는 것은 내 인생만 낭비하는 것
이 아닌가 하는 생각을 하게 되었습니다."

히슬롭이 우울한 표정으로 말했다.

"비록 픽튼 때문에 분개하기는 했지만 그가 이런 식으로 무너지
기를 원했던 것은 아니었습니다. 그는 거짓말을 경멸했기 때문에
우리가 거짓을 저지르는 것에 대해 경멸을 표현했던 것입니다. 페
드로 바가스 때문에 몇 년이 지난 지금에 와서 픽튼이 파멸한 것을
보게 되었지만, 나는 결코 그가 파멸되기를 원하지 않았습니다."

사랑하는 샐리에게.

모든 것이 잘 진행되고 있소. 당신의 걱정이 너무 신경과민이 아 닐까 걱정하고 있소. 히슬롭 총독의 도움으로 우리는 리앤더호의 미국 용병들을 다른 곳에 데려다 놓았지. 술에 취하면 마구 소리를 질러대면서 소란을 피우는 날도 있지만, 그래도 훈련을 통해 점점 나아지고 있소.

우리는 시골의 막사에서 그들과 프랑스인들을 날마다 훈련시키고 있소. 로피노 드 라프레실리에르 백작은 미국인 밑에서는 절대 싸울 수 없다고 말했지. 그래서 우리는 두 집단을 분리하기로 결정했다오.

이번에는 열 척의 배로 작은 무적함대를 만들 작정이오. 영국인들이 비공식적으로 나를 도와주고 있소. 코크레인 제독이나 메이틀랜드 장군 그리고 이곳의 히슬롭 총독과 같은 사람들의 태도에서, 나는 런던에 있는 내 지지자들의 세력을 측정할 수가 있소.

그들은 나에게 환심을 사려고 하는 것이오. 나는 그들의 얼굴에서 존경심을 읽을 수 있소. 그들은 내가 자기들을 위해서 일할 수 있는 사람이라고 생각하고 있소. 그 점을 나는 신에게 감사드리고 있소.

히슬롭은 내가 좋은 일자리를 마련해 줄 수 있을 것이라 생각하고 있소. 메이틀랜드와 코크레인(그는 대단히 탐욕스러운 사람이기 때문에 오히려 다루기가 쉽소.)은 내가 대륙에서 광대한 농장을 줄 것이라고 기대하고 있소.

이런 사람들을 보이지 않는 위험한 적이라고 간주하는 것은 잘못된 생각이오. 나도 젊었을 때에는 그런 식으로 불평한 적이 있었소. 그러나 그건 내가 잘못 생각했던 것이오.

당신도 리앤더와 프란시스코에게 다른 사람들로부터 기대할 수 있는 것 이상으로 기대하지 말도록 가르쳐야만 할 거요. 그들에게 보이지 않는 위험한 적에 대해서 말하지 말도록 하시오.

코크레인이나 메이틀랜드, 히슬롭과 같은 사람들이 나에게 어떤 충성심을 가지고 있는 것은 아니오. 단지 서로의 이해관계에 따라 함께 모이게 된 것이라고 할 수 있소. 이해관계가 아니라면 우리는 그저 뿔뿔이 흩어지고 말 것이오. 도덕성이 없거나 충성심이 모자라서 흩어지게 되는 것이 아니오. 그렇게 생각하지 않는다면, 당신은 당신 스스를 침식시키고 말 거요.

당신은 끊임없는 도덕적인 격분으로 인해서 당신 이외의 모든 사람들을 비난하게 될 것이고, 그렇게 되면 사람들은 자기들을 좋아하지 않는 당신 모습을 보고 당신에게 무슨 일이 생겼는지 의아스럽게 여길 거요. 바로 이 점이 내가 당신에게 말하고 싶은 것이었소. 그것은 특히 당신의 가족들 중에서 유독 당신에게서만 나타나는 태도라고 생각되니까.

턴불로 말하자면, 그는 나의 가장 오래된 친구라고 할 수 있소. 우리는 30년 전에 지브롤터에서 만났지. 그 당시에 그는 젊은 중개상이었고 나는 유능한 지휘관이었소.

우리는 단번에 서로 친구가 되었소. 만약 무슨 일이 벌어지더라도 우리는 서로에게 관심을 쏟게 될 거요. 턴불이나 러더포드 같은 사람들은 다시 없을 거라고 생각하오.

그런 부류의 우정을 나누던 시간도 이미 과거의 것이 되었군. 이제 턴불이 나에 대해 견디지 못하게 된다면, 나도 역시 나 자신을 참을 수 없을 것이오. 친구란 항상 그가 무슨 말을 했는지 신경을 곤두세워 살필 필요는 없는 거요. 너무 그를 의심하지 마시오. 그 사람 때문에 불행하게 되지는 않을 거요. 당신이 신경과민이 될까 염려되어서 이 편지를 쓰는 거요.

내가 연속적인 편지나 편지식 일기를 보내겠소. 난 항상 마음 속으로 당신에게 이야기를 하고 있소. 모든 것을 당신에게 보고하고 싶은 거요. 때로는 아주 사소한 것까지도 말할 생각이오.

그 이유는 내가 당신을 사랑하기 때문이오. 당신은 나를 항상 깨어 있도록 만들고 있소. 하지만 내가 당신에게 마음으로 말하는 모든 것을 편지에 전부 쓰지는 못할 거요.

이제 우리는 배로 떠날 준비를 하고 있소. 하지만 나는 리앤더호에 승선하지 않을 생각이오. 그 대신에 H. M. S. 릴리호에 탈 예정이오. 이것은 코크레인의 생각인데, 전투가 벌어지면 분명히 스페인 사람들은 리앤더호를 추적할 것이기 때문이오.

리앤더호는 미국 국기를 휘날리고 있지만, 나의 배라는 것이 이미 널리 알려져 있소. 선원들은 전투에 대비해서 무장하고 있지만 (이것은 다른 사람들이 알아서는 안 되는 일이기 때문에 쓰고 싶지는 않지만) 내 사기는 오히려 떨어지고 있소.

스페인 사람들이 두번째로 보낸 편지가 어제 이곳의 초소에 떨어져 있었소. 그리고 나중에 버나드가 의회실에 떨어져 있던 동일한 편지의 사본을 내게 보내 주었지.

이 편지는 그들이 박커스호를 사로잡은 다음, 카라카스에 있는 메트로폴리탄 성당에서 갖게 된 대규모 감사미사와 푸에르토 카벨로에서 열린 쉰여덟 명에 대한 선고에 대해 쓴 편지였소.

16일 전에 그들은 모두 발목에 족쇄를 차고 형장으로 끌려나와서 무릎을 꿇린 채 선고를 들었소. 열 명의 장교들은 모두 교수형을 당하게 되었고 나머지 사람들은 10년 이상의 중노동형을 선고받았소.

그들은 차가운 돌침대에서 잠을 자야만 하고, 25파운드나 되는 쇠사슬에 얽매여 있소. 열 명의 장교에 대한 처형은 벌써 7일 전에 거행되었지. 스페인 사람들이 서둘러 법적인 절차를 처리한 이유는 내가 두번째 공격을 시도하기 전에 이 모든 소식을 듣게 만들기 위한 것이었소.

그들이 상세한 부분을 과장해서 말했다면 차라리 나았을 거요. 하지만 나는 그들이 그렇게 하지 않았다는 것을 누구보다 잘 알고 있소. 사형대가 세워지고 열 명의 장교들은 하얀 겉옷과 하얀 모자를 쓰고 발에 족쇄를 한 채 끌려 나왔지. 한 사람씩 밧줄에 매달면,

흑인 사형 집행인이 줄을 풀고 교수형을 당한 사람의 목을 자른 다음 사지를 절단했소.

절단된 시체들은 죽은 사람의 제복이나 무기들과 함께 쌓아 놓고는 찢어진 콜롬비아 국기로 덮어서 치워 놓았소. 당신이 그래프톤 거리에서 만들어 주었던 국기를 불명예스럽게 만드는 일을 했을 것이라는 사실도 알고 있지만, 당신에게는 그 점에 대해 말하지 않겠소.

종교 재판소의 분위기는 나의 혁명을 이단으로 처리하고 말았소. 그것은 내가 생각했던 것보다 더욱 큰 상처를 입히는 일이었소. 내가 한때 그들에게 상처주는 법을 알고 있었다면, 그들도 나를 어떻게 곤란하게 만들지에 대해 알고 있었던 거요. 내가 그 편지를 읽었을 때, 가장 먼저 한 생각은 두 아들에게 세례를 받도록 한 것이 매우 올바른 행동이었다는 거요.

내가 서른다섯 살이 되었을 때, 그러니까 내가 해외에서 15년이나 떠돌아다니면서 살고 있었을 때, 그리고 내가 미국이나 러시아에 있었을 때, 나는 베네수엘라에 있던 나의 어린 시절이 이제는 너무 멀리 떨어져서 더 이상 나의 과거가 아닌 것 같다는 느낌을 가지고 있었소. 너무나도 많은 것을 잊고 산다는 느낌이 들었던 거요. 그런데 지금 나는 마치 고향을 떠나 본 적이 한 번도 없는 것 같소. 1771년이 바로 지난해의 일처럼 여겨지니 말이오.

사랑하는 당신에게.

우리는 그런 분위기에 젖어서 살고 있어요. 아저씨가 방금 홀랜드 씨의 판화가게에서 당신의 초상화를 여섯 개나 복사해 가지고 오셨어요. 아저씨의 말에 따르면, 복사를 하는 사람들이 조금 일을 거칠게 처리했다고 했어요. 그 사람들이 판화의 모퉁이를 너무 많이 잘라낸 거예요. 그들은 자기들이 만드는 작품을 충분히 이해하려고 하지도 않았고, 한 가지 일이 미처 끝나기도 전에 다음에 할 일을 찾는 식으로 일을 했기 때문이래요.

그림을 보면 당신의 머리 위에 있는 구름 속에서 왕관이 찬란하게 비치고 있는데, 아저씨는 그 왕관이 아주 형편없게 그려져서 초라해 보인다고 하셨어요. 그러나 그들은 별로 상관하지 않았어요.

그 그림은 홀랜드 씨가 운영하는 상점의 창문에 걸려 있었어요. 사람들은 그 왕관을 보면서 과연 홀랜드 씨가 상식이 있는 사람인지 의아해 했답니다. 하지만 런던에 있는 상인들은 아저씨가 서재에 있는 작은 책상에서 그 그림을 그렸다는 사실을 믿지 않는다고 합니다.

그들은 바바도스에 있는 해군 화가가 그린 작품이라고 말하고 있어요. 아저씨는 그들이 항상 그런 식으로 말한다고 하는군요. 그들은 당신의 초상화 아래에 당신의 함대에 속한 배들의 이름들을 새겼습니다. 저는 그런 생각조차 하지 못했는데……. 사랑하는 당신의 배라니!

우리는 날마다 좋은 소식을 듣게 되기만을 기다리고 있습니다. 당신의 함대에 속한 배들은 모두 아름다운 이름을 가지고 있더군요. 릴리, 어텐티브, 불독, 트리머, 마스티프…….

리앤더에게 자기의 이름을 붙인 배가 있다고 했더니, 그가 얼마나 흥분했는지 모릅니다. 장난감 배를 꺼내더니 나무판 위에 올려 놓고 질질 끌고 다닌답니다. 리앤더는 항상 '엄마, 내 배를 타고 장군님에게 갈 거야.'라고 말한답니다. 제가 그 아이에게 바다는 너무 넓기 때문에 네 배로는 그렇게 멀리까지 갈 수 없다고 말하면, 리앤더는 '엄마, 더 큰 배를 사서 장군님을 위해 싸우러 갈 거예요.'라고 대답한답니다.

리앤더는 책도 잘 읽습니다. 그리고 잠자고 있는 동생을 귀찮게 하지 않겠다는 약속도 했어요. 당신을 닮아서 그림처럼 아주 귀엽답니다. 지금이 그 아이들에게 가장 행복한 시절인 것 같아요.

오, 샐리!

바다만이 우리 사이를 떨어지게 하는 것이 아니라, 서너 달이라는 시간도 역시 우리를 갈라 놓고 있구려. 당신이 여기에 쓴 것들은 이미 넉 달 전에 있었던 일들이고 내가 지금 쓰고 있는 것은 두 달 후에나 받아볼 수 있을 거요. 그 무렵이 되면 무슨 일이 일어날지 알 수가 없소.

우리는 실패했소, 샐리. 모든 것이 실패로 돌아가고 말았소. 런던에 있는 사람들은 마지막 순간에 나를 저버리고 말았소. 그들은 나에 대한 지원을 거두어 버렸소. 나는 트리니다드로 되돌아갈 수밖에 없었소.

지금 나는 정부 관저에 있는 것이 아니오. 공식적으로 여기에서는 아무런 지위도 없소. 그리고 지휘 본부도 없소. 나는 공직에서 물러나 평범한 시민이 되었지. 내가 이곳에 있는 한, 나는 남아메리카의 혁명을 위한 모든 시도를 포기할 수밖에 없소.

이곳에 되돌아온 날 아침에 나는 히슬롭 총독을 방문했었지. 나를 모르는 척할 수는 없었지만, 내가 해 왔던 일에 대해서는 전혀 알지 못한다는 듯이 행동하더군. 내가 이곳에 머무를 수 있도록 허락을 구하자, 그는 자기의 권한 밖이라고 잘라 말했소. 그는 이 지방의 상인들이 내가 머무르는 것을 원하지 않는다고 말했소. 상인들이 그에게 탄원서를 제출했다는 거요.

나로 인해서 상인들은 본토와 거래하는 것이 6개월이나 중단 되었다고 주장했소. 하지만 그들이 손해를 보았다고 여길 만한 흔적은 전혀 찾아볼 수 없었소. 그들의 탄원은 그날 아침 의회의 쟁점이 될 예정이라고 하더군.

히슬롭은 내가 그 모임에 참석해야만 한다고 했소. 그것은 그의 친절한 충고였지. 만약 내가 그 모임에 나가지 않았다면, 버나드가 과거처럼 나를 위해 변호해 주지는 않았을 거요. 버나드의 변호가 없었다면 투표 결과는 나를 반대하는 것이 되었겠지. 그렇다면 히슬롭도 후회했을 것이고, 나는 이곳을 즉시 떠나야만 했을 것이오. 하늘만이 지금 내가 어디에 있어야 할지를 아는 것 같소.

처음에는 일이 잘 되어가는 것처럼 보였소. 그런 좋은 전조들이 있었지. 그들이 얼마나 좋아했는지 그리고 동시에 그들의 마음이 얼마나 들떠 있었는지! 우리는 아무런 방해도 받지 않은 채 코로라는 도시로 항해를 했소. 요새에 총을 쏘자 몇 발의 총알이 날아오더니, 스페인 군인들이 다급하게 후퇴를 하기 시작했지.

우리는 그곳에 상륙한 다음, 아무런 문제도 없이 도시 안으로 들어갔소. 우리는 단지 세 명만이 부상당했을 뿐이었소. 하지만 그 후에 우리는 축하할 만한 것이 아무것도 남아 있지 않다는 사실을 알게 되었소.

우리는 텅 비어있는 도시로 들어갔던 거요. 그곳에는 단 한 사람도 남아 있지 않았소. 트리니다드에 있었던 베네수엘라의 첩자들이 아주 빈틈없이 자기들의 일을 처리했던 거요.

그들은 우리의 병력과 우리가 상륙할 지점까지 정확하게 파악하고 있었고, 영국은 단지 바다에서만 우리를 지원할 것이라는 사실마저도 알고 있었소. 우리는 어쩔 줄을 모르고 있었소.

나는 여러 해 동안이나 내가 상륙하게 되면 많은 사람들이 나의 깃발 아래로 무리를 지어 모여들 것이라고 믿었소. 실제로 이 땅에 상륙한 지금, 나를 찾아오는 사람들은 하나도 없었소.

나는 그들이 높은 사람들에게 위협을 받아서 그럴 거라고 생각하고, 그런 상황을 스페인식이나 베네수엘라식으로 처리하려고 노력했소. 내 성격은 이런 식으로 나타나기가 훨씬 쉽기 때문이오.

많은 해군 병력들이 나를 따르고 있었지. 나는 아주 큰 소리로 말해야 하겠다고 생각했소. 그래서 나는 성명서를 발표했소.

"스페인의 규칙은 모두 없어졌으니 모든 장교들은 앞으로 나와서 나에게 충성을 맹세하라. 그렇지 않으면 나중에 혹독한 고통을 겪게 될 것이다."

나는 이렇게 말하면서 움직일 수 있는 모든 사람들은 나의 깃발 아래 모이라고 했소. 하지만 그것은 완전히 잘못한 일이었소. 아무도 내 앞으로 나오지 않게 되자, 나에게 속해 있던 사람들과 함께 내 위신은 땅에 떨어지고 말았소.

나는 작은 부대들을 마을로 보내서 사람들에게 거듭 확신을 시키려고 노력했소. 결국 나는 스페인 사람들이 이미 나를 앞질렀다는 사실을 알게 되었소. 그들은 이번 싸움을 어떻게 풀어야 하는지 이미 알고 있었던 거요.

여러 주일 동안이나 사제들은 나를 반대하는 설교를 했다고 하더군. 나를 도와주는 사람은 누구나 파문을 당하게 될 거라고 위협했던 거요. 메리다 주교는 나를 이단자라고 선언했소.

그리고 다시 열흘이 흐르는 동안 코로에 후퇴해 있던 스페인 병사들이 우리의 뒤를 그림자처럼 따라 붙었지. 우리의 병력은 사백 명이었지만, 그들은 무려 1만 5천 명이나 되었소.

그들과 교전을 한다거나 카라카스로 향하는 언덕으로 행진을 한다는 것은 거의 불가능한 일이었소. 긴장감이 우리의 진영에 영향을 미치기 시작했소. 군사 훈련을 받았던 사람들이 흔들리기 시작했던 거요.

어느 날에는 프랑스인과 미국인 집단 사이에서 사건이 발생하기도 했소. 세 명 이상이 다치고 요리사가 죽음을 당하고 말았소. 이 사건으로 인해 나는 대단히 놀라게 되었지. 그래서 우리가 해안으로 돌아가는 것이 차라리 낫겠다는 생각을 하게 되었소.

우리에게는 부상당한 사람들과 병자들을 운반할 수 있는 수레가 없었소. 말이나 노새조차도 없었던 거요. 우리는 들것을 사용하기로 하고, 반 시간마다 교대로 들것을 들고 행진을 했소. 들것 덕분에 우리의 행군 속도는 더욱 떨어지게 되었소.

스페인 사람들이 만들어 놓은 함정으로 걸어 들어가는 느낌마저 들더군. 어느 순간에 스페인 사람들이 우리를 덮칠지 모른다는 생각이 들었기 때문에, 나는 들것을 나르는 사람들을 몹시 다그쳤소. 심지어는 그들에게 총을 들이대면서 위협할 정도가 되었던 거요.

그들은 이런 나를 용서하지 않을 것이오. 내가 총독 관저에서 머무르지 못하게 되자, 그들은 거리에서 나를 비난하면서 소리를 지르고 다니기 시작했소. 어느 늦은 밤에 우리는 다시 배를 타게 되었소.

나는 어떻게 해야 하는지 알 수가 없었소. 여러 해 동안 그토록 기다려 온 순간이 그만 이렇게 되어버리고 말았던 거요. 나는 자메이카에 있는 영국 총독에게 편지를 써서 도움을 요청했소.

하지만 그것도 어리석은 일이었소. 물론 그는 나에게 군대를 보낼 수가 없었소. 그런 소식을 듣기 위해 나는 지난 두 달이나 기다렸던 거요. 물자는 점점 모자라게 되었고 식량도 아주 귀하게 되었소. 그리고 군인들은 병이 들거나 반항적이 되었소.

그런데 코크레인 제독이 나에게 소식을 보냈소. 그것은 더 이상 나를 도와줄 수 없다는 내용이었소. 런던에서 나에게 도움을 주는 것을 금지했다는 거요. 그가 나를 도와줄 수 있는 것은 단지 적의 해군으로부터 나를 보호해 주는 것뿐이었소. 적의 지원군이 섬에 상륙하는 것을 막고, 내가 다시 안전하게 승선할 수 있도록 돕는 정도였지.

나의 항해는 너무도 짧게 끝나고 말았소. 나는 코크레인이 탐욕스러운 사람이기 때문에 조종하기가 쉬울 거라고 생각했는데, 이제 그의 편지를 보니 마치 전투 현장에 대한 교본처럼 아주 정확하고 요점이 분명했소. 그는 제독이 될 만한 역량을 가지고 있었고, 내가 결코 가져본 적이 없는 어떤 힘을 지니고 있다는 것을 말해 주고 있는 것 같았소.

우리는 바람을 거슬러 다시 동쪽으로 이동하기 시작했소. 사나운 바람이 마치 나의 불행을 나타내 주는 것 같다는 생각이 들었소. 결국 나는 초라한 거지꼴로 병력을 이끌고 트리니다드로 되돌아갈 수밖에 없었소. 돌아온 바로 그날, 나는 아무렇지도 않은 것처럼 그리고 아직도 제법 권력이 있는 사람처럼 좋은 얼굴로 히슬롭을 만났소. 그 후에 밀수업이나 하는 건달들이 내 장래에 대해 논쟁하면서 지껄이는 동안, 나는 의회에 앉아 있어야만 했소.

코크레인은 어느 정도 여전히 나에게 경의를 표하고 있었소. 그는 내가 브라이어리 중위의 집에서 머무를 수 있도록 주선해 주었지. 브라이어리는 품행이 방정한 사람이오.

그는 히슬롭보다 더욱 멋진 집에서 살고 있었지. 그는 이곳에서 해군을 이끌고 있는 사람이었소. 그는 독자적인 정부 기관과 같은 형식으로 일을 하고 있었지. 이곳에서 항해 조례를 실시하게 한 장본인이었소.

그의 선박이라고는 돛대가 부러진 낡은 배 한 척뿐이었지만, 일단 배에 오르고 나면 히슬롭의 권한 밖에 있게 되는 거요. 바로 이런 것들이 여기 해군의 세력이오.

항해 조례란 무역과 밀접한 연관이 있는 것이었소. 이 말은 브라이어리가 일종의 세관 관리라는 것을 의미하는 거요. 그와 동시에 그가 밀수업자나 선장들과의 결탁을 벗어나 다른 사람들을 보호해 주고 있다는 의미도 되었소.

그는 한몫을 단단히 잡은 사람이었소. 그야말로 마지막 1실링까지 얼마나 가치가 있는지를 알고 있는 사람이었지. 나도 역시 나중에는 그런 사실을 배우게 되었소.

내가 지금 머물고 있는 그의 집은 스페인 항구에 있는데, 1만 달러의 값어치가 있다는 것을 알게 되었소. 그는 언제든지 이 집을 팔아치울 수 있다고 말하더군.

여기에 덧붙여서 그는 2만 파운드나 되는 넓은 시골 농장과 열한 마리의 노새 그리고 서른세 명의 흑인을 거느리고 있소. 그는 작은 종이조각에다 이 서른세 명의 이름을 항상 기록하고, 그 이름 옆에 숫자를 써 넣었지. 그는 자기 소유의 흑인 노예들을 헤아리는 것을 몹시 즐거워했는데, 그렇게 하는 것이 그들의 가치를 올리기라도 하는 것 같았소.

　이곳에 있는 스페인 사람들과 베네수엘라 사람들은 주로 무역업 자나 노동자들이오. 그들은 거리에서 나를 만나면 여전히 야유를 퍼붓고 있소. 그들은 내가 도착한 그날 아침에도 그런 짓을 했지. 이제는 그들이 그런 일이 없겠지 생각할 때면 어디에선가 벼락처럼 나타나 나를 야유해 대는 바람에 깜짝 놀랄 때도 있었소.

　그들은 내가 보이지 않는 곳에서 쉬쉬거리며 야유를 던졌소. 그 끔찍한 소리는 한 무리의 군인들이라도 물리칠 수 있을 것 같은 그런 소리였소.

　나는 전쟁에서 패배한 사람이었기 때문에 이런 비판들을 꾹 참아 내야만 했소. 처음에는 그들이 내가 실패했기 때문에 나를 조롱한 다고 생각했소. 그 다음에는 그것이 리앤더호에서 내린 미국인 불평분자들이 거리에서 끊임없이 소동을 일으키면서 나에게 없는 돈을 달라고 독촉하기 때문이라고 생각했소.

　우리가 해안으로 퇴각한 것과 들것을 실어나르는 사람들을 위협 했던 일에 대해 끔찍한 소문들이 난무하고 있었지. 그 다음에 나는 사람들이 나에게 야유를 퍼붓는 것이 그렇게 많은 사람들이 죽었는데, 내가 여전히 살아있다는 이유 때문이라고 생각하게 되었소.

　하지만 얼마 전에 알게 된 것은, 우리가 코로를 떠나던 바로 그날부터 이곳에 있던 베네수엘라 첩자들이 푸에르토 카발로에서 있었던 처형에 대한 소문을 마구 퍼뜨리기 시작했다는 사실이오. 장교들은 겉옷과 하얀색 모자를 쓰고 교수형을 당한 채 불태워졌고 살아남은 자들은 25파운드나 되는 사슬에 묶여서 중노동을 하게 된 사건 말이오. 그들은 돌침대에서 잠을 청할 수밖에 없었지.

　그 당시에 나는 그런 것을 아주 단순하게 생각하고 있었소. 내가 이번 원정에서 실패했기 때문에 그들을 저버릴 수밖에 없었다고 말이오. 내가 실패했기 때문에 남아메리카인들에게 웃음거리가 되었다고 생각했던 거요.

그러나 그것은 틀린 생각이었소. 그렇게 생각하게 된 것은 나에게 있는 허영심 때문이었소. 내 멋대로 이 사람들이 나를 자기들의 해방자로 그리고 자기들의 권위를 회복시켜 줄 사람으로 보고 있다고 생각한 거요. 그들에 대해 지난 20년 동안 나 자신이 생각한 것을 사실처럼 여기고 있었던 것뿐이었소.

하지만 사실은 정반대라고 할 수 있었소. 이곳에 있는 노동자들마저도 나를 반역자로 여기고 있었던 거요. 이단자, 그들은 나를 이단자라고 불렀소. 그들은 리앤더호를 타고 돌아온 사람들의 초라한 모습을 보고는 아주 기뻐했던 거요.

베네수엘라 첩자들이 나를 반대하는 메리다 주교의 성명을 아주 잘 퍼뜨린 덕분이었지. 그들은 나를 무신론자이자 괴물이며, 신앙의 적이고 미국에서 온 악당들의 무리를 이끌고 내 조국에 대항하는 악한이라고 몰아붙인 것이었소.

나는 지난 20년 동안 미국이나 영국 그리고 유럽 어디에서도 그런 혐의 사실에 대해 나 자신을 변호했던 적이 한 번도 없었소. 그리고 여기에서 나는 어떻게 변호할 수 있는지조차도 모르고 있소.

어쩌다가 내 인생이 이렇게 심하게 왜곡되었는지 잘 모르겠소. 나의 인격에 대한 뒤틀린 소문으로 왜 이다지 심하게 비난을 받게 되었는지 알 수 없소. 이 일은 내게 커다란 절망을 주었소.

내가 이곳에서 참아내야만 하는 전쟁의 패배와 굴욕 그리고 무위도식하면서 겪게 된 고통은 너무나 심하다오. 나는 아주 동떨어진 곳에서 현실과의 접촉을 잃어가고 있다는 느낌이 들기 시작하고 있소.

이곳에 있는 노동자들에게 어떻게 말해야 하는지 알 수가 없을 지경이오. 세상이 다 알고 있는 것처럼, 나는 스페인 군대에서 나온 뒤로는 일정한 직업도 없이 오직 남아메리카의 독립 이외에는 다른 것은 생각조차 하지 않았소. 그런데 이런 일이 나에게 닥치다니……

그것은 런던을 떠나기 직전에 나의 뜻으로 확정지었던 것이었소. 당신도 내가 남아메리카에 대해 말하던 것을 기억하고 있을 거요. 그 당시에 나는 이렇게 말했소.

"그들처럼 공정한 자유에 어울리는 사람들이 또 어디에 있겠는가? 우리는 자유를 찾아야 한다."

하지만 이곳에 있는 사람들에게 그런 이야기를 이해시킬 수 있는 방법이 과연 있을까?

나는 그래프톤 거리에 6천여 권이나 되는 막대한 분량의 책을 남겨 두었소. 당신이 돌보고 있는 그 책들은 카라카스 대학에 진정한 자유가 오게 되면 그 대학이 내게 가르쳐 주었던 문학과 기독교적인 가치를 기념하는 의미로 기증하려고 했던 것들이오. 내 아들들은 내가 고향땅을 밟기 직전에 세례를 받았소. 우리가 남쪽으로 향해서 나아가는 동안, 리앤더호에서 일요일마다 루이스 선장이 기도문을 읽을 때 나는 절대로 갑판에 머물지 않았소.

스페인 사람들은 내 삶 속에 있었던 우연적인 사건들과 내가 처음으로 자유민이라고 느끼면서 미국과 러시아에서 떠들어댄 거친 말들을 모아서 새로운 내 모습을 창조해 내었소. 현재 내게 필요한 것이 지원자들이라는 사실을 간파하고 내가 알지도 못하는 내 모습을 사람들 사이에 널리 퍼뜨렸소.

나는 항상 올바른 길을 따라 달려왔다는 사실을 잘 알고 있기에, 마음 속으로 내가 무엇을 원하는지 분명히 이해하고 있소. 하지만 이 사람들에게 나 자신을 어떻게 보여 주어야 하는지 전혀 모르고 있소. 그리고 더욱 나쁜 것은 지금 내가 하고 있는 모든 일들이 스페인 사람들이 그려낸 모습을 확인시켜 주고 있다는 사실이오.

나는 런던으로 4천 명의 군사를 보내 달라고 편지를 보냈소. 로바리가 그런 요청을 들고 찾아갔었지. 그런데 그것도 역시 반역자와 이단자라는 모습만을 사람들에게 강화시켜준 결과가 되고 말았소.

정기적으로 자기 소유의 흑인들 수를 헤아리고 꾸준히 자기의 재산을 불리고 있는 브라이어리는 내가 친구도 없이 방향 감각을 상실한 채 외롭게 표류하는 상태라는 것을 감지하기 시작했소. 그는 나를 제독의 동기이자 친구로서 예의 바르게 대우를 해 주었지.

하지만 지금은 어떤 변화가 있다는 것을 느끼고 있소. 그것은 아마도 런던에 있는 공사들이 코크레인에게 더욱 시급하게 처리해야 할 것들을 맡겼기 때문에 그런 것 같소.

지금 나는 브라이어리를 따르는 해군 생도들 가운데 불량한 무리들 때문에 신경과민이 될 지경이오. 그들은 젊은 장교라는 특권으로 매우 난폭한 생활을 즐기고 있소. 일반 선원들을 괴롭히고 항해 조례를 강요하고 또한 의심할 여지가 없는 주민들까지 쫓아가서 매를 때리는 일을 즐기는 자들이오.

그들이 흑인들을 건드리는 일은 없는데, 그 이유는 주인들이 흑인들을 보호하기 때문이었소. 하지만 가난한 백인들이나 유색의 자유민들에게는 아주 거칠게 대하고 있소.

어느 날인가 대낮에 한 영국인을 한참 동안이나 추적한 일이 벌어졌소. 그들은 그 영국인이 밀고자라고 주장하더군. 영국인이 어떤 사람의 집 마당으로 뛰어 들어가자, 그 젊은 장교들도 뒤따라 들어갔지. 그리고는 마당에 있던 흑인의 오두막으로 들어가서 침대 밑에 숨어 있던 그 불쌍한 사람을 끌어 내었지.

영국인이 하필 그곳에 숨었다는 사실이 그들에게는 대단한 농담거리가 되었소. 그들은 더욱 재미를 느끼기 위해 그 영국인에게 타르를 칠하고 깃털을 붙이면서 장난을 쳤소. 그런데 히슬롭의 경찰관들은 아무도 손도 쓰지 못했소. 그들은 그저 가만히 바라보고 있을 뿐이었소.

나는 브라이어리에게 미심쩍은 점이 있다는 것을 보고한 적이 있었소. 그리고 나서 나를 대하는 브라이어리의 태도가 변하게 되었지. 이제는 모든 것이 분명하게 되었소.

어제 저녁에 식사를 하면서 브라이어리가 나를 쳐다보면서 이렇게 말하더군.

"저는 리앤더호에서 빅스라는 미국인을 체포했습니다. 그는 당신에게 전혀 호의적인 사람이 아니더군요. 당신은 지난 6개월 동안이나 그와 다른 사람들에게 보수를 지불하지 않으셨더군요. 그는 다른 것들에 대해서도 많은 이야기를 해 주었답니다. 그는 당신과 연관된 이 모든 사건들에 대해서 책을 쓸 계획이라고 말했습니다."

"그건 나도 이미 알고 있소. 무슨 일이 닥치더라도 감수해야만 하겠지."

나는 침착한 태도로 대답했소.

"제가 무뚝뚝하게 대하는 것에 별로 신경 쓰지 마십시오. 장군께서는 왜 군인으로서 시험을 당할 때마다 많은 사람들을 실망시키게 되는 걸까요?"

"북아프리카에서는 잘 처리했었소. 하지만 이미 30년 전의 일이 되는군."

"그렇군요. 마스츠리히가 포위되었을 때, 당신이 프랑스 사령부에다 당신의 방식에 대해서 허세를 부린 일이 생각납니다."

"파리에서 그 일에 대해 재판이 있었소. 나는 모든 혐의 사실에 대해서 깨끗했소. 빅스가 당신에게 이미 말했을 거요."

"4월의 푸에르토 카베로 그리고 지금 이곳에서는 어떠신가요?"

"당신도 내가 운이 나빴다는 사실을 알고 있을 거요."

"난 운이 좋았죠."

내가 존경하지도 않는 사람이 그의 권위로 인해 나와 동등하지 않은 관계가 되어버리자, 나도 모르는 사이에 나는 나의 지위와 성격을 과장하게 되었소. 어느 정도는 풍자라고 볼 수도 있지만, 그것은 실제로는 매우 불행한 모습이오. 나는 지금까지 부드러우면서도 교양이 넘치는 사람처럼 나 자신을 과장하고 있었소. 나는 이렇게 대답했소.

"시저는 성공적인 군인이 갖추어야 할 네 가지 자질 중에서 하나가 바로 행운이라고 했소."

"다른 세 가지는 무엇인가요?"

"재능과 군사적인 지식 그리고 명성이지요. 그 말들은 아주 폭넓은 의미를 담고 있소."

"당신의 편에 행운을 지닌 사람이 있었다면, 코로에서의 상황은 아주 달라졌을 거라고 생각하지 않습니까? 자기의 행운을 믿는 사람이라면 그렇게 수세에만 몰리지 않았을 것입니다. 오히려 그림자처럼 따라 붙는 스페인 병력들을 멀리 따돌려서 장군님과 배 사이에 그들을 끼워 넣어 격파한 뒤에 카라카스로 행진했을 것입니다."

"나는 그 당시에 사람들을 신뢰할 수 없었소. 그들은 서로 싸움질을 하고 있었으니까."

"그들의 보수를 어떻게 지불할 작정입니까? 트리머호의 주인은 어떻게 진정시키구요? 그는 장군을 고소할 작정이라고 했어요. 그의 말에 의하면 바바도스에서 장군이 자기의 배를 빌린 거라고 하던데……. 리앤더호를 파는 것이 어떻겠습니까? 아마 좋은 가격을 받을 수 있을 겁니다. 그것을 좋은 가격에만 판다면 모든 사람들에게 돈을 지불할 수 있을 겁니다."

"누가 그 배를 사겠소?"

"제가 사겠습니다. 이것은 결코 자선이 아닙니다. 사업상의 거래일 뿐입니다. 안티구아나 바바도스에서 그 배를 해군성의 기준에 맞게 수리한 다음, 해군에 팔려고 합니다. 해군은 배가 항상 필요하기 때문입니다. 나는 그들이 필요로 하는 것이 무엇인지 잘 알고 있습니다."

그리고 브라이어리는 더 이상 아무런 말도 하지 않았소. 나도 어느 정도는 브라이어리의 결정에 따를 생각이오. 브라이어리도 그 사실을 알고 있으면서 며칠 동안이나 리앤더호에 대해 아무런 말도 하지 않았소.

그런데 나는 그 일이 너무나 쉽게 결정되었고, 브라이어리 중위에게서 어떤 대답이 나올지 몰라 몹시 불안했소. 나는 얼마 전에야 비로소 그것을 알게 되었소.

저녁 식사 시간에 브라이어리는 갑작스럽게 이렇게 말하더군. 나는 브라이어리의 말을 전혀 예상하지 못하고 있었소.

"장군께서 리앤더호를 팔기 전에 미국 국기를 달고 항해를 한 번 해 주어야만 하겠습니다. 강 상류를 따라 앤고스투라까지 올라가십시오. 그곳은 장군께서 처음 갔던 장소일 겁니다. 강은 좁고 도시는 방어가 허술합니다. 나는 그곳의 지리를 잘 알고 있습니다. 강에서 혹은 바다에서 그 도시를 바라보게 될 때마다 나는 훌륭한 해군으로서 마땅히 해야 할 일을 생각했습니다. 이곳을 공격하기에 가장 좋은 방법은 무엇일까? 그것은 나의 사고를 훈련시키는 하나의 방법이 되었습니다. 그리고 베네수엘라 배의 선장이 저에게 항상 정보를 제공해 주고 있습니다."

"그 정보는 당신에게 요긴한 것이었소?"

"그렇습니다. 나는 앤고스투라에서 해야 할 일을 정확하게 알고 있습니다. 뛰어난 해군 포병대들이 한 시간 가량 열심히 작업하면 이곳에 있는 것과 같은 군대 막사와 요새를 만들 수 있을 겁니다. 그렇게 하면 우리는 당신을 엄호하면서 마음대로 이동할 수 있겠지요. 우리는 상당히 오랫동안 그 도시를 장악할 수 있게 될 것입니다. 장군께서 상륙한 다음 그곳을 장군의 공화국이라고 선언할 수도 있어요. 그렇게 되면 그곳에 머물러도 좋습니다. 만약 사정이 어렵게 된다면 일주일 안으로 다시 이곳으로 돌아오면 됩니다."

나는 그가 제안한 것이 해적 행위라는 사실을 잘 알고 있었소. 나에 대해서 그가 갖고 있는 생각이란 고작 그 정도였던 거요. 그것도 역시 베네수엘라인들이 퍼뜨린 생각으로 인해 초기의 리앤더호에 있었던 몇 명의 선원들이 지껄이던 것들이었지.

물론 나는 완전히 그의 손아귀에 들어 있는 셈이었지. 그는 마음

만 먹으면 자기의 군대를 철수한다거나 나를 스페인 사람들에게 넘겨 줄 수 있는 힘을 가진 사람이오. 하지만 그런 식으로 나를 모욕하다니…….

그리고 다시 이틀이 지났지. 그 동안은 아무런 말도 하지 않던 브라이어리가 오늘은 이렇게 물어보더군.

"저의 제안에 대해 다시 생각해 보셨습니까?"

"앤고스트라는 우리의 생각보다 더욱 방비가 잘 되어 있는 요새요. 강 상류로 겨우 배 한두 척의 병력을 보내서 공격하는 것은 아주 위험한 일이오."

"그렇다면 거절하시는 건가요?"

"그 점이 걱정된다는 거요."

브라이어리는 잠시 동안 화를 내더니 다시 냉정한 목소리로 이렇게 말했소.

"저에게 속한 지휘관이 당신에 대해서 계속 불평을 하고 있습니다. 장군께서는 노새나 흑인들을 너무 제멋대로 사용하고 있다고 하더군요. 장군께서는 장소에 대한 편견까지 있군요. 그 지휘관은 자기의 임무를 도저히 수행할 수가 없다고 했습니다."

나는 브라이어리의 말에 반박하기 시작했소.

"당신이 그런 편의 시설을 제공했기 때문에 장비들을 리앤더호에서 창고에다 옮겨 놓았던 것이 아닙니까? 당신도 그런 사실을 알고 있을 것이오."

"저는 단지 하루만 사용하도록 허가한 것이었습니다. 일주일이나 허락한 것이 아니었습니다. 장군께서는 이제 떠나셔야만 합니다. 코크레인 제독에게 이미 편지를 써 보냈습니다."

"나에게 알리지도 않고 그런 일을 하다니……. 브라이어리 중위, 이건 나에 대한 모독이오!"

"저는 장군께서 이곳에 계속 거주하는 문제에 대해 스페인 사람들이나 그 이외의 다른 사람들과 협상을 해야겠다는 생각을 말씀드렸습니다. 그런 상황이기 때문에 리앤더호에 대한 장군의 제의를 거절할 수밖에 없다는 것을 이해하여 주시기 바랍니다. 그리고 가급적이면 빠른 시일 내에 이곳에서 떠나주십시오.”

나는 다음날 아침이 밝아오자, 당장 그 집을 떠났소. 그 집에서 멀리 벗어나자 오히려 안도감이 생겼지. 하지만 리앤더호에 대해서만은 유감이었소. 그가 나를 부추기는 바람에, 그 일은 거의 성사가 된 것으로 생각하고 있었으니까…….

나는 맥케이 호텔로 들어갔소. 그곳은 내가 전에 네 주일 이상이나 병사들을 훈련시켰던 군대 막사 주위에 있는 호텔이었소. 아래층에는 상인들을 위해서 마련된 당구대가 놓인 술집이 있었고 위층은 연병장이 내려다보이는 방들이 너댓 개 정도 있었지.

맥케이 호텔은 영국이 이곳을 정복한 직후에 설립되었다고 하더군. 어떤 사람들이 이 섬은 텅 비어 있는 상태이기 때문에 땅을 마구 나누어 준다고 말하는 것을 들었다고 하더군. 그가 이곳에 오자 정말로 땅을 나누어주고 있었소. 하지만 사실은 많은 흑인들을 데리고 올 수 있는 사람들에 한해서만 넓은 토지들을 나누어 주었지. 그러던 어느 날 그는 주지사에게 농담조로 이렇게 말했소.

“제가 혼자의 힘으로 숲속에 있는 5에이커의 땅을 개간한다면 무슨 일이 생길까요?”

그러자 주지사는 역시 장난스러운 분위기로 이렇게 대답했소.

“발롯의 감옥에 가두고 흑인에게 해당하는 아홉 대의 채찍형을 선고할 것입니다.”

발롯이란 그 당시에 있던 간수인데, 마르티니크에서 온 프랑스인으로 흑인들에게는 공포의 대상이었소. 맥케이는 당구대와 위층에 있는 방들과 그리고 자기 소유의 흑인들 몇 명을 거느리고서 잘 지내고 있소. 당구대에 대해 말하자면, 맥케이는 모든 당구대마다 세금을 붙여 놓았소. 그 세금은 총독에게 보내는 공식적인 보수의 일부분으로 히슬롭에게 곧장 보내진다고 하더군.

샐리, 나는 지난번에 당신에게 맥케이에 대한 이야기를 써 보낸 적이 있었지. 그 당시에 쓰지 않았던 내용이 있다면, 그것은 내 기분 때문이었을 거요. 사실 지금은 어떤 것을 해야 할지 잘 모르겠소.

지금 내가 할 수 있는 일은 아무것도 없소. 단지 런던에 있는 로바리에게서 소식이 오기만을 기다릴 뿐이오. 그렇게 되자면 적어도 세 달은 걸리겠지.

나는 기다리는 방법을 알고 있소. 지난 20년 동안에 내가 배운 유일한 것이 바로 기다리는 것이오. 어떻게 하면 내가 이곳에서 잘 지낼 수 있을지 나는 아직도 모르고 있소.

나는 지금 내가 누구인지조차 모르는 사람들 속에서 살아가고 있소. 그들은 자기들만의 생각을 갖고 있는 사람들이오. 그들은 히슬롭이나 코크레인 같은 사람들이 내게 보내주는 관심에 따라서 행동할 준비가 되어 있지만, 그런 관심조차 없어지고 만다면 나를 어떤 식으로 대해야 할지도 모르게 될 거요. 나는 그들이 이미 알고 있던 어떤 사람들과도 비슷하지 않으니까 말이오.

조금 이상하게 들리겠지만, 내가 전에는 이런 상황에 처해본 적이 한 번도 없다는 사실을 말하고 있는 거요. 카라카스에서는 부유하고 저명한 사람의 아들이었으니까. 어린 아이였을 때에도 많은 사람들이 나를 알고 있었지.

나는 유명세를 느끼면서 성장했던 거요. 나중에 스페인에서도 나는 사치스러운 육군 대령으로서 프린세스 연대의 지휘관으로 복무했지. 스페인 군대를 떠나 미국으로 건너갔을 때에는 잠시 동안 허둥거리면서 지냈지.

나는 낯선 길을 더듬어 찾아야만 했고 항상 즉흥적으로 결정을 내릴 수밖에 없었지. 하지만 미국에서도 결국은 사회적인 지명도가 있는 사람들이 인정해 줄 정도로 나 자신의 입지를 세울 수 있었소. 영국, 프랑스, 러시아에서도 내가 주장하는 정치적 입장으로 유명하게 되었지. 그것은 아주 독특한 주장이었소.

나는 항상 주목받는 사람이었지. 그런데 지금은 고향과 흡사한 이곳에서 나는 사람들의 주목을 받지 못하게 되었고, 그래서 나 자신의 일부를 잃어버린 것 같은 느낌을 받고 있소.

샐리, 이러한 일로 걱정하고 있었을 때, 다행히도 나는 그 호텔에 더 이상 머무를 필요가 없게 되었소. 극적으로 구출된 셈이지. 버나드가 찾아왔을 때, 맥케이의 하인들은 무거운 신발을 신고 거친 나무 계단을 뛰어오르면서 내 짐을 올려 주었지.

그 당시에 버나드는 작업복 차림을 하고 있었소. 내가 전에 정부 관저에 있는 베란다에서 그를 마지막으로 보았던 때와는 아주 다르게 보였소. 그는 런던에서 유행하는 옷차림을 하고 있었지.

버나드는 브라이어리 중위에 대한 소식을 듣고 바로 달려오는 길이라고 말했소. 그는 나를 자기의 농장으로 모시겠다고 했소. 그는 하인들에게 다시 명령을 내리더니 내 짐들을 내려놓으라고 하더군. 아주 위엄 있는 목소리였소.

우리는 당장 그곳을 떠났지. 나는 그의 농장에서는 좀 편안할 것으로 기대했소. 많은 하인들이 내 시중을 들어줄 거라고 생각하면서……. 브라이어리에 대해서도 더 이상 걱정할 것이 없었소. 논쟁으로 인해 잃어버린 것은 아무것도 없었으니까 말이오. 아무도 브라이어리와 그의 해군 생도들에게 관심을 기울이지 않았던 거요. 다만 내가 그렇게 오랫동안 브라이어리의 집에 있었다는 사실에 놀랐을 뿐이었소.

버나드는 고빌의 문장이 그려진 마차를 타고 왔다오. 이제는 마차의 상태를 살핀다거나 마부가 신은 알파라가타를 쳐다보고 싶은 마음조차 나지 않았소. 단지 그 모습만 알아보았을 뿐이오.

비로소 깨닫게 된 것이지만, 나는 브라이어리의 집에서 여러 날 동안이나 머물면서 기가 완전히 꺾여 있었소. 그래서 맥케이나 심지어 아래층에서 당구를 치는 병약한 젊은 직원들로부터 나에 대한 관심을 발견하는 것조차 위로로 삼을 지경이었소.

버나드의 농장은 북쪽에 있는 계곡에 있었지. 그래서 우리는 도시를 가로질러 북쪽으로 마차를 몰았다오. 리앤더호의 미국인 용병들이 여전히 거리에서 소동을 일으키고 있었소. 스페인 사람들과 베네수엘라 사람들이 때때로 소리를 지르면서 야유하는 것 같았지.

그 거리를 지나가면서 나는 내 존재 가치를 공식적으로 전시당하는 듯한 느낌이 들었소. 그리고(버나드가 무엇이라고 말했든 간에) 이곳에 있는 사람들도 역시 나에 대해서 불확실하고 믿을 수 없다는 태도를 보이기 시작했소.

버나드의 행동은 순수한 우정에서 나온 것이었소. 하지만 지금은 내가 그를 위해서 할 수 있는 일이 하나도 없소. 이런 우정을 그에게서 찾을 것이라고는 조금도 기대하지 않았는데…….

정부 관저에서 버나드가 나를 방문했을 때, 그에게 함부로 대하지 않았던 것은 아주 현명한 행동이었소. 나는 그에게서 항상 연민의 정 같은 것을 느껴오고 있었다오. 또한 그 당시에는 그런 느낌을 불러 일으킬 만한 옷차림을 하고 있었지. 어쩐지 자꾸만 마음이 끌리더군.

그런 감정은 종종 상호 연관적인 것이기 때문에 6개월 전과 같은 감회를 느낄 수 있었소. 그 당시에 나의 위치는 의문의 여지가 없을 정도로 확고부동했고, 지금처럼 멀리 떨어져 있지 않은 정부 관저에 내 본부를 만들고 히슬롭보다 뛰어난 권위를 지니고 있었소. 하지만 나는 버나드에 대해서만은 여전히 동일한 연민의 정을 느끼고 있었던 거요.

우리는 도시를 떠나 좁고 구불거리는 계곡으로 들어갔다오. 1마일 정도를 더 달려가자, 새로 지은 농장을 지나게 되었소. 그것이 바로 버나드 고빌의 농장이었소.

그곳에서는 코코아와 커피를 함께 재배하고 있었다오. 담장을 따라 심어진 나무에서는 벌써 꽃이 피어나고 있었소. 낮게 드리워진 코코아 나무들 위로는 장미가 피어 있었소. 붉고 노란 보리짚국화 꽃들이 마당에 피어 있는 모습은 마치 밝은 색으로 칠을 한 것 같았지.

무거운 코코아 열매들이 초록색에서 노란색으로 그리고 붉은색으로 자주색으로 온갖 색을 띠면서 검은색 줄기에서 자라난 짧고 두꺼운 꼭지에 매달려 있었소.

나는 카라카스 북쪽 계곡에 있던 축축한 땅과 코코아의 죽은 잎사귀에서 풍기던 바로 그 냄새를 다시 맡게 되었다오. 하지만 바닐라 냄새는 없었고 그 대신에 열매들이 발효하면서 풍기는 지독한 냄새가 났소. 그 냄새는 집으로 가까이 다가갈수록 더욱 심해지더군. 마치 술을 담아둔 통에서 풍기는 고약한 냄새와도 같았지.

버나드는 이미 그런 냄새에 익숙해져서 거의 냄새를 느끼지 못할 정도라고 하더군. 버나드는 내가 맡고 있는 냄새가 코코아의 몸체를 이루는 부분인 통가의 냄새라고 생각했던 것 같았소.

우리는 코코아가 자라는 곳으로 들어가 보았소. 코코아 열매들은 코코아 줄기에 있는 펄프에서 성장한다오. 코코아가 익으면 펄프가 발효하게 되는데, 대략 일주일 정도가 지나면 펄프가 썩기 시작하지. 그것이 발효하게 되면 코코아 열매의 독특한 향기가 나게 되는 거요.

어떤 사람들은 초콜릿에 어느 정도의 마취 효과가 있다고 말하는데, 그 이유가 바로 거기에 있다고 하더군. 어린 시절에 나는 숲속에서 사는 사람들이 코코아를 차갑고 쓰게 만들어 마신다는 말을 들었던 적이 있었소. 나는 버나드를 바라보면서 이렇게 말했소.

"나는 코코아 열매에 대해서 잘 알고 있다고 항상 생각했었네. 한때는 그랬던 것 같군. 고대로부터 내려오는 많은 음식들이 그렇듯이 많은 처리 공정이 있다는 것은 알았지만 발효에 대한 것은 그만 잊어버렸던 모양이야. 내가 1771년에 라 구아이라를 떠나게 되었을 때, 나의 아버지는 8피네가나 되는 코코아 열매를 주셨다네."

버나드는 이렇게 대답했지.

"그것은 엄청난 양의 코코아 열매입니다. 대부분의 코코아 열매는 펄프니까요."

"그 열매들은 다른 것들이 동이 났을 때 화폐로 쓰였지. 나에게는 문제가 될 것이 아무것도 없었어. 수레를 이용해서 아버지의 창고에 있던 코코아를 라 구아이라로 옮겨다 놓으면, 선원들이 그것들을 프린스 프레드릭호의 창고에다 쌓아 놓았고, 중개상이었던 아니노가 그것을 카디즈에서 받은 다음 나중에 나에게 돈을 보내 주었어. 실제로 내가 그 열매들을 보거나 냄새를 맡았던 적은 한 번도 없었어."

나는 코코아를 발효시키는 창고에서 조금 떨어진 곳에서 이상한 광경을 보게 되었소. 열두 명 가량의 소녀들이 아무런 말도 없이 네 군데의 단 위에서 아주 천천히 움직이고 있었던 거요.

그 소녀들은 무릎을 굽히지도 않았소. 각 단마다 세 명의 소녀가 올라가 있었는데, 그 주위에는 연단에서 벗겨 놓은 듯한 나무로 된 받침대가 있었지. 완전하게 발효된 코코아 열매들이 그 받침대 위에서 건조되고 있었던 거요.

비가 올 기미가 조금이라도 보이면, 옆으로 밀어놓은 지붕을 단 위로 올려서 덮어 놓더군. 조금이라도 비에 젖게 되면 열매들이 그만 썩어버리기 때문이오. 이따금씩 건조되고 있는 열매를 뒤집어 주어야만 하는데, 열두 명의 소녀들이 하는 일이 바로 그 일이었소. 그 소녀들은 코코아 위에서 '춤'을 추는데, 아주 느리게 움직이면서 발가락으로 그 열매들을 누르는 것이었소.

버나드의 말에 의하면 '춤춘다'고 하는 것은 이곳에서 사용하는 말이라고 하더군. 여러 날 동안이나 그런 춤을 추다 보면, 건조가 잘 된 열매들은 빛을 내게 된다오.

하지만 소녀들은 모두 같은 방향으로 움직이는 것이 아니라, 서로 다른 방향으로 느리게 단 위를 움직이면서 춤을 추고 있었소. 마치 자기 도취에 빠진 듯한 모습으로 각각의 소녀들은 기묘해 보이는 춤을 차분하게 추고 있었던 거요.

"한 소녀는 다리를 절고 있군."

나는 버나드에게 그 소녀에 대해서 물어 보았소.

"저 소녀의 이름은 마리 보나비타입니다. 작년에 흑인들이 반란을 계획하고 있었을 때, 그녀는 여왕들 중의 하나였습니다. 밤이면 그녀는 여왕이 된답니다. 농장에 있는 노새를 타고 자기들의 회합 장소로 가곤 하지요. 그곳에 도착한 다음에도 걷지 않습니다. 노새를 탄 채로 이리저리 돌아다닙니다. 그녀의 신하들은 푸른색과 노란색으로 칠한 나무로 만든 검을 들고 있었습니다. 왕은 루제트 농장에서 짐마차를 모는 삼손이라는 마부였습니다. 그는 푸른색의 깃을 댄 제복을 입고 다녔습니다. 한 번은 그녀가 우리집 오븐에서 구운 커다란 빵을 가지고 자기를 따르는 사람들에게 한 조각씩 나누어 주었습니다. 그들은 그것을 각각 두 조각씩 나누어 먹었습니다. 사람들은 그 소식을 듣고서 그들이 성찬을 모독했다고 하면서 몹시 불쾌한 표정을 지었지요."

"마리 보나비타…… '순수하다'라는 의미를 담고 있는 이름이군."

"제 아내가 그 이름을 붙이고는 항상 그녀를 애지중지했어요. 그들이 모든 사람들을 죽이고 나면 그녀가 흑인 여왕 중의 하나가 되기로 예정되었다고 합니다. 조사를 하는 과정에서 그 말이 나왔습니다. 많은 소녀들이 그 일에 가담했었지요. 대부분은 스물다섯 대의 채찍질을 당하고 끝났지만, 마리 보나비타는 다른 소녀들보다 더욱 많이 맞았습니다. 그리고 나서 오른쪽 발목에다 10파운드나 되는 쇠고리를 차게 되었습니다. 그것은 대장장이가 만들어 준 고리입니다. 그녀는 이제는 괜찮아요. 위험스럽지도 않고 조용해졌습니다. 항상 제 아내의 안부를 묻곤 한답니다."

"얼마나 오래 그 쇠고리를 차야 하는가?"

"영원히 차야만 합니다. 죽을 때까지……."
"그건 너무 심하지 않은가?"
"반란 음모에 대한 대가를 지불하는 겁니다."

사랑하는 장군님에게.
당신의 꾸중을 고마운 마음으로 잘 받았습니다. 우정에 대한 좋은 말들이 마음 깊이 다가와서 박혔답니다.
턴불 씨는 희망에 부풀어 있다가 당신의 소식을 듣고 몹시 마음 아파했습니다. 이곳에 와서 작은 서재에 앉아 반 시간 가량이나 멀리 떨어져 있는 그리운 친구를 생각하면서 이야기를 나누었습니다. 그는 얼마 전에 제 앞에서 무례한 말을 한 것에 대해 슬픔과 후회를 표시하더군요.
턴불 씨가 그 문제를 조사해 보니, 단지 세 명의 책장사들에게만 대금이 지불되지 않았다고 합니다. 그들은 둘라우, 화이트, 에반즈입니다. 그래서 그는 그들이 만약 미란다 장군에게 계속 심하게 졸라댄다면, 아무런 이익도 없이 그 책을 돌려주겠다고 제안했습니다.
하지만 턴불 씨는 여전히 희망이 남아 있다고 말했어요. 영국에 있는 모든 제조업자들이 장군님에게 새로운 시도를 하도록 물자를 지원할 준비가 되어 있다고 하더군요. 하지만 이번에는 믿을 만한 사람들과 함께 적절한 병력이 있어야만 하겠지요. 그러니까 장군님께서도 인내하면서 기다려야만 합니다.
턴불 씨와 러더포드 대령은 이곳에서 새로운 정책을 추진하고 있습니다. 장군께서도 상상하실 수 있을 것입니다. 러더포드 씨는 장군님께서 군대를 움직일 준비만 된다면, 이미 전투에서 절반 이상은 이긴 거라고 말했습니다. 턴불 씨는 제가 요청한 적도 없는데, 당신이 그에게 남겨 놓은 돈에서 매달 초하루가 되면 50파운드씩을 보내 준답니다. 모든 것이 잘 되어가고 있습니다. 회색 머리의 노인

이 장군님의 불행에 대해 슬퍼하는 것을 보니 어쩐지 마음이 우울
해지더군요.

러더포드 대령은 그래프톤 거리에서 일어난 소동 때문에 육군대
령 윌리엄스 씨와 함께 사륜마차를 타고 왔었습니다. 리앤더는 꿈
꾸던 대로 자기 아버지가 귀향한 줄 알고 너무 기뻐서 어쩔 줄을 몰
라했어요.

그 애는 내내 윌리엄스 씨를 노려보았는데, 대령님은 아이들이
노는 것을 보면서 장군의 얼굴과 행동을 보는 것 같아서 무척 인상
적이었다고 말했습니다. 당신이 안 계시는 이곳에서 저는 아이들에
게 화해라는 것이 무엇인지를 배우게 된답니다. 당신은 그곳에서
우리처럼 인내를 배우고 계시군요.

벌써 몇 주일이 지났소. 하지만 버나드는 여전히 나를 친절하게
잘 보호해 주고 있다오. 그의 농장은 개인 소유지와도 같기 때문에
리앤더호나 다른 사람들과는 일정한 거리를 유지할 수 있소. 이곳
에서는 나를 비난하는 사람이 아무도 없다는 것이 가장 좋은 일이
오.

런던에 있는 로바리에게서는 아직도 소식이 없다오. 지금 그곳에
서 어떤 새로운 정책들이 나왔는지 알 수는 없지만 가만히 기다리
기로 했다오. 인내야말로 그 동안 내가 배우게 된 것이지만, 여기에
서 내가 할 일이란 거의 없어서 바쁜 농장에서 한가하게 지낸다는
것이 그 어느 때보다 어렵고 답답하기만 하다오. 버나드는 아침부
터 저녁까지 바쁘게 뛰어다니고 있소.

버나드의 아내는 가끔씩 우리와 함께 저녁 식사를 한다오. 비록 버
나드가 말을 하지는 않았지만, 그녀는 뼈에 이상이 있는 것처럼 보였
지. 혹은 아무도 그것을 알지 못하고 있는 것 같기도 하고…….

그녀는 빨리 움직일 수가 없고 낯선 사람과 함께 앉아서 대화하
는 것을 매우 힘들어 한다오. 그녀는 늙고 육중한 몸에다 아름다운

얼굴을 하고 있소.

버나드는 아내에게 무척 헌신적이더군. 그들 사이에는 아이들이 없었소. 버나드는 그녀를 섬기고 돌보는 것을 아주 좋아하고 있소. 그는 그녀에 관한 모든 것을 사랑하고 있지. 그녀의 이름과 농장, 허약함과 프랑스어마저도 사랑하고 있다오.

내가 파리에서 버나드를 처음 만났을 때만 해도 그는 선동자였지. 나는 그가 나의 목적에 아주 잘 맞는다고 생각했다오. 버나드가 부드러운 성격의 사람이라고는 전혀 생각해 본 적도 없었지. 지금 버나드가 지닌 부드러움은 아마도 이 여인에게서 나온 것이라고 여겨진다오.

나는 버나드의 농장에서 이 여인의 가족 중 어느 누구도 본 적이 없소. 몬탈란버트 남작 같은 사람도 만난 적이 없었다오. 이곳에서 떠도는 이야기로는 이런 사람들의 칭호에 버나드가 머리가 돌아버려서 결혼할 때에도 그는 소유할 수도 있는 모든 것들을 주장하지도 못했다고 하더군.

많은 사람들이 버나드가 고빌 가문에서 단지 하인과 같은 일을 하고 있으며, 자기 아내의 농장만을 관리하는 정도에 불과한 사람이라고 말하고 있지. 버나드의 지위에 대해서는 그 이상의 무엇이 분명히 있을 거요. 하지만 들리는 소문에는 아무것도 없는 것으로 되어 있었소.

이런 이야기들을 말해 주었던 사람들은 버나드가 나에게 소개해 주었던 사람들이라오. 버나드는 그런 사람들을 친구들이라고 생각하고 있으니……. 그들이 내게 이런 이야기들을 한다고 해서 어떤 영향을 미치는 것이 아니라는 사실을 그들도 알고 있겠지.

그런데 내가 부인할 수 없는 것은(사실 나는 이런 생각조차 떠올리기를 원하지 않는다오.) 버나드와의 이런 친밀한 교제 관계 때문에 나는 이제 두번째 부류의 사람들 수준으로 전락했다는 것이오.

그것은 나만의 판단이 아니었소. 그들도 스스로를 그렇게 판단하고 있으니까. 본능적으로 그들은 자신들을 이차적인 서열에다 두고 있더군. 그들의 말에 따르면 히슬롭이나 코크레인 그리고 심지어 브라이어리 중위와 같은 사람들까지도 권위가 있는 사람들, 그들로서는 도달하기 어려운 정상에 있는 사람들로 취급하는 거요.

그들은 브라이어리나 코크레인과 연관된 섬뜩한 이야기나 히슬롭의 대식과 폭음에 관한 이야기들을 말해 주면서 자기들은 아주 솔직하면서도 비판적이라고 생각하고 있다오. 하지만 그들은 이런 사람들이 지닌 권위에 대해 결코 의문을 제기해 본 적이 없는 사람들이라오.

그들이 상처를 입히고 손상시키려는 사람들은 자신들과 같은 처지에 있는 사람들이지. 내가 그들을 만난 것이 얼마 되지 않았지만, 그들은 자기들의 친구들에 대해서 혹평을 한다오. 이제는 그들이 반겨주는 것도 달갑지 않고 오히려 신경만 날카롭게 될 뿐이라오.

그들을 만나보면 아주 따뜻한 사람들이라오. 그러나 이내 또 다른 면을 보게 된다오. 그들이 우정을 베푸는 것은 나의 환심을 사거나 혹은 나를 실망시키려 하는 것이라오. 그리고 그들은 나의 불운에 동정하는 척하면서 자기들은 아주 온건하고 예의 바른 사람들이라는 것을(사실 그들은 전혀 그러한 사람들이 아니었소.) 보이려고 노력하고 있는 것이오.

이제 그들은 내가 없는 장소에서 나에 대한 이야기를 할 것이오. 때때로 그들과 함께 있노라면, 내가 처음 이곳으로 왔을 때, 정부 관저에 머물면서 히슬롭을 다만 말단의 지방 관리 정도로 여겼던 적이 있었는지도 가물가물해지는 것이었소.

나는 멀리 나가서 시골의 여러 지역을 여행하다가 이제 돌아오는 길인데, 런던에서는 여전히 소식이 없었다오. 육군 대령으로 있는 다우니 씨와 맥루이 양과 다른 사람들과 함께 영국인들이 소유한 농장들을 한 달 정도 걸려서 돌아보고 왔소. 잠시라도 나가 있어 보니 기분 전환이 되는군.

다우니 씨는 적당한 시기가 되면 나에게 속한 군대에서 싸우기를 희망한다고 말했소. 그의 말을 듣고 있으면, 나는 런던에서 진행되고 있는 일들이 내가 가끔씩 생각하는 것처럼 그렇게 가망이 없는 것만은 아닐 것이라는 생각이 든다오.

영국 사람들은 최근에 이곳으로 이주했는데, 우리가 가 보았던 곳은 땅이 아주 척박하더군. 어느 일요일 오후에 들른 곳에서는 모든 흑인들이 깨끗한 갈색의 린네르 옷을 입고 함께 모여서 영국 찬송가를 부르고 있었지. 물론 나는 큰 관심을 보였소.

미국에서 남쪽으로 향해 가면서, 리앤더호에 있을 때 나는 훈련을 위해서 사람들에게 너무 자주 나의 모습을 보이지 않기로 결심했던 적이 있었지. 이 작은 섬에 있으면 항상 똑같은 사람들만을 보게 된다오. 배에 탄 것과 같은 형편이어서, 나는 오랫동안 여행을 하다 보니 너무 자주 자신을 드러내어서 잘 알려지게 되었다고 느끼기 시작했다오. 내 명성은 약화되었고 사람들이 친구들을 비난하듯이 이미 나를 비난하기 시작하는 것을 느낄 수 있었소.

여행이 끝날 무렵, 우리는 맥루이 양의 집에서 저녁을 들었다오. 그런데 다우니 씨가 여행을 하면서 작성한 일기를 내게 전해 주었소. 나는 여행 말기에는 아주 우울한 기분이 되어서 어떤 호의도 보일 수가 없었는데, 그의 행동에는 감동이 되고 말았소.

그러나 조잡하게 묶은 책을 들추자마자 나는 그의 일기가 아무런 교양도 없는 사람의 작품이라는 사실을 곧 알게 되었지. 다우니 씨의 작품을 주의 깊게 읽어 나가면서 나는 이곳에 어느 정도 수준이 있는 영국인들이 거의 없다는 것을 알게 되었다오.

내가 고개를 들자 맥루이 양과(그녀는 가슴이 다 보일 정도로 투명한, 그 유명한 옷을 입고 있었소.) 나의 시선이 서로 마주치게 되었소. 그녀는 내가 고개를 들 때까지 기다리고 있었던 거요. 그녀는 나를 바라보면서 이렇게 말했소.

"물론 당신은 그가 육군 대령이 아니라는 사실을 알고 계셨지요?”

나는 처음에 그 사실을 몰랐었소. 단지 그가 나의 희망에 항상 빛을 던져 주었기 때문에 좋아하고 있었다오. 그리고 그와 맥루이 양은 나에게 아주 특별한 친구라고 생각하고 있었지.

나중에 나는 그에게 그런 사실에 대해서 물어 보았소. 그는 맥루이 양의 말대로 자기는 육군 대령이 아니라고 고백했소. 이 섬에 온 뒤에 스스로 그렇게 부른 것인데, 그 이유는 군사적인 야망을 품고 있었으며 다른 곳에 혹시 일자리가 있는가 알아보고 있었기 때문이라는 것이었소.

나는 그가 나를 속인 것 때문에 문제가 생길 수도 있다는 점을 말해 주었소. 나는 리앤더호의 사람들 때문에 많은 고통을 겪었소. 그들은 단지 식량 배급과 약탈에만 관심을 갖고 있으면서 나와 함께 출정한 것이었다오. 그렇기 때문에 내가 시도한 모험은 절망적일 수밖에 없었다오.

최근의 실패를 거울로 삼아서 이제는 군사적인 경험이 있을 뿐만 아니라 운이 좋다는 증거가 있는 사람들과 함께 싸우는 것이 필요하다오. 그도 그런 사실을 알아야만 한다오.

그는 고개를 숙이면서 미안하다고 하더군. 하지만 그는 자기가 한 일이 내가 알고 있는 다른 사람들보다 더욱 나쁜 것이었다고는 생각하지 않았소. 아무도 그들을 비난하지 않았으니까. 예를 들어서 내가 여러 집에서 항상 만나게 되는 사람이었던 아키발도 글로스터라는 지방 법무장관은 사실 법률가의 신분이 아니었소. 그는 최초의 영국인 총독이었던 픽튼 시절에 시의회 서기나 비서로부터 법률가 면허증을 돈 주고 산 사람이었다오.

나중에 버나드는 글로스터에 대한 그 말이 사실이라고 말해 주더군. 법무장관이 법률가의 신분이 아니라는 것은 비밀이 아니었소. 버나드의 말로는 그에 대해서 더욱 많은 이야기가 있다고 하더군. 거의 일어날 뻔했던 노예 반란을 조사하는 도중에 드러나게 되었다는 거요.

글로스터는 스키피오라는 개인적인 하인을 두고 있었지. 이곳의 사람들은 자기 흑인들에게 유명한 고전에 나오는 이름들을 붙이는 것을 좋아하고 있었지. 예를 들지만 헤라클레스, 헥토르, 큐피드, 시저, 아그리파, 카토, 스키피오 등이지. 반란을 준비하는 동안, 글로스터의 하인이었던 스키피오는 도시에 있는 글로스터 집 정원에 있는 자기의 숙소를 떠나서 6마일 정도 떨어진 카렌네지라는 바닷가 마을로 갔었지. 에드워드 왕이라고 알려진 흑인은 카렌네지에 자기의 궁전을 갖고 있었고 밤마다 스키피오는 에드워드 왕의 호위대 혹은 연대에 찾아가서 자기의 충성심을 보여 주었던 거요. 에드워드 왕의 신하들은 하얀색과 초록색으로 칠한 나무 검을 갖고 있었다오.

스키피오가 처음으로 그 군대에 참가하게 되자, 에드워드 왕은 그에게 검을 내려주면서 이런 명칭을 붙여 주었다고 하더군.

나의 성자 존.

군대에 참여한 모든 사람들은 밤에만 사용하는 명칭을 하나씩 갖게 된 셈이지. 그런데 스키피오는 싫다고 하면서 자기는 성자 존이 아니라 자기의 주인처럼 법무장관으로 불러 달라고 했다는 거요.

에드워드 왕은 자기 군대에 속한 신하에게 그런 명칭은 어울리지 않는다고 말했지. 결국 그들은 스키피오를 서기이자 비서로 임명했는데(버나드가 실제로 갖고 있는 그 직업이라오.) 밤마다 카렌네지에서 에드워드 왕의 왕세자비와 왕세자들 그리고 왕자들과 공주들이 럼주를 마시면서 노래하고 춤추면서 낮 동안 여러 농장의 부엌에서 파티를 위해 만들어 두었던 음식을 먹는 동안에 스키피오는 횃불 아래에 앉아서 글로스터의 법률책 페이지들을 넘기면서 무슨 글을 쓰는 척하기로 결정했다오. 비록 비서이긴 하지만 그는 아주 진지한 직업을 갖고 있었던 것이지.

그는 반역을 도모하는 사람 중의 하나가 되었다는군. 그래서 채

찍으로 백 대를 맞고 귀를 잘리게 되었지. 이런 이야기를 한 후에 버나드는 이렇게 말했다오.

"밖에 있는 어떤 사람이 나를 감시하고 있답니다. 당신도 감시를 당하고 있지요. 그건 분명한 일입니다. 나는 그것이 아무런 해가 되지 않는다고 생각한 적이 있었어요. 거의 일어날 뻔했던 이 사건 이후에 나는 비웃는 사람들이 얼마나 무시무시한 것인지 알게 되었어요."

샐리, 영국의 원조를 기다리는 동안 나를 둘러싼 세계는 더욱 안으로 움츠러들고만 있소. 더 이상 외출하고 싶지도 않구려. 이제는 밖으로 나가는 일도 아주 드물게 되었다오.

나는 그래도 그들이 말하는 모든 것들을 다 듣고 있소. 내 주위의 세계가 점점 더 작아질수록 그것과 더불어 나도 쇠약해지는 느낌이라오. 이곳에서 너무 오랫동안 기다리지 않게 되기만을 바랄 뿐이오. 이런 기다림마저도 나중에는 쓸모가 있기를 간절히 원한다오. 이런 환경에서는 위대한 생각을 계속 유지할 수 없을 것만 같소.

이제는 나의 직관과 정열 모두가 어디론가 사라지게 되어서 1770년의 카라카스로 다시 되돌아간 듯한 느낌이오. 마치 생애의 절반을 지나서 한 바퀴 여행을 한 뒤에 다시 원래의 자리로 돌아온 듯하오. 카라카스가 이곳만큼이나 작은 곳이었는지 잘 생각이 나지 않지만 말이오.

여기에 있는 사람들을 비난할 수는 없소. 이곳은 아주 작은 도시라오. 그래서 상인들은 같은 업종의 일을 하는 사람들끼리 어울리게 되고 버나드와 같은 사람들은 자기 농장을 돌보는 일에만 매달리게 된다오. 그리고 버나드는 시 의회의 모임이 끝나면 자기 아내와 나를 위해서 보다 큰 세계에 대한 소식을 갖고 마차를 타고 돌아오는 것이라오.

농장 입구에는 작은 방이 하나 있소. 무더운 날이면 버나드의 아내는 자기 방에서 나와 휴식을 취하기 위해 그곳으로 가는데, 한 소녀를 항상 데리고 다니더군. 내가 베란다에서 책을 읽거나 쓰고 있을 때(벽에는 길게 장식이 되어 있는데, 꽃모양과 리본 모양으로 만든 것을 보니 마차 위에다 문장을 그렸던 빵 만드는 사람의 솜씨가 분명하다오.) 이따금씩 버나드의 부인이 소녀에게 말하는 소리를 듣게 된다오.

하지만 말소리보다는 억양만을 듣게 되는데, 누워 있는 사람의 억양인 것 같았소. 그녀는 스스로에게 잠들라고 말하는 것 같았고 소녀는 규칙적으로 몇 마디를 하면서 자기가 여전히 옆에 있음을 알려 주고 있는 것 같았소. 그 소녀는 앉아 있었기 때문에 말소리가 아주 분명하게 들렸다오. 그 소녀의 말은 아주 놀라울 정도로 깊은 애정을 담고 있었소.

몹시 더운 날이면 발효하는 코코아 열매들이 내뿜는 술통 냄새와 더불어 그 말소리에 담긴 부드러운 억양을 들으면서, 나는 꼬리가 긴 새가 나무 위에 지은 양말처럼 생긴 둥지에서 빠져나가는 모습을 지켜본다오. 종종 여주인보다 소녀가 먼저 잠들기도 하는 것 같았소.

날마다 밤이 되기 전에 버나드는 정원으로 나가서 노새들이 있는 창고의 문을 잠근다오. 밤에 흑인들이 노새들을 타고 이리저리 돌아다니는 것을 원하지 않았기 때문이지. 이렇게 한 후에도 종종 밖에 있는 것들에 대해 의구심이 생겨서, 결국 그는 노새 창고들과 흑인들의 숙소들을 다시 한 번 점검하게 된다오. 그는 여러 번이나 내게 이렇게 말했었지.

"그들은 숫자가 많아요. 하지만 우리는 단지 두 사람뿐인걸요. 감시를 하지 않을 수가 없어요."

아침이 되면 그는 아주 일찍 일어나서 마당과 숙소 그리고 창고와 부엌 등을 점검한 후에 노새 창고들을 열어 놓는다오. 버나드의 농장에서는 세 번의 식사가 있소. 오전에 차를 마시는 시간, 아침 식사 그리고 저녁 식사. 버나드는 코코아 창고에서 열심히 일하다가 아침을 먹고 다시 나가서 농장을 점검한다오. 가끔씩 노예들에게 모든 일들을 어떻게 처리해야 하는지 버나드가 직접 시범을 보여 주어야만 했다오. 왜냐하면 전날에 주어진 일을 아주 잘 끝낸 사람들도 다음날에는 어떻게 해야 하는지 잊어버렸다고 말하기 때문이오.

최근에 이곳으로 온 아프리카인들이나 혹은 새로 온 흑인들은 다루기가 몹시 어렵다고 하더군. 그들은 자기들에게 맡겨진 일들을 엉망으로 한다면 앞으로 그런 일을 하지 않아도 되고 어쩌면 고향으로 돌아가게 될지도 모른다고 믿고 있지.

그래서 버나드는 모든 흑인들처럼 자기 농장에 묶일 수밖에 없었소. 만약 그가 시의회에서 비서직의 일마저 하지 않았다면, 이곳에 꼼짝없이 감금되었을 거요.

최근에 겪었던 일로 인해 버나드는 어떤 것도 당연하게 여기지 않게 되었소. 버나드는 아침마다 주변을 돌아보게 되었소. 버나드는 시체를 발견하지 않기만을 바라고 있다오. 그 시체들은 주로 독살되거나 자살한 시체들이라오.

내가 이곳에 있는 동안에도 가까운 농장에 있는 흑인들 중에서 독살되거나 자살하는 경우가 더러 있었지. 라 챈슬러리 농장에는 수많은 자살자들이 생겼었는데, 그곳은 로즈 드 가네 드 라 챈슬러리, 마르키즈 드 쇼라라는 여인이 소유한 또 다른 농장이었소. 그들은 여러 날 동안이나 더러운 오물을 먹어서 자살을 한다오. 오물을 먹는 것은 새로 끌려온 흑인들이 하는 짓으로, 그런 자살자들의 시체가 한 무리를 이루기도 하지. 그들은 서로를 격려하면서 그런 일을 벌이기도 한다오.

그런 사건이 일어나거나 혹은 그런 소식이 버나드에게 전해졌다는 것은 그의 얼굴만 보아도 알 수 있다오. 버나드는 그런 일에 대해서 말하는 것을 별로 좋아하지 않았다오. 자기의 아내에게도 잘 말하지 않았던 거요.

하지만 그녀가 흑인 소녀들에게서 그런 소식을 듣게 되리라는 것도 잘 알고 있다오. 아마도 지난 몇 달 동안에 이곳에서 무슨 중대한 일이 일어났던 것 같았소. 버나드는 내가 그 일에 대해 자세히 알기를 원하지 않는 눈치였다오. 아마 그것이 어떤 일인지는 정확하게 알지 못해도 작은 집들 가운데 한 곳에서 일어난 죽음에 대해 여자들이 말하는 것을 듣게 된다오.

이런 일이 베네수엘라에서도 있었는지 잘 기억나지 않는구려. 나는 항상 도시에서 살았기 때문에 이런 것들을 보지 못했던 것인가? 친구들의 플랜테이션 농장을 방문해 보면 그곳은 아주 평화스러운 곳처럼 보였소.

그 당시에는 그들이 그들만의 규칙이나 습관을 갖는 일을 아주 당연하게 여기고 있었지. 그래서 어느 곳에서도 그들 나름대로의 규칙이 있었던 것이오. 물론 그것은 대혁명이 일어나기 전에 있었던 일로, 지금은 많이 달라졌을 거요.

지금부터 20년 전에 러시아에서 머무르고 있었을 때, 목욕탕에 가서 한 시간 정도 있었다오. 1787년의 이른 여름에 모스크바에서 있었던 일이라오. 그곳에서 알게 된 한 러시아인이 나에게 반드시 가야만 하는 곳이 있다고 하더군. 방문객들을 위한 좋은 구경거리 중의 하나라고 했소.

그곳에서 발견하게 된 것은 남자들만의 구역에 여인들이 있다는 것이었소. 그 여자들은 완전히 벌거벗은 상태였는데, 몸에는 찢어진 상처와 채찍에 맞은 자국들이 나 있었소. 목욕탕 안내원은 내가 여인들 사이로 걸어가도록 허락했다오. 아무도 내게 주의를 기울이지 않더군.

하지만 나는 그 여자들의 몸에 나 있는 수많은 상처를 그대로 무시하고 넘어갈 수는 없었소. 러시아 친구는 그런 식으로 바라보는 것 같지 않더군. 나는 어쩔 수 없이 그 일을 곧 잊어버리기 위해 노력했지.

"어느 누구라도 눈빛만 보고 알 수 있는 사람은 없지요."

버나드가 나를 바라보면서 이렇게 말하더군. 누가 오물을 먹기 시작했는지 혹은 누가 독을 갖고 음모를 꾸미는지 알 길이 없다는 거요. 몇 년 전에 도시의 경계에 있는 도미니크 더트의 농장에서는 독살자가 흑인들을 감시하는 사람이었다고 하더군. 그는 농장 주인에게 대단한 신임을 받고 있는 사람이었소.

"가끔씩 신뢰하고 있는 농장의 하인들에게 이런 일이 일어나기도 합니다. 우리는 그대로 당할 수밖에 없지요."

버나드가 머리를 흔들면서 말했소. 그 흑인은 자기 동료들이 주인에게 너무 가까이 접근하고 있다고 판단되면 그들을 독살했다오. 나중에 그 사실이 밝혀지자 그는 아주 태연한 표정으로 흑인들을 모두 소집해서 일장 연설을 했다는 거요.

그는 의기양양하게 행동하고 있었지. 그는 농장에서 일하는 모든 흑인들을 한꺼번에 독살할 수 있는 약을 갖게 되었다고 하면서, 곧장 농장 주인이었던 더트에게 달려가서 이렇게 말했소.

"나는 언제라도 당신의 흑인들 모두를 독살할 수 있답니다. 하룻밤 사이에 당신을 파멸시킬 수도 있어요."

그 말은 그의 생애에 있어서 가장 엄청난 순간에 나온 것이었지. 마치 그 말을 하기 위해 지금까지 살았던 것처럼 말이오. 주인과 흑인들 그리고 농장, 바로 이런 것들이 그에게는 완전한 세계였다오. 그 밖에는 아무것도 존재하지 않았으니까……. 그리고 얼마 있지 않아서 그는 자기가 갖고 있던 독약을 먹고 말았다오.

서쪽의 계곡에 위치한 성 힐러리 베고랏 농장의 독살자는 그 농장 병원에서 일하던 간호사였소. 버나드의 말로는 이것도 역시 유명한 사건이었다고 하더군. 베고랏은 마르티니크에서 온 초기 이민자였소. 코코아와 담배 농장을 갖고 있는 늙은 베네수엘라 후작 정도 되는 사람이었지.

그러나 사실 베고랏은 그런 후작들보다 더 교양이 있는 사람이었지. 몬탈란버트의 농장에서 백이십 명이나 동시에 중독되는 일이 벌어졌을 때, 베고랏의 농장에 있던 몇 명도 역시 중독되는 일이 생겼다오.

코코아 농장의 늙은 후작은 이런 일이 생긴 것을 전혀 달갑게 여기지 않았지. 그는 그 일이 무례하기 짝이 없는 일이라고 생각했소. 몬탈란버트는 농장을 관리하는 신참자였소. 베고랏은 그 지역에서는 선배급의 대농장주였지. 그는 그곳의 기풍을 세웠기 때문에 모든 사람들은 농장 문제에 있어서 그에게 경의를 표할 정도였다는군.

그는 몹시 화를 내었소. 자기의 농장에다 모든 사람들을 한 줄로 정렬시켜 놓고는 시체 한 구를 가져오게 해서 누가 독살자인지 밝혀 내겠다고 으름장을 놓았지. 농장에서 일하는 의사가 베고랏과 함께 시체를 해부하기 시작했다오.

병원의 간호사였던 독살자에게 그것은 너무 심한 일이었지. 그녀의 이름은 티스베라고 하더군. 그녀는 인근 농장에 있는 코코아 숲으로 달려가서 그곳에 도피처를 요구했다고 하더군. 버나드는 그 도피처라는 것이 아프리카의 어느 지역에서는 그렇게 한다고 말해 주었지. 한 마을에서 도망친 사람이 인근 마을로 가서 도피처를 요구할 수 있는 관습이 있다는군.

하지만 그녀는 농장 감시인에게 잡혀서 다시 돌아올 수밖에 없었다오. 베고랏은 그녀의 엄지손가락을 실로 묶으면서 고문을 했다오. 마침내 다른 농장에 있던 스무 명 정도나 되는 독살자들과 마법사들의 이름을 자백하도록 만들었지.

그렇게 많은 독살자들이 있다는 사실에 사람들은 그만 깜짝 놀라고 말았지. 그들은 즉시 체포되어서 도시에 있는 발롯의 감옥으로 끌려왔다오. 그들은 쇠사슬에 묶이거나 쇠고랑을 차게 되었고 어떤 사람들은 뜨거운 방에 갇히게 되었지. 사슬에 묶인 자들은 몸을 움직일 수가 없었다오. 뜨거운 방에 갇힌 자들은 금세 발광을 하게 되었지.

　그들은 감옥에서 베고랏과 다른 농장주들이 위임한 조사관들에게 엄격한 심문을 받게 되는 세 주일 동안 바나나와 물만 먹을 수밖에 없었지. 티스베도 계속 혹독한 고문을 받았다오.

　마침내 재판을 하는 날이 되자, 농장주들은 스페인식을 따르기로 결정했다오. 재판관들은 독살자들과 마법사들을 무거운 쇠사슬로 묶고는 무릎을 꿇도록 강요했다오. 어떤 사람들은 교수형을 당하거나 참수형에 처해졌다오. 그들 중에서 어떤 사람들은 최초로 세례를 받은 자들이었지.

　교회에서는 아프리카인들을 어린 아이로 취급했기 때문에 아무런 가르침도 없이 세례를 받을 수 있도록 허락했다오. 한 사람은 산 채로 화형을 당했지. 티스베는 교수형을 당한 후에, 다시 참수되는 이중형을 받았다오. 시체는 불태워졌고 머리는 베고랏 농장에 있는 막대기에 매달렸다오.

　베고랏은 자주 티스베에 대한 말을 한다더군. 티스베의 머리가 달렸던 장대는 여전히 그곳에서 흑인들의 숙소를 마주보며 서 있는데, 바로 그 장소가 시체를 해부했던 곳이라고 하더군.

　나는 얼마 전에 베고랏을 만났소. 베고랏은 미소를 지으면서 이렇게 말했지.

　"지금 그곳에는 아무것도 없어요. 하지만 흑인들은 항상 그 장대를 볼 때마다 무엇을 보고 있는지를 잘 안답니다. 마법에는 마법으로……. 나는 이런 말을 버나드로부터 여러 번이나 들었답니다. 그것이 유일한 방법이랍니다. 그들의 것에 대항하는 나의 마법이었죠."

　베고랏은 언덕 위에 작은 동굴을 만들어 놓았소. 그곳은 대낮에도 시원한 곳이었소. 베고랏은 동굴 속에서 재미있다는 듯이 그런 말을 하고 있었다오. 그는 이야기를 하면서 자주 미소를 지었소. 흑인들의 마법에 대해 자기의 마법으로 대항했다고 말하며 차가운 미소를 지었지. 그는 흑인의 시체를 해부하면서 마치 내장을 볼 줄 아는 로마인처럼 자세히 살펴보았다고 하더군.

그의 입술은 부드럽지만 연설을 하면 아주 정확하면서도 날카로운 재치가 넘친다오. 나이 많은 코코아 후작은 이곳에 있는 대부분의 사람들보다 훨씬 더 교양이 있었는데, 그도 그 사실을 잘 알고 있었다오. 많은 사람들이 그에게 경의를 표하고 있다오.

여러 해 전에 마르티니크에서 이곳으로 건너올 때만 해도, 그는 파산한 상태였다오. 그가 데리고 온 모든 흑인들도 마르티니크에서 저당을 잡히고 있었지. 그가 스페인 행정관으로부터 제공받았던 지역은 흑인 한 명당 16에이커로 계산해서 얻은 것이라고 하더군. 지금 그 땅은 후작의 작은 왕국이 되었다오. 그는 항상 명랑한 눈을 가지고 있는 사람이라오. 항상 여유를 즐기면서 웃을 줄 아는 그런 사람이지.

베고랏의 농장에 여전히 남아 있는 것은 티스베의 머리를 매달았던 장대만이 아니라오. 늙은 간수인 발롯도 여전히 그곳에 있었다오. 그는 티스베를 비롯한 많은 다른 흑인들을 고문한 장본인이라오.

그는 미국에 있는 루이지애나로 가고 싶어하는데, 그의 말로는 친척들이 그곳에 있어서 일자리를 쉽게 구할 수 있을 거라고 하더군. 이곳에서는 자유민이 할 일이라고는 전혀 없다고 하면서.

하지만 히슬롭은 발롯에게 여권을 발급하지 않고 있지. 히슬롭이 이곳에 총독으로 부임한 다음, 처음으로 유색의 자유민을 고문했던 사람이 바로 발롯이었기 때문이지. 그 유색의 자유민은 사랑의 미약을 사용해서 흑인 여인과 동침하려고 시도했지만 결국 독약과 마법에 대한 생각을 다시금 불러일으켜서 모두를 놀라게 했던 사건이었다오.

픽튼이 작년에 유죄 선고를 받은 이후로 이 사건은 히슬롭을 끊임없이 괴롭히고 있었지. 유색의 자유민들이 기금을 모아서 런던의 레드 라이언 스퀘어에 있는 변호사를 구해서 그 문제를 다시 꺼냈기 때문이라오. 히슬롭은 만약 그 사건이 문제를 일으키게 되면, 발롯이 그 책임을 져야만 한다고 생각하고 있다오.

발롯은 마르티니크 출신으로 늙고 창백한 프랑스인이라오. 그는 스페인 시절에 이곳으로 건너와서 13년 동안이나 간수로 살아온 사람이지. 지금 그는 별다른 직업도 없이 지내고 있다오.

이 지방의 주민들은 픽튼이 체포되자 발롯을 제거하기로 작정했지. 그는 저축해 놓았던 돈도 모두 써버리고 이제는 베고랏의 자선에 의지해서 살아가는 형편이 되고 말았다오. 발롯은 자기가 직접 채찍질하고 병신으로 만들었던 사람들이 있는 흑인 오두막에서 노예들에게 배급되는 식량으로 생계를 이어가고 있다오. 그런데 한 가지 신기한 것은 발롯에게 수치심이나 위험스럽게 생각하는 것이 전혀 없다는 점이라오.

"베고랏의 뜻에 따라서 어느 누구도 발롯을 독살할 수는 없어요. 그래서 발롯은 안심할 수 있는 겁니다."

내가 그 일에 대해 궁금하게 여기자, 버나드가 이렇게 말해 주더군. 독약은 주인을 해치려고 할 경우에만 사용하는 유일한 무기라는 거요. 거의 독살당할 뻔했던 그 사람은 베고랏의 총애를 받는 친구가 되었다오. 이 섬의 모든 사람들이 그 사실을 알고 있다오.

하지만 발롯은 나에 대해서 아무것도 알지 못하고 있소. 그는 섬을 벗어난 곳에서 일어나는 사건들은 전혀 알지 못한다오. 사람들이 발롯에게 내가 장군이라고 말하자, 그는 좋은 옷을 입고(아마도 오래 전에 죄수가 주었던 것이거나 아니면 간수의 보수로서 받았던 옷) 나를 찾아와서 자기에 대한 이야기를 하면서 나의 동정심과 도움을 요청한 적이 있다오.

그는 아내의 병에 대해서 많은 이야기를 했다오. 그녀는 로즈 바니어라고 하는 사랑스러운 이름을 가지고 있더군. 그녀는 돈을 지불하는 죄수들에게 아침마다 커피를 대접하면서 하루종일 삼층을 오르내렸다는 거요. 이제는 늙고 병이 들어서 한 칸짜리 오두막이나 자기의 몸도 제대로 돌보지 못한다고 하더군. 그리고 항상 늙은 베고랏은 통이 넓은 바지와 벨트로 묶는 신발을 신고서 그의 왕국인 시원한 코코아 계곡에서 발롯이 겪는 고초에 대해 말하면서 미소를 지었지.

대서양을 사이에 두고 대혁명이 일어났다오. 유럽에서 일어난 전쟁이 세계를 더욱 많이 변화시킬 것이오. 함대를 지휘하는 제독들과 장군들 그리고 새로운 발명품들이 전쟁의 성격과 규모를 끊임없이 달라지게 만들고 있소.

심지어 샤프넬이 최근에 발명한 물건도 조만간에 일반적인 변화의 일부가 되고 말 거요. 일단 그것이 사용되기 시작하면 전투 지역에서 사용되는 전법도 새롭게 변할 수밖에 없으니까…….

하지만 지금 우리는 마치 전혀 다른 행성이나 아니면 다른 시대에서 살고 있는 것 같다오. 이곳은 자기 자신의 영웅들과 역사 그리고 전설적인 사건들과 장소들을 여전히 간직하고 있다오.

발롯의 뜨거운 방이나 픽튼의 면직 사건, 흑인들을 향한 감독관의 마지막 연설이라든가 몬탈란버트 농장에서 벌어진 독살극과 베고랏의 농장에서 시체를 해부한 것, 티스베가 도피처를 찾아서 다른 마을로 달아난 사건이나 그녀의 머리를 매단 것들이 바로 그 증거라고 할 수 있소.

이곳에서는 세월의 흐름을 그들 속에서 벌어지는 일련의 사건들로 느끼고 있다오. 그것은 마치 남아메리카 대륙에서 살고 있는 원주민들이 우리와는 다른 종류의 달력을 갖고 있는 것과 같았소.

샐리, 나의 몸에서 힘이 점점 빠지고 있소. 나는 버나드의 농장에서 장차 출판할 계획인 남아메리카의 해방에 대한 논문을 쓰고 있소. 그리고 당신에게 보내는 일기식의 편지도 작성하고 있소.

지난번에 보낸 편지에서 나는 샤프넬에 대해 언급한 적이 있었지. 글을 쓰다 보니 갑자기 그의 이름이 떠올랐는데, 나의 머리 속에 들어 있던 백여 명이나 되는 런던 사람들의 이름 가운데 하나라오. 몇 년 전에 그가 그래프톤 거리에 있는 내게 편지를 써서 자기의 발명품에 대해서 말한 적이 있었지. 그는 나중에 전투 지역에서 그 발명품을 보여 주겠다고 약속했소.

나는 조금 전에 그래프톤 거리의 서재에서 샤프넬의 편지를 읽고는 다른 사람들에게 달려가서 그의 발명품을 보라고 권했던 일이 생각났었던 거요. 그런데 이상하게도 그것은 마치 거의 일어나지 않았던 일처럼 혹은 다른 사람에게 일어난 일처럼 여겨지기만 한다오.

이곳은 내가 미래를 전혀 그려볼 수 없는 그런 곳이오. 나는 아무런 역할도 하지 못하고 있소. 나 자신과의 접촉을 잃어버리게 되면서, 심지어 내가 갖고 있었던 야망마저도 사라지는 것 같은 기분이오.

내가 발롯을 만난 것은 벌써 일주일 전이었소. 그런데 조금 전에 버나드가 시의회의 모임에서 돌아온 다음, 도시의 감옥에 갇혀 있는 한 스웨덴 선원이 보낸 편지를 내게 전해 주었다오. 그 감옥은 새로 건축한 것이었소. 오래된 감옥은 4년 전에 시의회에서 허물었고, 그 전에 발롯이 사용하던 고문 도구들이 어떻게 생겼는지를 아무도 보지 못하게 막아 버렸다오.

그곳이 있던 자리를 보려면, 시의회에 거듭해서 요청해야만 겨우 가능하다오. 그 스웨덴 선원은 무질서한 행동으로(그것은 술에 취했다는 것을 의미한다오.) 인해 감옥에 갇히게 되었소.

이 지방의 관습은 술취한 선원들을 아주 나쁘게 규정하고 있다오. 경찰관들은 술취한 선원들을 발견할 때마다 약간의 보수를 받기 때문에 아주 열심히 찾아다니고 있지.

그 스웨덴 선원은 지방 정부에 보석금을 지불할 수가 없어서 빵과 물로만 연명하고 있다고 썼더군. 그 편지는 나에게 자기를 구해 달라고 호소하는 내용이었지.

　　그것은 나에게 몹시 쉬운 일이었소. 하지만 그가 쓴 편지를 보니 36년 전에 내가 라 구아이라에서 스웨덴 전함 프린스 프레드릭호를 타고 해외로 나갔던 일이 생각나더군.

　　그 당시에 나는 처음으로 나 자신이 진정한 자유민이라고 느꼈었소. 내가 베네수엘라를 떠나도 좋다는 허락을 받기 이전에 교회와 다른 곳에서 많은 허가서와 증명서를 받아야만 했었지.

　　나는 몇 가지 사소한 걱정거리 때문에 그 일을 피부로 느끼지 못하고 있었소. 그래서 프린스 프레드릭호에 오르기 전에는 내가 정말로 떠난다는 느낌이 들지 않았다오. 라 구아이라의 작은 도시에 있는 언덕들은 내가 이곳에서 보는 언덕들과 매우 비슷하고, 버나드의 농장에서 항상 풍기는 냄새들은 스웨덴 전함의 창고에 쌓아둔 코코아 열매에 견줄 수 있다오.

　　그리고 샐리, 내가 항상 가슴 깊이 느끼고 있던 것을, 몇 달이 지난 지금에 와서야 비로소 느끼고 있소. 당신에게 보내는 편지를 쓰면서 말이오. 그것은 내가 이곳에서 시간만 낭비하고 있다는 거요.

　　이곳에서도 이미 전쟁이 시작된 것과 마찬가지라고 할 수 있으니까 참아야만 한다는 말을 귀에 못이 박히도록 들어왔소. 이제 당신도 편지에 그렇게 쓰고 있고 러더포드 대령도, 턴불도 그리고 다른 사람들도 역시 편지에 그렇게 쓰고 있다오. 가능한 빨리 런던으로 돌아와야 한다고 재촉하면서……

　　상황은 변하고 있고 의원들의 생각도 점차 성숙되고 있는 분위기라고 하더군. 뛰어난 사령관을 앞세운 대규모 군사작전을 계획하고 있는데, 프랑스가 선수를 치기 전에 먼저 남아메리카 대륙을 빼앗으려는 것이라고 하더군. 이것이야말로 내가 지난 몇 년 동안 영국 공사들에게 계속 강조했던 생각이라오. 그런데 지금 그것이 구체적인 현안으로 떠오르고 있는 거요. 하지만 나는 이렇게 멀리 떨어져 있으니……

　　나에게 보내는 편지마다 같은 이야기가 적혀 있다오. 이미 두 달이나 지난 것이지만, 토의가 진행되고 있는 이 시점에서 내가 런던에 있지 않는다면 결국 결정이 난 후에 내가 들어갈 여지가 전혀 없을 거라는 사실이오. 내가 생애를 바치면서 헌신한 일의 열매를 그저 가만히 앉아서 잃어버리고 있다니…….

아, 샐리.

나는 이곳에서 점점 쇠잔해지고 있다오. 왜냐하면 이 사람들에게 나를 너무 자주 드러내었기 때문이라오. 런던에서도 역시 나의 존재와 영향력은 점차 약화되고 있는 중이오. 그곳에 있는 사람들에게 나 자신을 보여주지 못하고 있기 때문이오.

당신은 인간이 자기의 내면에 인격과 영혼을 동시에 지니고 있다고 생각하겠지. 하지만 이곳에서는(마치 감옥에 갇힌 사람처럼) 이 세상과 나 자신으로부터 멀리 떨어져서 느끼는 감각만 지나치게 발달하고 있는 것 같소. 다시 나 자신을 발견해야만 하겠소. 본래의 나로 돌아가는 일에는 제법 많은 시간이 걸리겠지. 그리고 나는 내가 변했다는 것을 발견하게 될 거요.

오늘은 시 의회에서 서기로 일하는 버나드가 '히슬롭이 미란다 장군에게 보내는 소식'을 가지고 돌아왔소. 히슬롭은 미란다 장군에게 여권을 발급하지 않을 거라고 말했소. 그가 나에게 출국 여권을 발급하는 것은 비난을 받을 수도 있는 일이오. 그리고 또한 보수를 요구하는 리앤더호의 선원들과 자기의 범선을 빌려 쓴 대금을 요구하는 트리머호의 주인이 나와 법정시비를 벌이게 되면, 여권을 발급한 것이 법적인 문제가 될지도 모른다고 생각하는 거요. 그리고 외무부에서 서기로 근무하는 카스러리 경으로부터 지시 사항이 도착했는데, 영국에서 나를 지원할 예정이라고 해석할 만한 공식적인 근거가 아직은 아무것도 없다는 것이었소. 그런데 버나드가 나를 바라보면서 이렇게 말했소.

"그는 그렇게 말할 수밖에 없었을 겁니다. 그 말들은 공식적인 기록에 남게 되니까요. 하지만 그는 사실 당신과 이야기를 하고 싶어합니다. 런던에서 무슨 일인가 진행되고 있는데, 장군께서 자기를 위해 무엇을 할 수 있는지 알고 싶어하는 것입니다. 실제로 그는 장군을 이곳에 억류해 둘 수가 없습니다. 하지만 몇 달 동안 체류기간을 연장시킬 수는 있지요. 자문을 구하기 위해 런던으로 편지를 보내는 일에 두 달 그리고 대답을 듣는 일에 또 다시 두 달이 걸립니다. 조금 더 확실한 설명을 듣기 위해서 편지를 보내는 일에 다시 두 달 그리고 다른 여러 가지의 이유를 대면서 시간을 끌 수도 있습니다. 장군에게는 시간이 무엇보다도 중요합니다. 그는 장군에게 도움을 줄 수 있고, 장군께서도 아마 그에게 제공할 수 있는 것이 있을 것입니다.”

내가 히슬롭과 용이하게 담판을 지을 수 있게 해 주었던 것이야말로 버나드가 나에게 해 준 마지막 봉사였소. 나는 비로소 이곳을 빠져나갈 수 있다는 느낌이 들기 시작했소. 나는 36년 전의 시절로 다시 돌아간 것 같은 느낌이었소.

그 당시에 나는 운이 무척 좋았다오. 필요한 모든 허가서와 증명서를 가지고 라 구아이라에 정박한 프린스 프레드릭호를 타고 떠날 수 있었으니까. 버나드는 몇 년 전에 내가 그를 이곳으로 보냈을 당시에는 나에게 종속된 하인이었소. 나는 그의 후원자였지.

하지만 이제 그는 이곳에 계속 남아 있을 거요. 그는 결코 이곳을 떠나지 않을 것이고, 만약 떠난다고 해도 특별히 갈 만한 곳이 없소. 정부 관저에서 화려한 옷을 입고 있던 그의 모습을 보았을 때, 내가 느꼈던 모든 감정들은 지금도 여전하다오. 나는 버나드가 자기의 아내와 함께 만들어가는 삶의 연민과 근심 그리고 연약함을 모두 느낄 수 있었다오.

우리는 저녁 식사를 마친 후에 좁은 계곡 너머를 바라보고 있었소. 항상 계곡 너머를 바라보면서 환경이 변해버리는 것을 걱정하는 일은 버나드의 일상적인 습관이라오. 버나드는 난간 위에 손을 얹어두고 있었소. 나는 버나드의 손 위에 나의 손을 올리면서 이렇게 말했소.

"자네가 한 해 전에 정부 관저로 나를 방문하지 않았다면, 내가 지금 어떻게 되어 있을지 알 수가 없다네."

버나드는 내 말의 의미를 생각하면서 나를 바라다보더군. 버나드의 눈에는 눈물이 고여 있었소. 버나드는 나를 응시하면서 이렇게 말했다오.

"장군님, 모든 일이 잘 되기를 기원합니다. 저는 모든 것이 잘 해결될 거라고 확신합니다."

샐리, 히슬롭은 내 제안을 거절하지 않을 거요. 그에게 제시할 만한 아주 중요한 것이 있으니까. 세상의 길이 이미 나에게로 되돌아오고 있으니, 아마 리앤더는 당신이 이 편지를 읽기도 전에 아버지를 보게 될 것이오.

아프리카 말로 대화를 나누던 흑인들이 있던 마당에는 지금 중국인들이 대신 일을 하고 있었다. 중국인들은 작은 체구에 바싹 마른 얼굴을 하고 있었다. 그들은 원뿔 모양으로 된 밀짚모자를 쓰고 긴 변발을 등 뒤로 늘어뜨리고 있었다. 햇볕에 그을린 팔뚝에는 힘줄이 불쑥 튀어나와 있었고, 통이 넓고 소매가 짧은 크림색 상의를 입고 있었기 때문에 아주 가냘퍼 보였다. 상의와 비슷한 색깔의 통이 넓고 헐렁한 바지는 무릎 아래까지 내려올 정도였다. 중국인들은 아주 늙어 보였는데, 눈이 길쭉하고 몸이 약해 보였다.

미란다는 하인에게 히슬롭 총독을 만나기 위해 찾아왔다고 말했다. 하인은 서둘러 안으로 들어갔다. 그리고 몇 분이 지나자 히슬롭이 현관에 나타났다. 그곳은 그들이 오래 전에 함께 이야기를 나누었던 바로 그 장소였다.

한 해 동안의 비와 햇빛으로 인해 소나무로 만든 마룻바닥이 더욱 짙은 색을 띠고 있었다. 그리고 단단한 마룻바닥의 가장자리에 있는 나무는 서서히 부식되고 있었다. 히슬롭이 미란다를 쳐다보면서 말을 하기 시작했다.

"미란다, 당신의 편지를 잘 받았습니다. 하지만 저의 입장도 편한 것만은 아니라는 사실을 이해하실 겁니다. 버나드가 당신에게 카스러리 경의 명령에 대해서 말씀드렸을 겁니다."

미란다는 히슬롭의 눈을 응시했다.

"공사들의 명령이란 변덕스럽기도 하지요. 왜냐하면 그들은 항상 올바른 입장에 서 있는 것이 아니기 때문입니다. 카스러리 경은 당신이 노예들의 음모를 처리한 방식을 축하하는 전갈을 보냈습니다. 하지만 그것만으로는 유색의 자유민들이 귀가 잘린 동료에 대한 문제를 들먹거리면서 작년 내내 선동하는 것을 막지는 못했습니다. 이 사건은 심각한 문제로까지 야기될 가능성이 있고, 만약 이 일이 좀더 진전된다면 카스러리 경도 이 사건을 멀리하게 될 것입니다. 사실 그래서 당신과 법적인 문제에 대해 이야기를 하고 싶었던 것입니다. 내가 말하는 것에 대해 당신도 흥미를 느낄 것입니다."

"당신이 편지에 쓴 것도 바로 그런 내용이지요."

"픽튼이 이곳의 총독이었을 때, 나는 그의 통치에 반대하는 운동을 했기 때문에 그의 면직에는 어느 정도 나의 책임이 있습니다. 그 후에 나는 이곳에 나의 대리인 자격으로 페트로 바가스라는 사람을 보냈습니다. 그는 나에 대한 자신의 의무에 충실하지 않았습니다. 나에게 보내는 보고서에는 온통 위험한 거짓말과 엉뚱한 소리들이 적혀 있었습니다. 그는 픽튼의 법을 조사하는 행정 집행관에 가입하게 되었습니다. 그는 스페인 법률을 다루는 보좌관으로 인정되어서 픽튼을 고소하는 사람 중의 하나가 되었습니다."

"그래서 어떻게 되었습니까?"

"그가 재판장에게 제출한 증거로 인해 픽튼은 유죄 판결을 받았던 것입니다. 그는 스페인 법률이 자유민들에 대한 고문을 인정하지 않는다는 사실을 말했던 것입니다. 물론 우리 모두가 알고 있는 것처럼, 이것은 말도 되지 않는 소리입니다. 하지만 바가스는 런던에서 그와 관련이 있는 스페인 법률책의 사본을 갖고 있는 유일한 사람이었습니다. 전쟁이 일어나고 있는 시기에 스페인 법에 정통한 또 다른 전문가를 구한다는 일이 쉬운 건 아니었지요.”

미란다는 가벼운 한숨을 쉬면서 말했다.

“나도 며칠 밤을 설치면서 어떻게 하면 런던의 법정에서 스페인 사람들이 고문했다는 사실을 증명할 수 있을까 하는 생각을 했답니다.”

히슬롭이 고개를 숙이면서 미란다를 바라보았다.

“과거에 바가스는 아주 용감한 사람이었습니다. 그는 뉴그라나다에서 있었던 위험한 음모에 가담한 적이 있었어요. 그것 때문에 감옥에 갇혀서 고문을 받았던 경험도 있습니다. 그 후에 바가스는 영국으로 건너갔습니다. 아마 그 시기는 1799년이었을 겁니다. 그는 영국에 도착하자 나에게 도움을 요청했습니다. 그는 자기가 받았던 고문에 대해 아주 상세한 부분까지 기록한 장문의 편지를 보내왔어요. 이 편지가 만약 법률 재판소에 제시된다면, 그가 픽튼의 재판 당시에 자료로 제시한 증거를 무효로 만들 수도 있을 것입니다. 만약 그렇게 된다면 픽튼을 반대하는 소송도 사라지게 됩니다. 그리고 사랑의 미약을 사용하다가 발롯에게 심한 고문을 받았던 유색인을 위해, 당신을 고소하려고 소송을 준비하고 있는 것도 역시 소용없는 일이 되고 말 것입니다.”

“당신은 그런 것에 대해 말을 한 적이 한 번도 없었어요. 우리는 작년에 바로 이곳에 앉아서 그 문제에 대해 함께 이야기를 나누지 않았습니까?”

“나는 그 사실을 잊고 있었습니다. 그런데 몇 주일 전에 이곳에 있는 감옥에서 어떤 선원이 나에게 편지를 보냈습니다. 그래서 갑자기 그 일이 생각나게 된 것입니다. 나에게 보냈던 모든 탄원서들과 호소의 편지들에 대해 내가 너무 무관심했다는 생각이 들게 되

었습니다. 나에게 진정서를 제출했던 모든 사람들의 이름들이 전부
다 기억나는 것은 아닙니다. 벌써 그 스웨덴 사람의 이름마저도 잊
어버리고 말았군요. 하지만 유색인의 고문에 대해 상세하게 기록한
부분을 제외한다면, 바가스의 편지 중에서 도움이 될 만한 내용은
별로 없습니다. 그가 이곳에서 내게 보내곤 했던 엉터리 편지들처
럼 그것도 수사학적인 표현들로 가득 차 있습니다. 지금까지 내가
잊어버리고 있었던 또 다른 이유가 있습니다. 정치적인 이유 때문
에 해외로 추방당해서 정부와 거래하게 되는 우리에게는 상호간에
사용하는 비밀스러운 이름들이 있습니다. 바가스의 비밀 이름은
'오르비'입니다. 그 이름으로 나에게 편지를 보냈기 때문에 그 이름
을 기억하게 된 것입니다. 나의 비밀 이름은 당신도 알다시피 조지
마틴이지요."

"그 편지는 지금 어디에 있습니까? 런던에 있는 당신의 문서들
속에 들어 있나요?"

"지난 35년 동안 모아둔 문서들 속에 있습니다. 그것들은 골판지
로 만든 서른 개의 상자와 두 개의 가죽 손가방 속에 들어 있습니
다. 어디에 있는지 대충은 알고 있어요. 하지만 다른 사람이 찾는다
는 것은 거의 불가능한 일입니다. 얼마 후에 픽튼의 상소가 있게 될
것입니다."

"그 전에 당신이 그곳에 있는 것이 낫겠군요."

"나는 지금 중요한 일들을 추진하고 있는 중입니다. 웨슬레이 장
군이 엄청난 병력을 이끌기 위한 준비를 하고 있습니다. 당신도 알
것입니다. 내가 런던에 도착하지 않는다면, 나는 지금 이루어지고
있는 계획에 참여할 수가 없게 됩니다. 그렇게 되면 참모를 구할 필
요조차 없게 되는 것이지요. 하지만 내가 참모를 두어야 하는 상황
이 된다면, 스페인어를 구사할 줄 알고 고위층에 있는 영국 군대에
속해 있는 사람들을 어떻게 다루어야 하는지 아는 사람을 구해야
하겠지요. 나는 이곳에 있는 당신을 잊지 못할 겁니다."

"미란다 장군!"

"스페인 정부의 관심은 오직 내가 추진하던 계획을 포기하고 배와 장비들을 뒤에 남겨둔 채, 이곳을 떠나 런던으로 돌아갔다는 것을 알려고 하는 것뿐입니다. 카스러리 경은 그 일에 대해 별로 당황하지 않을 것입니다. 그리고 당신도 알다시피 성공을 하게 되면, 어떤 일들은 그냥 깨끗이 지워지고 맙니다. 물론 런던으로 돌아가게 되면 배가 더 이상 필요하지 않을 것입니다. 그 배는 팔거나 아니면 다른 방식으로 처분할 수 있을 겁니다. 그 배의 확실한 가치는 보장합니다. 당신을 나의 대리인으로 여기고 당신에게 맡기겠어요. 그 일을 나 대신에 처리해 주십시오. 그렇게 된다면 당신과 브라이어리 그리고 트리머호의 주인과 리앤더호의 불만에 가득 찬 미국 용병들 사이에 놓인 문제들도 잘 조정될 것이 확실합니다."

"그렇다면 이 문제는 이미 처리된 것이나 다름이 없습니다. 그리고 브라이어리에 대한 것인데, 내가 그를 감옥에 보냈다는 사실을 알려 드리는 것이 좋겠군요."

"당신이 그를 감옥으로 보냈습니까? 당신이 그렇게 했어요?"

"감옥에서도 악취와 오물에 대한 불평을 많이 한답니다. 그래서 나는 그의 불평을 듣고 감옥을 완전히 뜯어 고쳤습니다. 나는 그 문제를 헌병 사령관에게 넘겨 주었지요. 감옥은 그의 책임 하에 있으니까요. 그가 감옥에 대한 공공요금을 수금하고 있기 때문입니다. 헌병 사령관은 감옥이 최대한 깨끗하게 유지되어야 한다고 말했습니다. 그래서 날마다 청소도 하게 되었습니다. 나는 그런 소식을 감옥에 있는 브라이어리에게 전해 주었지요. 감옥에 있다고 해서 그에게 해가 된다고는 생각하지 않습니다. 그는 이제 아무런 가능성도 없는 사람이 되었더군요. 그는 캘커타에서 중국으로 가는 배를 불법적으로 체포했습니다. 그것은 동인도회사에 소속된 배였는데, 그는 어떤 불법 행위가 있었다고 주장했어요. 지금도 그 점에 대해서는 여전히 논쟁 중이랍니다. 누가 그 배와 중국인들의 손해를 보상해야 하는지 아무도 모릅니다. 이곳의 재정도 거의 바닥이 나 있는 상태이기 때문에, 우리가 동인도회사에 보상을 해야 하는지 아니면 런던의 정부가 보상해야 하는지 잘 모릅니다. 그 일이 분명하게 될 때까지 배를 중국으로 다시 돌려보낼 필요는 없습니다. 그들의 화는 쉽게 풀리지 않을 것입니다.”

“그런 일이 있었군요.”

“런던에서 캘커타에 있는 동인도회사의 사람들에게 지시하기를, 우리가 있는 이곳에 중국인들을 보내라고 했습니다. 그들은 무작정 달려나가서 가장 먼저 중국인 아편 중독자들의 집으로 사람들을 보낸 것 같습니다. 나는 이 사람들이 캘커타에서 나무를 심어보았거나 아니면 채소를 재배해 보았다거나 잡초를 뽑는 일를 해 본 적이 있다고는 믿지 않습니다. 그들은 도시 사람들이에요. 런던이나 캘커타에 있는 사람들은 아무도 여자들을 보낼 생각을 하지 못했습니다. 이 중국인들은 흑인 여인들을 쳐다보지도 않습니다. 자유민이 아닌 뮬레토 여인들도 중국인들에게는 별다른 관심이 없습니다. 그래서 그들은 이곳에 온 지 한 해가 지나자 그만 미쳐버리고 말았습니다. 그들이 이곳에서 보낸 기간은 장군이 머물렀던 것만큼이나 오래되었지요. 그들은 다른 사람들이 자기의 얼굴을 쳐다보는 것을 무척 싫어합니다. 그런데 이 섬 사람들 중에는 그들을 보고 싶어하는 사람들이 여전히 있습니다. 중국인들은 오로지 아편에 푹 빠져 있습니다. 많은 사람들이 죽고 말았어요. 나는 서둘러 나머지 사람들을 다시 캘커타로 돌려 보내려고 합니다.”

“캘커타로 돌아가는 일은 몹시 긴 여행이 될 겁니다. 최소한 여섯 달 이상은 걸려야 하니까 말입니다. 다시 돌아오는 일에도 그 정도의 시간이 걸릴 겁니다. 중국인들이 이곳에서 한 해 이상이나 지냈다고 했나요? 생존자들이 그들의 삶의 일부가 되었던 이곳에 대해 어떠한 기억을 가지고 캘커타로 돌아갈 것인지 의문스럽군요. 그들이 어디에 있었는지에 대해서조차 제대로 알기나 할까요? 그들은 심지어 나를 노려보기도 했어요.”

“그들은 당신을 보기 위해 이곳으로 모여든 것입니다. 그것은 아마도 당신의 변발 때문이라고 생각합니다. 이곳에서는 매우 특이한 것이니까요. 해군의 변발보다 더 길고 대부분의 해군들보다 더욱 나이가 많아 보이기 때문이지요. 아마도 그들은 당신을 자기들의 동족이라고 여기고 자기들을 집으로 데려다 주기 위해 찾아왔다고 생각할지도 모르지요.”

“하지만 나는 그들과 아무런 상관도 없어요.”

“얼마 후에 장군의 여권이 발급될 겁니다. 브리티쉬 퀸호가 10월의 셋째 주일에 토르톨라로 떠날 것입니다. 그 정도의 시간이라면 당신이 이곳에서 남은 일을 충분히 처리할 수 있을 겁니다. 토르톨라에서 영국으로 가는 호위대에 합류하면 됩니다. 그들은 11월 중순에 떠날 예정입니다. 영국으로 떠나는 기선은 아마도 알렉산더호가 될 것입니다. 그들이 당신을 위해 선실을 마련해 줄 것입니다. 그렇게 된다면 올해가 지나기 전에 당신은 런던에 도착하게 될 것입니다.”

중국인들은 두 사람이 이야기를 하는 동안 아무런 말도 없이 가만히 그들을 바라보기만 했다. 미란다가 계단으로 내려가자, 중국인들은 좀더 가까이 다가와서 그를 살펴보았다. 미란다가 뒤를 돌아보면서 질문을 던졌다.

“캘커타에 있는 사람들 중에서 이 사람들이 이곳에 대한 이야기를 하면, 어느 누가 그 말을 믿어 줄까요? 시간이 한참 지나고 나면, 그들도 이 사실을 믿을 수 있을까요?”

“장군, 내가 열심히 일할 수 있는 시간도 별로 남아 있지 않습니다. 그래서 나에게는 시간이 그 무엇보다도 중요하답니다. 물론 나의 의무는 사적인 이해 관계와 편견을 자연스럽게 배제한 상태에서 명예롭게 일을 처리하는 것입니다. 장군, 우리는 서로를 이해해야 한다고 생각합니다. 당신과 함께 일하게 된다면, 그것은 대단한 특

권이지요. 하지만 영국에 있는 다른 장군들보다 낮은 지위에 있게
된다면 견디기 어렵겠지요. 당신에게 확실하게 말하지만, 그것은
결코 허세 때문이 아니랍니다. 다른 사람들을 위한 것이지요. 나에
게는 어떤 의무감이 있습니다. 하지만 그것만이 아닙니다. 수많은
곤경을 겪었고 희망을 버린 시절도 있었던 나는 인생의 단계에 이
르러서, 내가 말했던 것보다 낮은 직위로는 결코 정성을 다해 일할
수 없을 것입니다."
　"나도 이미 그 사실을 알고 있습니다. 더 이상 아무 말도 할 필요
가 없습니다."

　6년이라는 세월을 뛰어넘도록 해 보자. 베네수엘라에는 3년 동안
이나 혁명이 지속되었다. 그리고 피와 보복으로 인해 얼룩진 땅이
되어버렸다. 소란이 여전히 계속되고 있는 가운데 미란다는 스페인
사람들에게 포로가 되어서 푸에르토리코에 있는 모로성에 갇히게
되었다.
　미란다는 대서양을 가로질러 카디즈에 있는 라 카라카의 지하 감
옥으로 가기 위해 스페인을 향해 떠나는 마지막 여행을 기다리고
있는 중이다. 카디즈는 미란다가 1771년에 프린스 프레드릭호에
승선했던 바로 그 장소였다. 미란다가 유럽에서 보게 되었던 첫번
째 도시였던 것이다. 미란다는 그곳에서 실크 손수건과 실크 우산
을 구입했는데, 이제 그는 생애의 마지막 3년을 그곳에서 쇠사슬에
묶인 채 보내게 된 것이다.

　결국 영국은 스페인이 지배하던 남아메리카를 침공하지 못했다.
미란다가 트리니다드에서 런던으로 돌아갔을 때, 대대적인 침공 계
획이 심각하게 논의되고 있었다. 웨슬리 장군(그는 2년 후에 웰링
턴 공작이 되었다.)은 아일랜드에 대규모의 침공 병력을 집결시켰
다.

미란다는 영국의 침공에 합법성을 부여하고 있는 남아메리카인
으로서 웨슬리 장군의 군대에서 매우 중요한 위치를 차지하게 되었
다. 그러나(미란다에게는 그런 경우가 종종 있었는데) 모든 계획
이 갑자기 변경되었다. 거의 마지막 순간에 프랑스가 스페인을 점
령하고 말았던 것이다.

스페인은 나폴레옹의 야망에 대항하는 전쟁에서 갑자기 영국과
동맹 관계를 맺게 되었다. 따라서 스페인이 지배하던 남아메리카를
점령하기 위해 떠나려 했던 영국 군대는, 그 대신에 자유 수호를 위
한 전쟁을 하기 위해 이베리아 반도로 향하게 되었다.

미란다는 이미 쉰다섯 살의 나이로 백발이 되어 있었다. 그렇게
오랫동안 기다려왔던 세월이 지난 후에, 그가 할 일이라고는 아무
것도 남아 있지 않은 것처럼 보였다. 그러나 2년 후에 베네수엘라
는 스페인으로부터 독립을 선언했다. 스물일곱 살의 시몽 볼리바는
런던으로 찾아와서 자기의 조국을 도와달라고 요청하였다. 미란다
는 즉시 시몽과 함께 베네수엘라로 돌아갔다.

미란다는 베네수엘라의 혁명이 거의 완성되었다고 생각했을 것
이다. 하지만 미란다가 그곳에서 발견하게 된 것은 인종과 계급에
얽힌 집단적인 이해 관계로 갈라진 나라였다. 시민 전쟁은 이미 어
느 한 사람의 통제를 벗어나 있었기 때문에 그가 가진 군사적인 기
술로도 역부족이었다.

20개월이 지나자 그런 전쟁의 한 단계가 끝났다. 혁명은 적어도
그 순간에는 패배한 것 같았다. 감옥에서는 공화국 죄수들에 대한
보복이 무차별적으로 이루어지고 있었다. 그리고 미란다는 그를 런
던에서 불러내었던 바로 그 사람에게 배반을 당하게 되었다. 시몽
볼리바는 미란다를 스페인 사람들의 손에 넘겼다. 마침내 미란다는
죄수의 몸이 되고 말았다.

미란다는 1771년에 프린스 프레드릭호를 타고 떠났던 라 구아이
라에 있는 감옥에서 5개월 동안이나 감금되어 있었다. 그런 다음에

푸에르토 카벨로에 있는 산 펠리페 요새로 호송되었다.

그곳은 1806년에 박커스호와 비호에 탔던 열 명의 장교들이 하얀색 모자를 쓰고 교수형에 처해지고 사지가 절단되었던 장소였다. 그들의 제복과 무기들은 미란다의 남아메리카 깃발과 더불어 타오르는 불길 속으로 들어갔다. 5개월 후에 미란다는 푸에르토리코에 있는 모로성으로 옮겨졌는데, 그곳도 역시 박커스와 비호의 군인들 열세 명이 25파운드나 되는 쇠사슬에 묶여서 갇혀 있던 곳이었다.

스페인으로 이송되기를 기다리고 있는 미란다에게 '안드레 레블 드 고다'라고 하는 베네수엘라인의 방문이 허락되었다. 레블은 서른여섯 살이었고 법률가로 일하고 있었다. 38년이 지난 후에 대부분의 열정이 재로 변해 버리고 미란다의 명성이 역사에서 사라져 버렸을 때, 레블은 그의 회고록에서 포로가 된 후의 미란다의 삶을 유일하게 증언하고 있다. 이것은 공식적으로 감옥 장부에 기재되어 있는 명부와는 다른 것이다.

레블은 많은 토지를 소유한 크레올 가문에서 태어났다. 그는(최소한 혁명이 시작되기 이전까지는) 멕시코 만의 베네수엘라 땅에서 코코아와 설탕 농장을 경영하고 있었다. 그는 왕당파를 지지하고 있었으며, 베네수엘라가 스페인과 지속적으로 연결되기를 원했다.

레블은 혁명이 단지 지방 귀족들이(그가 내린 평가에 따르면 지방 귀족들은 이류 시민들이었다.) 개인적인 원한을 처리하고 자신들의 지위를 확고히 하려는 욕망에서 출발한 것이라고 생각했다. 따라서 미란다가 초청받았던 이 혁명은 결코 대중의 지지를 받지 못할 것이라고 믿었던 것이다.

레블은 스페인에서 독립한 베네수엘라는 끝도 없는 전쟁 속으로 빠져 들어갈 것이라고 생각했다. 그는 이 나라가 온통 파벌들로 갈라져 있고 수많은 계급과 증오로 가득 차 있다고 여겼다.

정치적인 입장으로 볼 때, 레블과 미란다는 서로 반대되는 입장에 서 있었다. 하지만 푸에르토리코에서 두 사람은 일종의 상호 이해적인 만남을 가질 수 있었다.

미란다는 혁명에 의해 배신당한 후, 이제는 정치적인 흐름에서 거의 초월한 상태였다. 레블은 베네수엘라와 스페인에서 수많은 고통을 겪었고, 이제는 돈도 없이 떠돌아다니는 신세가 되었다.

그는 얼마 동안 베네수엘라로 돌아갈 수가 없었다. 혁명이 다시 불붙기 시작하면서 그는 추방자로 규정되었던 것이다. 푸에르토리코에서 그는 친구로 지내던 멜렌데즈 총사령관의 배려에 전적으로 의지하면서 지내고 있었다. 미란다와 레블, 두 사람의 운명은 공통적인 요소가 많았던 것이다.

오후가 되면 레블은 모로성을 방문해서 미란다와 함께 이야기를 나누었다. 그들은 향기로운 차를 마시면서 서로 의견을 교환했던 것이다. 미란다를 감시하던 우두머리 간수는 두 사람이 함께 있을 때마다 감옥의 문을 열어 두었다.

미란다에 대한 레블의 존경심은 시간이 흐를수록 자라고 있었다. 미란다의 유창한 말솜씨와 권위, 목소리, 건장한 신체와 책 그리고 정치적인 사건들에 대한 해박한 지식 모두가 감탄스러운 것들이었다.

총사령관으로 재직하고 있던 멜렌데즈도 미란다에게 모든 관심과 존경을 나타냈다. 멜렌데즈는 미란다가 많은 양의 음식을 먹을 수 있도록 배려했다. 심지어 미란다가 성 마틴이라는(그곳은 단지 몇 시간 정도 항해를 하면 가 닿을 수 있는 가까운 곳이었다.) 영국령 섬의 장교로부터 돈을 받을 수 있도록(런던에 있는 기금은 모두 거부되었기 때문에) 주선해 주기도 했다.

미란다는 스페인에서 오는 소식에 대해 관심이 아주 많았다. 멜렌데즈는 카디즈에서 신문이 배달되기만 하면 미란다에게 넘겨 주었다. 그 중에서 미란다는 스페인에서 벌어지는 프랑스에 대항하는 전쟁에 관한 기사들을 읽었다. 그리고 처참한 전투와 더불어 웰링턴 공작과 트리니다드의 이전 총독이었던 픽튼 장군의 날로 커져만 가는 명성도 신문에서 읽게 되었다. 미란다는 자신의 운명에 대해 생각할 때마다 마음이 쓰라렸지만, 레블이나 멜렌데즈에게는 아무런 감정도 드러내지 않았다.

미란다는 아주 독특한 모습으로 차를 마시곤 했다. 먼저 레몬의 즙을 짜서 차에다 넣었다. 그리고 레몬이 섞인 차를 마시는 동안에 레몬 껍질을 조금씩 물어 뜯으면서, 차를 마시는 것과 레몬 껍질을 먹는 것이 거의 동시에 끝나도록(마치 자기 자신과 경주를 하는 것처럼) 주의를 기울이는 것이었다.

어느 날 오후에 미란다는 레블을 바라보면서 이렇게 질문했다.

"자네는 왜 그렇게 나를 노려보지? 그런 자네의 모습을 보니 트리니다드에 있던 중국인들 생각이 나는군. 그들은 내가 그들을 고향으로 데려다 줄 거라고 생각했었다네. 히슬롭이 자네에게 말하지 않던가?"

레블도 이 말에 관련된 내용들을 잘 알고 있었다. 레블도 트리니다드에서 히슬롭 총독의 스페인 법률에 관한 조언자로서 한동안 일한 적이 있었다. 레블은 웃으면서 이렇게 대답했다.

"장군님을 노려보는 것이 아닙니다. 단지 잘 기억하기 위해서 쳐다보는 중입니다. 나중에 저는 사람들에게 미란다 장군은 차를 레모네이드로 만들어서 마셨다고 말할 것입니다."

"그것은 카라카스에서 아주 더운 오후가 되면 내 아버지께서 하셨던 방법이라네. 나도 고향으로 돌아가서 이렇게 하기 시작했지."

"장군님과 함께 있으면, 장군님이 가셨던 곳들과 만났던 사람들에 대해 생각하면서 저도 역사의 현장으로 조금씩 들어가고 있다는 느낌이 듭니다. 그런 느낌이 너무 소중해서 계속 붙잡고만 있을 수가 없어요. 장군님, 적당한 시간이 되면 물어보려고 했던 것이 있답니다. 장군님에게 물어보면 안 되는 것인 줄 압니다만, 묻지 않고 그냥 넘어가면 나중에 제 자신을 용서하지 못할 것 같습니다. 저는 러시아의 캐서린 대제에 대해서 알고 싶어요. 저의 질문이 잘못된 것이라면 용서하세요. 제가 질문하지 않았던 것으로 여겨도 좋습니다."

"그것은 나를 우쭐하게 만드는 것들 가운데 하나라네. 나는 삼십 대에 스페인 군대를 떠났지. 그 후에 나는 스스로 이런 이야기를 퍼뜨렸었지. 과거에 아무런 생각도 없이 저지른 많은 일처럼, 그것도 나중에는 다시 나에게 되돌아와서 많은 손해를 입혔다네. 나는 많은 사람들의 질투를 받게 되었지. 자네가 생각하는 그런 방식이 아니라네. 베네수엘라 사람들은 그런 이야기를 하는 것을 무척 좋아하지. 하지만 그들은 나를 칭찬할 생각이 전혀 없었어. 사실 그들은 모든 이야기들을 그들 자신에게만 유리하도록 바라보니까 말이야. 어떤 사람들은 마치 내가 그들의 것을 빼앗기라도 한 것처럼 행동했지. 그들은 내가 그들이 가지고 있는 어떤 것을 잘못 사용해 버렸다고 느끼고 있었지. 나는 그들과 캐서린 여제의 군대 사이에 있게 되었다네. 그리고 그 후에 그들은 나의 모든 경력을 모두 이런 식으로 생각해 버렸지. 내가 이 세상에서 무엇을 하든지 간에 나는 많은 사람들의 비판을 불러 일으켰어. 그들은 내가 그들과 조금도 다를 것이 없는 사람이라는 생각으로 나를 비판했던 거야. 러시아나 영국, 프랑스나 미국 어느 곳에서도 내가 성취한 것에 질투를 하는 사람들이 많았다네. 하지만 만약 그들도 내가 있었던 곳에 있었더라면, 내가 했던 것들을 그대로 따라했을 거야. 나는 도박을 하지도 않았고 위험을 무릅쓰거나 개인적인 이익을 추구하지도 않았다네."

"저는 장군님의 그런 점을 존경합니다."

"트리니다드에서 나는 히슬롭에게 픽튼이 내게 어떻게 상처를 주었는지 말한 적이 있었지. 그는 런던에 있는 공사들에게 내가 비록 중요한 인물로 보이긴 하지만 사실은 아무것도 아니고 단지 카라카스에 있는 상점 주인의 아들일 뿐이라고 편지를 보냈다네. 물론 그는 그런 소식을 카라카스에서 듣게 되었을 거야. 나는 그 편지 속에서 내가 캐서린 여제의 군대를 훼손했을 뿐만 아니라 자기가 해야 할 몫을 망쳐 버렸다고 주장하는 베네수엘라인의 목소리를 (비록 외부로 드러나 있지 않았지만) 발견할 수 있었다네. 내가 돌아왔을 때에도 그런 비슷한 일이 다시 일어났지. 자네도 이미 알고 있는 것처럼, 볼리바가 나를 불러들였던 거야. 하지만 나는 지난 40년 동안이나 집이 없었기 때문에 그의 집에서 머무르기로 예정되어 있었다네. 나는 직접 그곳으로 가지 않았지. 나는 항상 공식적으로 행동하면서 혁명에 대한 경의를 표시해야 한다고 생각했었다네. 라구아이라에 상륙하자 나는 외국인 업무를 맡은 혁명 평의회에서 비서로 일하는 로스시오에게 편지를 보냈다네. 그래서 카라카스로 가는 허가서를 요청했지. 하지만 그의 대답은 매우 모욕적이었지. 그는 내가 그 나라에 엄청나게 빚을 진 것을 잊어서는 안 된다고 말했지. 왜냐하면 내가 많은 특권을 누렸고, 유럽의 궁정에서 여러 해 동안이나 지냈기 때문이라고 하더군. 그의 말에 따르면 내가 40여 년 동안이나 해외에 있으면서 실제로는 국가의 재산에 전적으로 의존하고 있었다는 거야. 내가 지금까지 조국을 이용해 왔으니, 이제부터 빚진 것을 조금이라도 갚아야 한다는 주장이었어. 비록 우리가 혁명에 대해 말하고 있지만, 실제로는 나와 늙은 캐서린 여제와의 관계에 대한 질투가 로스시오에게 작용하는 것이라는 사실을 단번에 알 수 있었지. 그 이야기는 나에게 많은 상처를 주었다네. 로스시오의 편지를 본 나는 절대 카라카스로 돌아가지 말았어야 했다네. 그 당시에 나는 상황을 잘못 해석하고 있다는 사실을 깨닫지 못하고 있었지. 라 구아이라에 머무르면서 즉시 큐라사오로 돌아가는 것이 좋았을 거야. 그런 식으로 일을 처리했어야 했는데, 그렇게 하지 못한 것이 유감이라네."

"정말 안타까운 일이군요. 그들의 질투가 증오로 변한 것입니다.

증오는 대단히 위험하지요."

레블이 미란다를 바라보면서 말했다.

"스페인 제국이 우리에게 그런 식으로 상처를 준 거야. 우리를 뒤로 물러나게 한 다음, 할 일을 거의 남겨 놓지 않았어. 우리 자신을 입증할 수 있는 아무런 방법도 남겨 놓지 않았던 거야. 그들은 우리로 하여금 무엇인가를 성취할 수 있다는 것을 믿지 못하도록 만들었지. 단지 행운과 혈통 그리고 영향력과 도둑질 그리고 왕으로부터 특권을 얻는 것만을 믿게 만들었다네. 권위 있는 사람 앞에서 허리를 굽신거리다가, 뒤로 돌아서면 그 사람을 조롱한다네. 그리고 밑바닥에서 살고 있는 모든 사람들은 쓸모가 없다고 믿도록 만들었지. 내가 인생의 초기에 저지른 많은 어리석은 일들도 바로 그런 것들 때문이었지. 많은 세월이 흐른 다음에 나는 비로소 다른 나라들이 우리와는 전혀 사정이 다르다는 사실을 이해하게 되었네."

"저도 장군님이 말씀하신 그 질투라는 것이 아무런 해가 되지 않는다고 생각한 적이 있었답니다. 나란히 문을 연 두 개의 식료품 상점 주인들의 질투처럼 말입니다. 혁명이 일어난 후에는 이런 질투가 증오로 돌변했답니다. 사람들은 적의 뼈가 하얗게 드러나는 것을 볼 때까지는 절대로 행동을 멈추지 않았답니다. 저는 이런 일이 일어나리라고는 전혀 생각하지 못했답니다. 저는 사람들이 너무 겁에 질려 있다고 생각했어요. 저는 1790년 말에 활동했던 초기의 혁명가들을 분명하게 기억하고 있어요. 그들은 사람들을 농장으로 보내서 우리의 흥미를 끌려고 했답니다. 그들은 이제 공화국을 세우려고 하는데, 그 나라의 국기는 서로 다른 인종들을 대표하는 네 가지 색으로 만들려고 한다고 말했지요. 백인을 나타내는 하얀색, 흑인을 나타내는 청색, 혼혈을 나타내는 노란색, 원주민을 나타내는 붉은색이 바로 그것이지요. 네 가지 색은 또한 공화국의 네 가지 목적을 나타내기도 합니다. 자유와 평등, 안전과 번영이지요. 번영은 백인에게, 자유는 흑인에게, 평등은 뮬레토에게 그리고 자유는 모든 사람들을 위한 것이랍니다. 그들은 모든 것을 모든 사람에게 골고루 나누어 주려고 하는 사람들이었답니다. 그런데 과연 어떻게 그런 일을 하려는 것일까요? 그들에게 질문을 하면 그들은 아무런 대답도 할 수가 없었답니다. 그들은 그런 일을 시도해 보려고 하지도 않았어요. 단지 국기와 색깔에 대한 생각만 주장할 뿐이었지요. 때로는 그들이 오히려 화를 낸답니다. '당신은 아메리카 출신이군. 당신은 매우 오만한 사람이야. 이렇게 저급한 방식으로 말을 하다니? 당신 나라나 잘 돌보지 그래?' 그래서 저는 이렇게 대답했답니다. '당신들이 그렇게 말하는 것은 잘못입니다. 우리 모두의 나라가 당신의 국기가 된다고 말할 수는 없어요. 독립에 대해서 이야기를 할 때마다, 매우 중요한 질문이 있습니다. 그것은 과연 누가 우리를 다스릴 것인가 하는 문제입니다. 그것은 모든 사람들이 당연히 묻게 되는 일이고, 바로 거기에서 전쟁이 시작되는 것이랍니다.' 실제로 그렇게 해서 일이 벌어진 것이지요. 이제 우리는 네 가지 색깔의 전쟁을 시작하게 되었습니다. 어떻게 그것을 멈추어야 하는지 알수가 없었답니다. 항상 최종적인 승리를 구하는 사람이 있는가 하면 보복만을 원하는 사람도 있기 마련이니까요."

"나는 어느 누구도 베네수엘라와 같은 곳에서 헌법을 만들어 낼수 있을 거라고 생각하지 않는다네. 그것이 스페인 사람들이 우리에게 남긴 유산이지. 자네가 말한 초기의 혁명가들은 너무나 많은 것을 생각하고 있었기 때문에 분명한 사고를 할 수가 없었던 거야. 이제 자네에게 말할 수 있는 것은 내가 베네수엘라를 위해서 만들었던 헌법이 아무런 소용도 없었다는 사실이지. 하지만 나는 그것을 만들기 위해 많은 시간을 소모했었지. 절반은 로마식이고 나머지 절반은 영국식이었어. 나는 영사를 두지 않고, 그 대신에 '잉카스'라고 불리는 관리들을 두었지. 자네도 이미 알고 있는 것처럼, 나는 지역적인 접촉을 시도한 거야. 나는 내가 만든 헌법을 신뢰하

려고 노력했지만, 결국 그 헌법을 가지고 다른 정적들을 해외로 쫓
아버리는 장치로 이용했다는 것을 알게 되었지. 아마도 우리 모두
를 위해 헌법을 만들 수 있는 천재가 어딘가에는 있겠지. 하지만 그
는 분명히 베네수엘라 사람은 아닐 거야. 왜냐하면 그 어떤 베네수
엘라인도 모든 일을 현명하게 처리할 만큼 침착한 사람은 아무도
없으니까 말이야. 그리고 베네수엘라 사람은 방관자로 가만히 남아
있으려고 하지 않아. 그들은 이런 분열과 열정들을 도저히 이해할
수 없는 사람들이니까."

미란다가 차를 마시면서 말했다.

"장군님은 그 동안 베네수엘라와 남아메리카에 대한 글을 쓰면
서 그 점을 단순하게 만들었지요. 장군님은 잉카스와 백인들에 대
해 이야기를 하면서 플라톤의 공화국에 걸맞는 사람들에 대한 이야
기도 하셨던 적이 있습니다. 장군님은 항상 두 종류의 유색인들은
무시하고 있었지요. 흑인들과 뮬레토들에 대한 배려가 없었던 것입
니다. 이것은 장군님이 고국과 멀리 떨어져 있기 때문인가요?"

"그건 아니야. 그렇게 하는 것이 지적으로 나에게 더욱 쉬운 일
이었기 때문이라네. 자유에 대한 대부분의 생각들은 내가 해외에
있는 동안 대화를 통하거나 책을 읽으면서 얻게 된 것이라네. 그래
서 내가 나의 마음 속에 창조한 이상적인 국가는 내가 책에서 읽었
던 나라들과 점점 더 비슷하게 되어갔다네. 톰 페인이나 혹은 루소
의 책들에는 흑인에 대한 언급이 전혀 없었지. 그래서 내가 그들을
닮기 위해 노력할수록 흑인들에게는 어울리지 않는다는 사실을 알
게 되었지."

"하지만 이 땅에는 분명히 흑인들이 살고 있어요."

"물론 나는 흑인들의 존재를 이미 알고 있었지. 하지만 나는 그
들을 내가 도달하게 된 진리에 다만 부차적인 것으로 여기고 말았
다네. 그래서 내가 글을 쓸 때마다 그들을 제외시킨다는 것을 나도
느끼고 있다네. 항상 다른 나라에서 살아온 방식으로 인해서 내 머

리 속에는 동일한 것에 대해서도 두 개 이상의 서로 다른 생각들이 들어 있었다네. 내 조국에 대한 두 가지의 서로 다른 생각이 있었고, 나 자신에 대해서도 두셋, 혹은 네 가지나 되는 생각들이 공존하고 있었던 거야. 이것으로 인해서 나는 혹독한 값을 지불하게 되었지. 그러니까 이제는 그 일로 인해 나를 책망하지 말게.”

“알겠습니다.”

“내가 트리니다드에서 영국으로 돌아갔을 때, 윌리엄 윌버포스라는 사람을 알게 되었다네. 나는 그를 대단히 존경하고 있었지. 나는 그 사람이 박애주의자라고 생각했다네. 부당한 권력에 의해 억눌리는 사람들을 보호해 주는 사람이라고 생각했던 거야. 그는 나에게 흑인 노예들에 대한 이야기를 하고 싶다고 말했어. 나는 처음으로 그와 켄싱톤에서 식사를 함께 하면서 종교재판소에 대한 이야기를 나누다가 남아메리카의 해방에 대해서 폭넓은 토론으로 흘러가게 되었다네. 나는 그에게 나의 아버지와 같은 사람들이 겪었던 모욕이 어떠한 것이었는지 알려주는 것이 좋겠다고 생각했다네. 우리가 전에 이야기를 한 적이 있는 가엾은 마누엘 구알도 그런 굴욕을 경험했던 적이 있어. 가엾은 구알, 높은 지위들은 스페인에서 파견된 스페인 사람들을 위해서 마련된 것이었지. 우리는 항상 모든 일에서 굴욕적인 복종을 강요받았다네. 그것은 교회에 대한 복종이나 왕과 그의 신하들에 대한 복종을 의미하는 것이었지. 우리는 이런 굴욕을 느끼면서도 살아가고 있었어. 나는 윌버포스에게 그런 것들을 이해시키기 위해 노력했다네. 그 점에 대해 설명하는 것은 그렇게 쉬운 일이 아니었지. 나는 윌버포스에게 흑인 해방이라는 문제가 얼마나 중요한 것인지 잘 알고 있었기 때문에, 한 치의 의문도 없이 그의 견해를 수용하고 있다는 사실을 분명히 해 주었지. 하지만 그가 다른 것에 대해서 말하고 있다는 것을 느끼게 되었지. 나도 역시 전혀 다른 성격의 문제를 동시에 다루고 있는 듯한 느낌이었다네. 나만이 그런 식으로 생각하는 유일한 사람은 아니었다네.

자네도 히슬롭이 몹시 간절하게 트리니다드를 떠나서 남아메리카의 명분을 위해 싸우려고 했다는 사실을 알고 있을 거야.”

“히슬롭 총독은 그곳에 대해 싫증을 내고 있었지요.”

“그리고 몇 달이 지나자 나는 이런 생각을 하게 되었다네. 만약 훌륭한 인격의 윌버포스가 나의 과거 행적에 대해 알게 된다면 ……. 내가 펜사콜라를 공격한 다음, 조금도 인정을 베풀지 않고 단지 투기를 할 목적으로 세 명의 흑인을 샀다는 것과, 그 얼마 후에 스페인 군대를 떠나게 된 것도 두 척의 배에다 흑인들을 싣고 자메이카에서 쿠바로 밀수를 하려다가 적발되었기 때문이라는 것을 그가 알게 된다면 나를 어떻게 생각할 것인지 몹시 궁금해지더군.”

“그런 일도 있었군요.”

레블이 깜짝 놀란 표정을 지으면서 말했다.

“모두 사실이라네. 하지만 그것은 나에 대한 단편적인 진실에 불과하다네. 그 사건은 30년 전에 있었던 일이었지. 내 인생의 초기에 벌어진 사건이었어. 그 다음에 나는 새출발을 하게 되었으니까 ……. 나는 그 후에 놀라운 세상을 발견하게 되었지. 과거의 삶을 버리고 새로운 인생을 선택한 거야. 그 후에는 온전한 삶을 살았기 때문에 후기의 인생에 대해서는 나에게 전적으로 책임이 있지.”

“아무리 현명한 사람이라도 실수를 하는 법이지요. 더구나 젊은 사람이라면 말입니다.”

“나는 윌버포스를 속였다고는 생각하지 않네. 나는 볼리바와 다른 사람들을 윌버포스에게 소개해 주었다네. 그는 대단히 호의적인 태도로 자기가 그 당시에 런던에 있게 된 것이 여간 행운이 아니라고 말했다네. 나는 스페인의 감옥과 종교 재판소를(그리고 내가 그에게 말했던 수많은 정책들을) 몹시 두려워하고 있었지. 만약 그가 이런 사실을 알게 된다면 그리고 그 두려움이 밀수 사건으로 인해 시작되었다는 사실을 알게 된다면 어떻게 생각할 것인지 궁금했다네. 만약에 내가 스페인 군대에서 탈영하지 않았다면 아마도 북아프리카에 있는 오란 지방에서 10년 동안이나 근무해야만 했었을 거야. 나는 탈영한 다음부터 여러 해 동안 가는 곳마다 감옥을 찾아다녔지. 그것은 유럽 여행자들의 일정 중의 하나라네. 하지만 나는 스스로를 시험하기 위해서 그렇게 한 것이었지. 코펜하겐 감옥이 그 중에서 가장 나빴다네. 어떤 죄수들은 쇠사슬에 매여 있더군. 어떤 사람들은 단지 빚을 갚지 못했다는 이유로 그곳에 감금되어 있었다네. 여러 달 동안이나 화장실의 배설물을 치우지 않아서 냄새가 매우 지독했지. 나는 너무 놀라서 그런 사실을 고위층에 있는 사람들에게 편지를 써서 알렸다네. 그리고 지금 나는 그런 감옥에서 살고 있다네. 그러니까 그 빚은 다 해결이 되었다고 여기고 있네."

미란다가 잔잔한 미소를 지으면서 말했다.

"히슬롭과 저는 트리니다드에서 만났던 적이 있습니다. 그 당시에 우리는 장군님에 대해서 많은 이야기를 했답니다. 저는 장군님에 대한 이야기를 하면서, 마치 베네수엘라에 있는 것처럼 느꼈답니다. 장군님은 그곳에 계셨을 때 멕시코 만의 다른 쪽에 있는 나라(그곳은 베네수엘라를 의미한다.)에 있는 것 같은 착각을 느끼신 적은 없었습니까?"

레블이 궁금한 듯이 물어보았다.

"그런 기분을 알 것 같기도 하고 모를 것 같기도 하고……. 지금도 아주 분명하게 기억하는 그런 순간이 두 번이나 있었다네. 가장 먼저 박커스호와 비호의 사건이 벌어진 후에 트리니다드에 도착한 바로 그날에 있었던 일이지. 그것은 귀향이라고 말할 수도 있지. 나는 관저의 정원에서 흑인들이 아프리카 말로 대화를 나누는 것을 들으면서 창문으로 걸어갔지. 그러다가 나는 무척 놀라게 되었어. 순간적으로 우리 모두는 정신이 나간 것 같았지. 한낮이었지만 비가 와서 몹시 어두웠어. 흑인들은 마치 유령을 보듯이 나를 쳐다보았어. 그들은 나의 변발 때문에 깜짝 놀랐던 거야. 나는 그들의 눈에서 분명히 그것을 보았어. 나는 갑자기 이 세상에서 아주 멀리 떨어져 있다는 느낌이 들더군. 두번째로 경험한 것으로는 코로 침공에서 돌아온 후에 두세 달 정도 지난 다음이었지. 다우니라는 사람과 맥루이 양과 다른 사람들이 나를 데리고 섬을 여행한 적이 있었다네. 우리가 방문했던 곳 중에 하나가 원주민 보호거주지였다네. 스페인 사람들은 그런 식으로 몇 개의 장소에 남아 있는 원주민들을 정착시켰어. 몇 개의 선교단들과 개간지 그리고 캐랏 팜으로 지은 원주민들의 오두막과 사제가 사는 작은 나무집이 있었어. 교회는 어도우비 벽돌집(불에 굽지 않은 벽돌로 만든 집)이었지. 모든 시설이 초라했지. 원주민들은 모두 알콜 중독자들이었어. 맥루이 양과 다우니 씨를 비롯한 다른 영국인들은 이 모습을 보고서 분개하기 시작했지. 그들은 스페인 사제가 악당이었기 때문에 원주민들의 아주 값싼 노동력을 이용해서 나무들을 자르고 재목을 운반하는 일을 시키고 또한 그들에게 럼주를 팔아서 별도의 이익을 챙긴다고 생각했지. 그들은 내가 한바탕 소동이라도 부리기를 원했던 거야. 그들은 내가 사제를 신랄하게 비난하기를 원하는 눈치였지. 나는 그들이 왜 이런 생각을 하는지 잘 몰라서 이상하게 여겼다네. 나중에 나는 그들이 원주민을 나와 같은 동족으로 여겼다는 사실을 깨닫게 되었어. 나는 그곳을 한 번 잠시 동안 보게 된 것뿐이었는데 결국은 그곳에 있는 함정에 빠져 버려서 결코 벗어날 수 없을 것 같은 느낌을 갖게 되었다네. 하지만 얼마 있지 않아서 나는 그 생각을 머리 속에서 지워 버렸다네."

"저는 장군님이 트리니다드에서 보낸 시간들이 몹시 불쾌했을 것이라는 사실을 알고 있습니다. 그렇게 좁은 장소에서 사는 사람들은 자신들의 증오로 가득 차게 되어서 장군님을 거의 이해하지도 못했을 겁니다. 만약 장군님께서 그곳에서 한 해 동안 더 머물렀다면, 그나마 있던 소수의 보호자들도 모두 잃어버리고 말았을 것입니다. 그곳을 벗어날 수 있었던 것은 행운이었습니다. 그런데 제가 장군님께 놀란 것은, 또다시 모험을 감행하기로 결정하고 그렇게 빨리 그곳으로 되돌아오셨다는 것입니다. 볼리바가 나라의 상태에 대해서 장군님에게 무슨 말을 했는지는 잘 모르겠습니다. 그가 장군님에게 왕당파들이 모든 지역을 장악하고 있다는 사실을 말하지 않았을 거라고 생각합니다.”

“그는 내가 한 말을 이용하고 있는 것처럼 보였다네. 그는 내가 예언했던 말들이 이제 서서히 실현되고 있는 듯이 말하더군. 그 당시에 나에게 가장 중요한 문제는 영국을 떠날 수 있는 허가서를 얻는 일이었지. 처음에는 베네수엘라를 떠날 때만큼이나 어려웠다네. 트리니다드를 떠나는 것보다 더욱 어려운 일이었지. 그 일을 담당하던 관리들은 내가 떠나는 것을 원하지 않았지. 그들은 카디즈에 있는 스페인 동맹군들에게 자기들이 스페인 제국을 무너뜨리는 것을 장려한다고 생각하지 않기를 원했던 거야. 결국 우리는 서로 타협하게 되었다네. 내가 전함으로 영국을 떠나기로 했고, 그들은 이 일에 대해 전혀 알지 못하는 것으로 처리하기로 결정했지.”

“서로의 명분을 지킬 수 있는 결정이었군요.”

“하지만 그들은 나와 볼리바가 외관상으로는 서로 다른 배를 타고 여행하기를 고집했었지. 그래서 볼리바가 내 서류들을 들고 먼저 떠났지. 나는 그를 신뢰하고 있었어. 자네는 나의 처지를 이해할 수 있을 거야. 내 문서들은 듈라우가 아름답게 겉장을 만들어 놓았어. 63권이나 되는 책들을 세 개의 상자 속에 넣어 두었지. 그 상자들 위에는 나의 머릿글자가 있는 놋쇠 조각이 붙어 있었지.”

“나중에는 이 나라 전체가 장군님에게 반대할 거라는 사실을 알고 있었나요?”

“나는 조금도 의심하지 않았다네. 그리고 30년이라는 세월이 흐르자, 나는 더 이상 밖에만 있을 수 없었지. 결말을 보아야만 했어. 심지어 자네가 말한 것처럼 사람들이 내게 등을 돌리는 순간이 다가올 것이라는 사실을 알고 있었더라도 말이야. 나는 나의 모든 생각을 뒤집어서 세밀하게 검토해 보았다네. 여러 해 동안 나는 많은 사람들에게 내가 만약 이백 명도 안 되는 인원으로 베네수엘라 해안에 상륙하기만 하면, 나라 전체가 내가 든 해방의 깃발 아래로 모여들 거라고 말했지. 그러나 그런 일은 이루어지지 않았어. 오히려 왕당파의 고위층들이 나를 가로막기 위해 거칠기 짝이 없는 해군 장교를 파견했다네. 그는 행운의 여신의 축복을 받은 사람이었지. 그가 백이십 명의 선원들과 함께 배에서 내리자, 모든 사람들이 그에게로 몰려들기 시작했지. 그리고 세 달이 지나가기도 전에 그는 모든 면에서 우리를 완전히 압도하고 말았다네. 그에게는 잘못된 일이 하나도 없었지. 원주민들도 그에게로 갔고 파르도스라는 검은색 피부의 뮬레토들도 그의 편이었지. 뮬레토들은 발렌시아에서 마치 악마처럼 싸우더군. 백인들은 이미 항복을 했지만, 그들은 계속 목숨을 걸고 싸웠지. 나에게는 오천 명이나 되는 병력이 있었다네. 그들은 단지 오백 명 밖에 되지 않았어. 하지만 그들은 정말 잘 싸웠다네. 자네가 말한 대로 혁명에 대한 그들의 질문은 '누가 우리를 다스릴 것인가?' 하는 문제였지. 그런데 그들은 내 편에 있던 사람들이 자기들을 다스리는 것을 원하지 않았던 거야. 나는 발렌시아를 두 번이나 공격했어. 그 작은 곳에서 무려 팔백 명이나 사상자가 생겼고 천오백 명이 부상을 당하고 말았다네. 히슬롭은 멕시코 만의 다른 쪽에 사는 유색의 자유민들에 대해서 말했던 적이 있었지. 나는 그 사실을 떠올리게 되었어. 하지만 이미 모든 것이 너무 늦고 말았다네. 나는 그런 일이 나와는 전혀 상관이 없을 거라고 생각했던 거야."

"일이 점점 더 어렵게 되었군요."

"그런 셈이지. 나는 흑인들을 내 군대에다 등록시키는 것을 나중에서야 생각하게 되었지. 흑인들에게 10년 동안 군대에서 복무하면 자유민으로 해방시켜 주겠다고 제의했다네. 윌버포스가 그 점에 대해 어떻게 생각할지는 알 수 없었지. 우리가 런던에서 만나고 한 해 정도가 지난 다음의 일이었으니까. 하지만 그 단계에서 내가 한 모든 일들은 모두가 다 잘못되고 말았지. 흑인들에게 했던 제의 때문에, 다른 모든 사람들이 나에게 반대하는 결과를 낳고 말았다네. 큐리에페에 있었던 왕당파들은 플랜테이션 농장에 있던 흑인들을 포기하지 않았어. 그들은 나에게 보복을 결심하게 되었지. 그들은 카라카스로 행군하면서 마구 재물을 약탈하고 방화를 저질렀다네. 그들이 노린 것은 바로 나였어. 그것으로 모든 것이 끝이었다네. 나는 그만 포위당하고 말았네. 볼리바가 푸에르토 카벨로를 잃게 되자 우리는 절대적으로 자원이 부족하게 되었지. 날마다 많은 사람들이 나를 떠나버렸네. 어느 누구도 신뢰할 수가 없었어. 나는 전쟁을 계속 수행할 수가 없게 되었다네. 전쟁 초기부터 로스시오와 같은 사람들은 나를 그들의 혁명에서 몰아내고 싶었던 거야. 그러나 이제는 나 혼자의 힘으로 혁명을 수행하도록 가만히 내버려 두었지. 모든 사람들이 그들의 원한이나 두려움 혹은 증오를 나에게 마구 쏟아 부었지. 공화당파나 왕당파들 그리고 네 가지 색깔의 유색인들 모두가 그렇게 했다네. 그 전쟁은 도저히 이길 수 없는 것이었어. 만약 혁명이 다시 시작되어서 우리가 다시 원점으로 돌아가게 된다고 해도 거의 동일한 방식으로 다시 진행될 것이라는 사실을 알게 되었지.”

“모든 혁명은 원점으로 돌아갈 수밖에 없군요.”

“내가 최근에 깨닫게 된 사실이 있다네. 내가 지금까지 추진했던 혁명이 성공하려면 모든 베네수엘라인들이 나와 같은 집안 출신들이거나 나와 같은 경력을 가졌다는 것을 전제로 할 경우에만 이루어질 수 있다는 거야. 그것은 스페인 사람들이 항상 말하던 것처럼 내 혁명은 개인적인 시도에 불과하다는 의미였지. 그런 사실을 알게 되자 일종의 안도감이 생기더군. 내가 런던에 계속 머물러 있었거나 아니면 전쟁 도중에 멀리 떠나 버렸다면 그런 결론에 도달하지 못했을 것이라네. 내가 이룩할 수 있는 어떤 것이 분명히 있을 거라는 느낌에 초조해 하면서 괴로워했을 거야. 그리고 네 가지 색깔의 유색인들이나 코코아와 담배 농장을 갖고 있는 후작 그리고 내가 베네수엘라에 대해서 항상 알고 있던 모든 것들로 인해서 혁명이 성공할 가능성이 전혀 없었음에도 불구하고 내가 생각해 온 것이 결국은 올바른 것이었다고 입증되기를 기다리고 있었을 거야. 아마도 철학자들의 말이 맞는 것 같아. 우리의 출생과 성격, 지리적인 환경과 역사의 밑바탕에 보다 진실한 것이 있다는 말을 들었던 적이 있어. 모든 사람들이 합리적인 자유를 얻게 되기만 하면 플라톤이 말하는 공화국에 적합한 사람들이 될 수 있을 거야. 나는 이제 조금도 걱정하지 않는다네. 나는 인생의 끝까지 가 보았으니까 말이야. 더 이상 나의 편을 드는 사람은 아무도 없어. 개인적인 측근들 말고는 아무도 남아 있지 않아. 내가 통제할 수 있거나 안전한 영역들은 날마다 줄어들고 있는 형편이었지. 얼마 후에 그 지역은 카라카스 도시와 해안에 있는 도로까지 줄어들었지. 그것은 몹시 좁은 구역이었어. 자네도 한 번 생각을 해 보게나. 스페인 군대에서 탈영한 후, 나는 외국 정부의 관리들에게 나를 소개할 때마다 미시시피강의 근원에서 케이프 혼까지 이르는 광대한 영토를 다스리게 될 잠재력이 있는 사람으로 묘사했었지. 영국 전함 한 척이 라 구아이라에서 나를 기다리다가 큐라사오라는 영국령 섬으로 초청했었지: 나는 충성스러운 추종자들에게 문서가 들어 있는 상자들을 맡겨서 먼저 보냈다네. 그들이 포로로 잡히게 되더라도 그 상자들이 섬에 있는 영국 회사로 보내지도록 사전에 예방책을 마련했었지. 내가 카라카스 금고에서 탈취했던 수많은 은화와 1천 2백 온스의 금에 대해서도 똑같은 방식으로 보냈다네. 그 당시에 나는 그 돈을 모두 내것으로 여기고 있었지. 나는 일생 동안 조국을 위해 일하면서 내 가족을 위해서는 한 번도 제대로 돈을 사용하지 못했었지. 그것에 대한 보상심리가 작용했던 거야. 그것들은 모두 나의 다른 소지품들과 함께 큐라사오 섬으로 보내졌다네. 하지만 나중에 내가 얻은 정보에 의하면, 그 회사는 돈을 그들의 소유라고 주장하면서,

나를 통해 카라카스에 있는 혁명군 정부에 보냈던 돈의 일부를 되찾게 되었다는 소문을 퍼뜨렸던 거야. 그래서 그 돈은 다른 용도로 사용되고 말았다네.”

미란다가 입구에서 대기하고 있던 사람에게 신호를 보냈다. 감옥을 지키는 간수가 안으로 들어오더니 레블을 쳐다보았다. 레블 드 고다는 감옥에서 떠나야 할 시간이 되었다는 사실을 알게 되었다.

그날 밤 늦은 시간에 레블은 숙소에서 잠을 자고 있었다. 그런데 어떤 사람이 그의 어깨를 흔들었다. 멜렌데즈 총사령관이 그를 흔들면서 깨우고 있었던 것이다. 총사령관은 정장 차림을 하고 있었다. 장교용 상의를 걸치고 그의 신분을 나타내는 지팡이를 들고 있었다.

“아주 더운 날이야. 안드레, 어서 옷을 입고 나오게. 바다까지 산책을 하는 것이 좋겠네.”

“서둘러 옷을 갈아 입겠습니다.”

레블은 정중한 목소리로 대답했다. 잠시 후에 그들은 지름길로 바다를 향해 걸어가다가 부두가 보이는 곳에서 걸음을 멈추었다. 배에서 비치는 불빛이 항구의 물 위로 반사되고 있었다. 커다란 돛대들이 검은 하늘 위로 솟아 있었다.

부드러운 미풍이 바다 위로 불어오고 있었다. 한 척의 배가 항해를 떠나기 위해 돛을 접어 놓고 있었다. 작은 보트 한 척이 부두 근처에서 물결에 흔들거리고 있었다. 보트 위에는 두 명의 노를 젓는 사람들과 두 명의 군인들이 타고 있었다.

레블은 어두운 바다가 있는 곳으로 시선을 돌렸다. 어떤 사람이 배가 있는 곳으로 다가오고 있었다. 그 사람은 바로 미란다였다. 미란다가 부두에 모습을 드러낸 것이다. 그의 뒤에는 흑인 한 사람이 나무로 만든 가방을 머리에 이고 따라오고 있다. 레블은 한눈에 그 흑인을 알아보았다. 그는 지난 다섯 달 동안이나 미란다의 식사를 준비했던 흑인이었다. 멜렌데즈가 미란다를 바라보면서 말했다.

"장군님, 배가 기다리고 있습니다. 이제 남은 거라곤 작별 인사뿐이로군요. 호송 임무를 맡았던 이반네즈 중위는 카디즈까지 항해하는 동안 장군님에게 아무런 제한도 두지 않을 거라고 약속했습니다."

"쇠사슬로 나를 묶어 두지 않을 생각인가?"

미란다가 이상하다는 듯이 물어보았다.

"장군님은 정당한 예우를 받으실 겁니다."

"유럽으로 돌아가는 것에 대해 하느님에게 진심으로 감사를 드린다네. 총사령관, 자네가 나에게 베풀어 주었던 모든 친절을 결코 잊을 수 없을거야."

미란다와 멜렌데즈는 부두에서 뜨거운 악수를 나누었다. 미란다는 보트에 올라타기 전에 레블과 가벼운 포옹을 했다. 그것은 친구 사이의 다정한 포옹이었다.

그리고 다시 38년이라는 세월이 흘렀다. 레블은 일흔네 살이 되었을 때, 그의 회고록을(미란다에게 보낸 공식적인 이별의 인사와 더불어) 작성했다. 레블이 말한 것처럼 베네수엘라 혁명과 시민 전쟁은 41년이 지난 후에도 여전히 진행 중이어서 앞으로도 41년이 더 걸릴 것처럼 보였다.

레블의 회고록도 전쟁으로 인한 희생물 가운데 하나가 되었다. 레블의 정치적인 노선에 대한 영향 때문이었는지 그 회고록은 1933년까지 출판이 되지 않고 있었다. 단지 베네수엘라의 학문적인 잡지에만 실려 있었다.

레블은 미란다가 푸에르토리코를 떠난 지 30개월 정도가 지난 후에, 카디즈 감옥에서 죽었다는 소식을 들었다. 그러나 그는 미란다가 거의 4개월 동안이나 연속적으로 심한 발작과 장티푸스에 걸려 고통을 당하다가 말기에는 병 때문에 입에서 피를 토하면서 고통스럽게 죽어간 사실은 알지 못했을 것이다.

미란다는 아무런 장례 의식도 없이 그냥 매장되고 말았다. 그는 감옥에 있는 병원 침대에서 임종을 맞이했다. 그는 죽을 때 입고 있었던 옷차림 그대로 무덤에 묻히게 되었다. 간수들은 미란다의 다른 옷가지들과 소지품들을 타오르는 불길 속에 던졌다.

미란다가 묻힌 장소의 이름은 곧 잊혀지게 되었다. 미란다의 둘째아들이었던 프란시스코는 미란다가 푸에르토리코에 있을 때, 겨우 일곱 살이었다. 레블은 아버지의 이름을 물려받았던 프란시스코가 장성한 후 런던을 떠나 남아메리카 시민 전쟁에 참가해서 용감하게 싸웠다는 사실은 알지 못했을 것이다.

프란시스코는 1831년에(볼리바가 죽은 다음해) 콜롬비아에서 처형을 당했다. 그 당시에 프란시스코의 나이는 불과 스물다섯 살이었다. 그는 전쟁 도중에 숙청 대상자의 명단에 올라서 사형을 당했다.

미란다는 항상 런던에 있는 부인에게 많은 관심을 보였다. 레블은 그 사실을 분명하게 기억하고 있었다. 미란다는 아내에게 돈을 우송하기 위해 노력했다. 그리고 멜렌데즈를 통해 편지를 보낸 적도 있었다.

레블은 1847년에 회고록을 집필하려고 시도하였는데, 그 바로 4년 전에 샐리가 그래프톤 거리에 있는 집에서 죽었다는 사실도 알지 못했을 것이다. 그녀는 같은 집에서 48년 동안이나 살았는데, 그 세월 중에서 마지막 37년은 미란다와 떨어져서 지냈다.

1841년의 통계 자료에 의하면 그 집에는 두 명의 하녀들이 있었고 미란다의 서재(미란다의 장서는 1807년에 9천 파운드의 가치를 가지고 있었다. 하지만 그는 책장사들에게 5천 파운드의 부채를 지고 있었다.) 덕분에 그녀는 마지막 순간까지 상당한 수입을 제공받을 수 있었다.

역사는 느린 속도로 사라지고 있었다. 그녀가 죽을 무렵에는 한때 런던에서 대단히 중요한 인물이었던 미란다의 이름은 거의 잊혀지고 있었다. 세 개의 상자 속에 담겨 있던 미란다의 문서들도 잃어버리고 말았다. 폼페이의 폐허에 묻힌 시체들처럼 미란다가 역사적인 가치를 차지했던 그 자리는 공백이 되고 말았다.

샐리도 역시 미란다와 함께 사라져 버렸다. 그녀가 죽은 날짜나 심지어 그녀가 그래프톤 거리에서 줄곧 살고 있었다는 사실마저도 1980년에 가서야 런던에 있는 베네수엘라 대사관에서 파견된 조사 연구가에 의해 밝혀지게 되었다.

미란다의 문서들은 그가 죽은 후에 100년이 더 지나서야 발견되었다. 20세기에 들어선 지도 20년이 지나서야 미국인 학자 윌리엄 로버트슨은 비록 돈과 금괴는 압류되었지만, 미란다의 문서들은 큐라사오에서 런던에 있는 영국 공사에게 보냈을 거라는 생각을 하게 되었다.

그래서 그는 미란다의 서류들이 아마도 그 영국 공사 소유의 기록문서 가운데 일부가 되었을 거라고 추측했다. 1812년에 그 문서를 받을 만한 영국 공사는 배터스트 경이었다. 그는 전쟁과 식민지 담당국의 비서로 근무하고 있었다.

1922년에는 63권의 책으로 된 미란다의 문서들이 글라우시스터셔에 있는 배터스트 경의 서재에 있다는 사실이 로버트슨에 의해 확인되었다. 베네수엘라의 먼지인 듯한 작은 점 한두 개가 여전히 묻혀 있는 것이 보였다. 그것은 백 년 전에 카라카스와 라 구아이라 사이에 나 있는 길로 수레에 실려서 세 시간 동안이나 여행하는 동안에 생긴 것이리라.

미란다의 문서들은 베네수엘라 정부가 소유권을 취득하게 되었다. 마침내 그 문서들은 카라카스를 향해서 마지막 여행길에 오르게 되었다. 빽빽하게 편집된 첫번째 책이 1924년에 카라카스에서 출판되었다. 하지만 편집 과정에서 많은 내용들이 삭제되거나 생략되었다.

마지막 책들은 미란다의 탄생 이백주년을 기념하는 1950년에 하바나에서 출판되었다. 하바나에서 출간된 책들은 미란다의 글을 그대로 편집한 것이었다. 출판 과정에서 편집자의 해석이나 삽입이 전혀 없었던 것이다. 그 책은 미란다의 생명력으로 인해 여전히 따스한 온기가 느껴지는 것 같았다.

제9장

귀향

제9장
귀향

내가 처음으로 가 보았던 아프리카의 국가는 동부 지역에 위치해 있었다. 그 당시에 삼십대 초반이었던 나는 그 나라의 지방 대학과 연결되어서 그곳을 방문하게 되었다.

나는 도시 근교의 경치 좋은 지역에 있는 작고 낮은 방갈로에서 살았다. 그곳은 정부 기관 소유의 땅으로, 그 지역에서 살고 있던 사람들은 대부분 외국인이었다.

주로 영국인들이 많았고 간혹 미국인들도 있었는데, 여러 가지 방법으로 그 나라 정부를 위해 일하고 있었다. 그들 가운데에는 직접 정부에 고용된 사람들도 있었고, 나처럼 해외 재단이나 국제 협력 기관에서 파견된 경우도 있었다.

그 나라는 신생 독립국이었기 때문에, 나는 혁명적인 분위기를 느낄 수 있을 거라고 생각했다. 그러나 적어도 내가 머무는 지역 만큼은 아직까지도 식민지 시대의 자취가 짙게 남아 있었다. 이곳은 트리니다드의 유전 지대에 있었던 외국인 거주지역을 연상시켰다. 아마도 그곳과 마찬가지로 두 차례에 걸친 세계대전이 벌어지던 기간에 세워진 모양이었다.

길 양쪽에 서 있는 방갈로나 연립주택은 평범하고 소박한 편이었지만, 넓고 경치가 좋은 곳에 자리잡고 있기 때문에, 주위의 환경과는 구별될 뿐만 아니라 마치 특권지역처럼 보였다. 그곳은 마구 자라난 덤불숲을 깨끗하게 정리한 것 같은 그런 곳이었다. 집들 사이에는 울타리도 없었고 쓰레기 더미나 지저분한 물건들을 모아둔 곳도 보이지 않았다.

아담하고 아름다운 집들 사이에는 푸른 잔디가 가꾸어져 있었다. 어디를 둘러보든지 나무와 관목들이 서 있었고 이곳에서 흔하게 자라는 계피나무, 코코넛 그리고 자태를 뽐내며 피어 있는 무궁화 등이 깔끔하게 정리된 이 지역에 특별히 이국적인 아름다움을 주었다.

사실 특권 지역이라는 생각이(보호 지역이라는 말도 마찬가지라고 할 수 있는데) 틀린 것은 아니었다. 동아프리카에 위치한 이 지역은 다른 지역보다 복지 시설이 잘 되어 있는 편이었다.

여기에서는 이것저것 염려하지 않고 살아갈 수 있도록 생활 전반에서 걸쳐서 세심한 배려가 주어졌다. 방갈로나 연립주택을 관리하는 일은 정부의 한 부서에서 전적으로 담당하고 있었다. 그리고 건물을 수선하고 낡은 부분을 교체하거나 주민들의 불만 사항 등을 접수했다. 게다가 비록 정부의 공식적인 관례나 문서상 명기되어 있는 사항은 아니었지만, 누구든지 이 지역으로 오게 되면 곧 하인이나 잡일꾼을 두도록 되어 있었다.

처음에 나는 하인들을 둔다는 사실이 여간 쑥스럽고 불편하지 않았다. 사실 하인들을 거느린다는 발상 자체가 나를 당황스럽게 만들었다. 동아프리카 지역의(아직까지도 아프리카의 어떤 지역은 여전히 식민지로 남아 있었으며, 한가한 백인들의 사냥 장소로 여겨질 뿐이었다.) 흑인 하인들은 예전에 책이나 영화 속에서 보았던 여러 가지 연상들을 떠올리도록 만들었다.

그러나 나는 이곳에 살고 있는 대부분의 사람들이(심지어 하인들까지도) 몹시 부자연스러운 생활을 하고 있다는 사실을 깨달았다. 여기에서 살고 있는 사람들은 한결같이 마치 옥스퍼드 대학에서나 어울릴 것 같은 정장 차림으로 한껏 멋을 부리고 다녔는데, 다른 지역에서는 전혀 볼 수 없는 풍경이었다.

시간이 지나면서 차츰 나는 이곳이 과거 식민지 시절부터 이와 같은 모습이었는지도 모른다는 생각을 하게 되었다. 이 지역은 도시의 근교에 위치하고 있었으며, 버스나 택시도 없어서 이곳에 사는 사람들은 반드시 자동차가 필요했다. 나는 운전을 별로 잘 하지 못했고 자동차에 대해서 아는 것도 없었으므로 운전사가 필요했다.

사실 한 사람을 고용해서 운전도 하게 하고 음식도 만들게 하고 방갈로의 일도 돌보게 할 수 있었다면 훨씬 편리했을 것이다. 그러나 여기에서는 그런 방식이 전혀 통하지 않았다. 결국 나는 전문적인 운전사를 따로 고용할 수밖에 없었다.

운전사는 아침 식사가 끝날 무렵이 되면 집에 나타났다. 단정하게 주름을 잡은 깔끔한 바지에 깨끗한 셔츠를 입고 번쩍거리는 구두를 신은 운전사는 마치 새신랑과 같은 모습으로 나타나서, 나에게 그날 하루의 일정을 묻는 것이다. 대부분의 경우에 나는 특별히 밖에 나갈 일이 없었다. 주로 방갈로에서 일을 했기 때문이다.

그래서 그는 식당에 앉아서 나의 부름을 기다리곤 했다. 그리고 가끔씩 내가 출입구를 열고 지나갈 때마다, 고개를 들어 나를 올려다보고는 별다른 지시가 없으면 다시 고개를 숙였다. 며칠이 지나자 운전사는 아예 만화책이나 잡지 등을 가져왔고 나중에는 부엌에 가서 요리책까지 읽었다. 때때로 편지도 썼다.

어떤 날은 할 일 없이 빈둥거리는 그를 오전 중에 집으로 돌려 보낸 적도 있었다. 그런데 하필 그런 날이면 몇 시간이 지나지 않아서, 밖으로 외출할 일이 생기기도 했다. 이 구역에서의 생활이란 편리한 점도 많았지만, 그 때문에 불편한 일도 적지 않았다.

나에게 하인과 운전사를 소개해 주었던 사람은 모제스 루베로라는 하인이었는데, 내가 있는 곳에서 불과 몇 집 떨어지지 않은 곳에 사는 젊은 영국인 부부 밑에서 일하고 있었다.

몸무게가 많이 나가는 루베로는 움직임이 매우 둔하고 느렸다. 그러나 빛나는 그의 눈동자는 항상 바쁘게 이곳저곳을 살피고 있었다. 나는 가끔씩 그가 입에 빨래 집게를 물고서 아기 옷을 건조대에 널고 있는 것을 보았다. 아기 옷이라니! 사실 루베로는 그런 허드렛일보다는 더 중요한 일을 하는 사람이었다. 주로 이 구역의 하인들을 관리하는 것이 그의 책임이었던 것이다.

집을 드나들다가 내 자동차가 들어오는 것을 보거나 소리를 듣게 되면, 루베로의 목은 자동차와 나 그리고 운전사를 보기 위해 천천히 회전했다. 그리고 그의 눈도 자동차의 진행 방향을 따라 천천히 굴러갔다.

느리고 부자연스러운 그의 행동을 보면 마치 그의 목에 심각한 문제가 있는 것처럼 생각되었다. 하지만 자신이 주위에서 일어나는 모든 일들을 주시하고 있다는 사실을 우리에게 알리기 위해서 일부러 그렇게 하는 것 같기도 했다. 그는 대부분의 하인들이 입는 것처럼 소매가 짧은 하얀색 상의와 반바지를 입었다. 이런 그의 모습을 멀리서 보면 마치 뚱뚱한 소년처럼 보였다.

그러나 가까이 다가가서 보면 더 이상 뚱뚱한 소년의 모습이 아니었다. 사실 그의 모습은 소년과는 거리가 멀었다. 나이가 들어서 이미 중년의 분위기를 풍기고 있었고 그의 볼에서부터 입까지는 깊은 주름이 패어 있었다. 이마에도 항상 얼굴을 찡그린 사람처럼 주름이 잡혀 있었다. 불쑥 튀어나온 그의 배는 비록 하얀색 상의 위에 두른 허리띠로 간신히 지탱하고 있었지만 단단해 보였다. 그의 아랫배는 힘과 권위 그리고 그의 자존심을 나타내는 일종의 표시처럼 여겨지기도 했다. 자세히 살펴보면, 그는 전혀 붙임성 있는 얼굴이 아니었다. 그에게는 어딘가 전통이 있는 부족의 권위 같은 것이 있었다.

그의 성으로 미루어 보아, 대륙의 중앙 출신이라는 사실을 짐작할 수 있었다. 그의 증조부나 혹은 그보다 더 윗대의 조상들이 아랍인들이나 인도인 장사꾼들을 따라 이곳 해안가로 이주해 왔을 것이다.

이 단지 내의 일꾼들을 통솔하기 위해서는 무엇보다 힘이 있어야만 했다. 이곳에서 일하는 사람들은 도시의 다른 직업보다도 많은 보수를 받았고 모든 방갈로와 연립 주택에는 고용인들을 위한 상당히 좋은 숙소도 붙어 있었다.

도시 노동자들은 특히 이런 숙소에서 지내고 싶어했다. 게다가 이곳은 외국인들이 드나들면서 버리고 가는 온갖 물건들을 거래하는 체계도 세워져 있었다. 하인들은 또 다른 방식으로 통제를 받고 있었다. 나의 하인이 망가진 낡은 자전거를 사는 경우만 보아도, 그 모든 일을 주선해 준 사람은 바로 루베로였다. 나의 하인은 물건을 사기 위해 그에게서 돈을 꾸어야만 했다. 그리고 새로 산 자전거에 어울리는 복장을 갖춘다는 미명 하에, 실상 그의 머리에는 잘 맞지도 않는 하얀색의 플라스틱 안전모를 살 때에도 그의 도움을 얻어야 했다.

그 나라는 독재 정권이 지배하고 있었다. 그러나 당시의 사람들은 이런 사실을 별로 염두에 두지 않았다. 아프리카에서는 많은 나라들이 속속 독립을 하고 있었다. 그 중에서도 이 나라의 대통령은 사회주의 국가를 만들기 위한 일에만 자신의 권력을 사용한다고 좋은 평판을 듣고 있었다.

외국인 이민자들 중에 일부는 그들이 국가를 위해 커다란 공헌을 하고 있다고 믿고 있었다. 사실 그것이야말로 그들이 이곳까지 오게 된 중요한 이유 중에 하나였다.

그들은 권력과 가깝게 지내는 걸 좋아했고 단순하지만 철저히 보호를 받는 이 특권 지역의 생활을 좋아하고 있었던 것이다. 그들의 유일한 걱정거리라면 하인들을 두어야 한다는 것이었다. 그들은 적어도 겉으로는 그렇게 말했다.

어떤 사람들은 이 구역을 제외한 다른 지역에서 겪고 있는 물질적 어려움과 궁핍 그리고 엄격한 규율에 의한 통제 등을 오히려 좋게 생각하였다. 이곳의 사람들은 그러한 것들을 잘 살게 되기 전에 반드시 거쳐야 할 과정으로 생각하는 것이었다.

또한 그들은 농촌에 있는 사람들을 도시로 오지 못하게 막는 것이 아주 당연한 일이라고 생각했다. 그래야만 도시가 더 이상 커지지 않고 쾌적한 도시의 생활이 더럽게 되지도 않으며, 농촌 마을을 집단 농장화하기도 한결 쉽다는 것이었다. 그리고 아프리카의 전통적인 사회주의 국가로 회복하는 일도 수월하다고 생각했다. 내 생각으로는 특권 구역 내에서의 생활이 이들 외국인 이주자들에게 은둔자의 삶이나 혹은 종교적인 집단 생활에서 제공해 줄 수 있는 어떤 경험을 주었던 것 같다. 자유라든가 혹은 처음 경험하는 엄격함, 새로운 자각이나 혹은 자기애 등을 맛볼 수 있는 기회를 주었을 것이다.

모제스 루베로는 하인들을 관리하는 반면에, 리처드는 외국인 이주자들을 감시하고 있었다. 영국 사람이었던 리처드는 호리호리한 체격에 나이는 약 삼십대 정도 되는 것처럼 보였다. 그리고 항상 상아로 만든 파이프를 사용했다.

그는 정부의 정책과 어긋난 길로 가고 있는 것 같은 사람들을 집으로 초대해서 저녁 식사를 함께 했다. 그는 정부의 계획 부서에서 일을 하고 있었지만, 이 구역 내에서는 이 나라와 대통령에 대해서 비판적으로 기사를 쓰는 외국 신문과 잡지에 대해 항의 편지를 기고한 일로 더욱 잘 알려져 있다.

이 편지들은 공식적인 편지가 아니라 개인적인 편지였다. 그는 그의 편지에서 사회주의란 그 보상이 확실한, 그러나 가혹한 믿음이라고 썼다. 아마도 이렇게 말했을 것이다.

"가난한 아프리카 나라에서 그 나라에 적합한 형태의 사회주의를 발전시키지 못할 이유가 도대체 무엇인가?"

그는 대통령에 대해서도 이렇게 말했을 것이다.

"아마도 대통령은 그 자신이 부자가 된 것만큼이나, 이 나라를 부유하게 만들 수는 없을지도 모른다. 그러나 이 개혁을 성공시킬 수는 있을 것이다. 이 새로운 아프리카 사람은 자신의 높은 원리들에 따라 통치한 것에 대해 만족스러워할 것이다."

리처드는 언제나 부담이 없고 약간은 자기 비하적인 태도를 보였기 때문에, 마치 쉽사리 상대방의 편을 들어 주고 누구든지 그의 글에 대해서 농담을 주고받을 수 있을 것 같은 인상을 풍겼다. 그러나 그는 결코 그러한 인물은 아니었다. 유머도 없고 다른 사람과 상반된 의견을 주고받을 수도 없는 그런 사람이었던 것이다.

어느날 오후에 나는 운전사를 집으로 돌려 보내고, 연습삼아 직접 자동차를 몰고 밖으로 나가 보았다. 나는 우선 공항 쪽으로 방향을 잡았다. 그 도로가 이 도시에서는 가장 한가한 도로였기 때문이다. 길 주변에는 마을도 없었고 그냥 곧바로 앞을 향해 달려가기만 하면 되었다.

몇 마일 정도를 달렸을 무렵에, 검은색 정복을 입은 사람이 오토바이를 몰고 내 곁으로 가까이 다가오고 있었다. 그 순간 뒤에 따라오는 또 다른 오토바이가 보였다.

오토바이를 타고 있던 두 사람은 내가 있는 쪽을 바라보며 무슨 몸짓을 하고 있었다. 심지어 오토바이 위에서 절반 정도 몸을 일으키고 서 있는 것 같았다. 그들이 좀더 가까이 다가오자, 나는 비로소 그들이 나를 향해 손짓을 하고 있다는 사실을 깨달았다.

그들은 나에 대하여 화를 내고 있는 것이 분명했다. 그들은 막무가내로 내 자동차를 길에서 벗어나게 하려고 노력했다. 다행하게도 나는 별다른 사고도 없이 자동차를 길가에 세울 수 있었다.

그 오토바이 뒤에는 커다란 검은색 승용차가 따라오고 있었는데,

뒷좌석에는 어깨가 드러난 아프리카 옷을 입은 두 사람이 앉아 있었다. 그 중에서 한 사람이 바로 이 나라의 대통령이었다. 승용차 뒤에는 또 다른 소형차가 뒤따르고 있었고 연달아 또 다른 오토바이가 달리고 있었다.

며칠 후에 나는 리처드가 이 지역에서 언제나처럼 바쁘게 걸어가는 모습을 보았다. 나는 그에게 말을 걸었다.

"지난번에는 대통령이 나를 길에서 쫓아내더군요. 내가 타고 있던 자동차를 길가로 몰아붙였어요."

그러자 순식간에 리처드의 얼굴에서 억지로 꾸민 듯한 미소가 사라져 버렸다. 리처드의 두 눈이 나를 노려보고 있었다. 그는 몹시 화를 내면서 말했다.

"당신은 이야기를 잘도 꾸미는군요. 그게 거짓말이라는 걸 당신 자신이 더 잘 알 겁니다. 대통령께서는 결코 그런 짓을 할 분이 아닙니다."

"저도 지금까지는 그렇게 생각했었지요. 하지만 그건 대통령을 한 번도 도로에서 만나본 적이 없었기 때문이었어요."

"물론 당신은 자신이 쓰고 싶은 대로 쓸 수 있습니다. 잘 아시겠지만 당신에게는 그럴 수 있는 자유가 있지요. 이곳에 있는 남아프리카의 망명자들이 당신의 풍자를 듣고서 얼마나 좋아할 것인지 알고 있습니까?"

리처드는 내 말을 비꼬듯이 말했다. 이 나라는 남아프리카 망명자들을 위해서 보호 시설을 제공해주고 있었다. 그리고 그들 중에 많은 사람들이 이 주택 지역에 살고 있었던 것이다. 그들은 다른 사람들과 뚜렷이 구별되었고 몹시 우울한 분위기를 풍겼다. 그들 중에 몇 명은 흑인들이었지만, 백인이 훨씬 더 많았다.

백인 망명자들은 불행하고 상처받은 사람들이었다. 그들은 정치적인 실패로 인해 깊은 상처를 받았을 것이다. 혹은 정치적인 대의에 의해 감추어졌지만, 언제나 그들의 본성 속에 간직되어 있었던 우울함과 무능함이 망명으로 인하여 돌출된 것인지도 몰랐다.

나는 지금까지 혁명가들을 한 번도 만나보지 못했기 때문에, 혁명가에 대하여 다분히 극적인 생각을 품고 있었다. 그러나 이 구역에 있는 사람들은(물론 이 사람들을 가까운 곳에서 본 것이 아니기 때문에 잘 알 수는 없었지만) 도전적이거나 사납지도 않았고 신념으로 가득 찬 것도 아니었다.

그들은 우연히 나쁜 사람과 손을 잡아서 잘못된 길에 들어섰거나, 또는 개인적인 불운 때문에 아무것도 성취하지 못한 여느 실패자들과 조금도 다를 바가 없었던 것이다.

이 나라는 독특한 증오심으로 가득 차 있었다. 동아프리카에 있는 다른 나라들과 마찬가지로 이 나라의 중요한 무역업자들과 상인들은 주로 아시아나 인도 사람들이었다. 그들은 서로 가깝게 지내며 일종의 공동체를 이루고 있었다.

이곳의 해안 지방과 인도와는 오랜 시절부터 인연이 많았다. 바스코 다 가마에게 인도로 가는 길을 알려준 사람은 바로 동아프리카 출신의 안내인이었다. 빅토리아 시대의 탐험가인 스펙크는 이곳의 지도를 편찬했는데, 고대 힌두의 자료를 근거로 해서 만들었기 때문에 우간다에 있는 강이나 호수 그리고 산에다 산스크리트어로 된 명칭을 붙이기도 했다.

해안에 있는 혼합된 스와힐리의 문화 속에는 인도적인 요소가 짙게 배어 있었다. 그러나 사람들은 이러한 역사적인 사실을 기억하지 못할 뿐만 아니라, 최근에 이곳으로 건너와서 영국 법률을 따라 반세기 동안이나 정착해 온 아시아계 이주민들을 미워하고 있었다.

그러한 증오심은 신문이나 국회, 외국인 이주자의 주택 지구 그리고 대학에서까지도 공공연히 느낄 수 있었다. 그것은 공개적이었고 허가된 증오심이었다. 하지만 그런 증오심에 대해 그들은 어떤 보복도 할 수 없었다.

국외 거주자들도 그들이 국가에 헌신하고 있다는 것을 보여주기 위해, 강한 적개심을 가지고 아시아계 이주민들을 대했다. 어떤 정치인들은 이러한 증오심을 사회주의 건설의 한 부분으로 여기고 심각한 교리적인 해석을 덧붙이기도 하였다.

이 나라의 수도에 있는 아시아인들의 상점들은 수입품과 외환에 대한 단속을 받아서 보잘 것 없는 몇 개의 품목만 진열하고 있었다. 그러나 조금만 더 자세히 살펴보면, 이러한 배경 뒤에는 상점 주인들을 끊임없이 괴롭히고 약탈하는 관리들과 대통령이 속한 정당의 중요한 사람들 그리고 흑인 갈취자들이 도사리고 있었다. 또한 나라 밖으로 돈을 빼돌리기 위해 이용하고 있는 영국이나 여러 다른 나라에 있는 재정 관리들도 한몫을 했다.

힌두인나 혹은 무슬림이었던 상점 주인들은 자제심이 무척 강한 사람들이었다. 그러한 성품은 종교가 그들에게 가져다 준 선물이었다. 그들은 불평하지도 않을 뿐만 아니라 자기가 받은 빚을 그대로 갚아 주려고도 하지 않았다.

모든 사람들의 미움을 받고 있는 상점이나 그곳에 쌓여 있는 짙은 색 나무상자 혹은 콘크리트 상자들의 서글픈 모습은, 전망이 좋은 국외 이주자들의 거주 지역과 새로 생긴 대학의 화려한 모습과는 너무나 먼 또 다른 세계의 모습이었다. 새로 설립된 대학들은 외국의 원조로 지어진 것인데, 대통령이 한 일을 외국에서도 승인했음을 말해 주는 증거이기도 했다.

대통령이 정치인으로서 초기 시절에 아시아계 사람들로부터 많은 재정적 도움을 받아왔다는 것은 잘 알려진 사실이다. 대통령 자신도 아시아인들의 행사에 참가하게 되면, 이런 사실을 스스로 시인하곤 했다.

그러던 어느 날 나는 그러한 기여자들 가운데 한 사람을 만났다. 육십대 중반이었던 그 사람은 육중한 몸을 하고 있었으며 얼굴에는 병색이 돌았다. 그러나 한때는 아주 활동적인 사람이었다. 금세기로 전환하는 시기에 동아프리카로 이주해 온 상인 가족 중에 한 사람이었지만, 특이하게도 그는 가업을 잇지 않았다. 그 대신에 변호사가 되었던 것이다.

그는 가족들의 삶의 방식과는 전혀 동떨어진 삶을 살았기 때문에, 내가 인도나 동아프리카에서 만났던 대부분의 인도인들보다도 전쟁 이전의 아프리카에서 자행되었던 잔인한 인종 차별에 의해 더욱 많은 영향을 받을 수밖에 없었다. 처음부터 나를 당혹스럽게 만들었던 혁명가들의 거주지와 하인에 대한 여러 가지 제약들, 그들의 제복과 비참한 숙소 등은 바로 그러한 잔인함에 대한 왜곡된 반향이었다.

이러한 어려움은 전쟁이 발발하기 직전에 특히 심했는데, 그 무렵에 그는 동아프리카 식민지에서 겪는 굴욕과 인도 식민지 사이에서 꼼짝도 할 수 없는 자신의 존재를 느꼈다.

인도가 독립한 이후부터 그는 동아프리카를 위해서 모든 것을 헌신했다. 그가 처음 대통령을 알게 되었을 때, 대통령은 아직 학생이었다. 그러나 그는 이미 장래의 지도자로 사람들의 입에 오르내릴 정도로 널리 이름을 떨치고 있었다. 그는 항상 대통령을 존경해 왔는데 지금까지도 그 믿음은 변하지 않고 있었다.

대통령의 지나친 통치 방식(예를 들자면 여러 마을에서 행해지는 잔인한 행동들, 아시아계 공동체를 괴롭히는 일, 출판물의 검열, 대학생들의 통제를 비롯한 억압들)에 대해서 한참 동안이나 이야기를 하다가도, 그 변호사는 다시 화제를 돌려서 대통령이 지니고 있는 존경할 만한 자질들에 대해서 말을 꺼내곤 했다.

그의 비판적인 발언에도 불구하고, 그는 이미 안정과 화해라는 개인적인 관점을 가지고 긍정적인 시각으로 미래를 바라보고 있었다. 국외 이주자 지역에는 그와 비슷한 생각을 가진 서너 명의 영국인들이 있었다.

그들은 나이도 별로 많지 않았으며 아프리카와 혈연 관계를 맺고 있는 사람도 한두 명 있었다. 그들은 아프리카의 풍경과 부족들, 신비스러운 종교, 동물들과 광대한 자연을 사랑했다. 그들은 다른 어느 곳에서도 살아갈 수 없었다. 그러므로 정치와는 아무런 상관없이 사정이 허락하는 한, 이곳에 오랫동안 머물러 있기를 원했다.

나는 이 인도인 변호사가 이런 식의 안정이라는 관점으로 나와의 대화를 이끌어가고 있다고 생각했다. 그는 대통령의 지나칠 정도로 억압적인 통치라는 현재 상황을 넘어서 미래를 바라보고 있었다. 나는 그 변호사에게 물어보았다.

"하지만 당신은 이제 다가올 몇 년 동안 어떻게 보낼 작정인가요? 그것은 쉬운 일이 아닐 겁니다."

그는 신중한 태도로 대답했다.

"이 나라에서 얻어낼 수 있는 한, 단 1실링까지라도 얻어내기 위해 날마다 할 수 있는 일을 다 할 겁니다."

그 변호사는 가족이나 신분 계급에 대한 생각도 없이 재산만 쌓아 올린 사람이 아니었다. 그러나 자기 계급에 속한 어떤 사람보다 훨씬 더 부유하게 되었다.

그의 신앙(덕행과 선한 삶에 대한 이상과 연관된)에서 비롯된 자비로운 마음은 그의 일생에 걸친 정치적 이상주의로 변형되어서 나타났다. 그는 자신이 말한 대로 사는 것이 얼마 남지 않은 그의 삶을 낭비하는 일이라는 사실을 아주 잘 알고 있었다.

그럼에도 불구하고 그는 심각하게 이야기를 하고 있었다. 이 나라의 상황은 겉으로 드러난 것만큼이나 좋지 못했다. 그리고 자신의 무익함을 깨달은(그의 나이에는 참으로 견디기 힘든 일이다.) 그는 절망감으로 그렇게 말했던 것이다.

이곳에서 모든 교육은 무료였다. 대학에 다니는 대부분의 학생들은 그들의 가족이나 혹은 마을 전체에서 처음으로 고등 교육을 받고 있는 사람들이었다. 그들은 대학 교정에까지 고향 마을에서의 관습을 그대로 가져왔다. 처음 며칠 동안은 아주 심하게 술을 퍼마시기도 했다.

　대부분의 학생들은 정부로부터 매달 받는 장학금을 타게 되면, 그런 식으로 술을 마셨다. 그들은 어두운 곳에서 잠자는 것을 별로 좋아하지 않았기 때문에 불을 켠 채로 잠을 청했다.

　대학생들이 거주하는 기숙사가 밤에도 환하게 불이 밝혀진 것을 보면, 영문을 모르는 방문객들은 신생 아프리카 대학의 학생들이 밤이나 낮이나 열심히 공부하면서 선진국을 따라잡으려 한다고 생각할 것이다.

　사실 어떤 대학생들은 신선하고 예리한 생각을 가지고 대학에 오기도 했다. 그러나 대부분의 학생은 대학에서 받는 정치적인 교육 때문에, 비록 대학에서 공부를 마치고 사회에 나온다고 하더라도 여전히 멍청하거나 혹은 더 멍청하게 될 뿐이었다.

　그들은 고작해야 대통령의 생각이나 그가 갖고 있는 아프리카 사회주의의 원리를 배우는 것이다. 그들은 마치 대학으로 가져왔던 그들 마을의 관습들을 되풀이하면서 다시 부족화하고, 거기에다 새로운 금기 사항까지 첨가해서 더욱 철저하게 순종적인 인간이 되는 것 같았다.

　결국 이 나라에서 성공한 사람이란 대통령과 나라를 위해 기꺼이 봉사할 준비가 되어 있는 사람들이었다. 그들에게는 그 방법 외에 생계를 이어갈 만한 다른 방도는 없는 것이나 다름이 없었다.

　이것이 그들 스스로 가치 있다고 보여주는 미래의 모습이었다. 그들은 초청 연사들이 강의를 하는 도중에도, 자리에서 일어나 걸어나가라고 배웠다. 그러나 그 이유를 말해줄 수 있는 학생은 거의 없었다. 그들은 단지 자기 그룹의 우두머리가 보내는 신호를 받은 것뿐이었다. 국외 거주자들이 말하는 바에 따르면, 외국인들이 강의할 때 학생들이 이런 식으로 걸어나가는 행위는 그들 민족의 호전성을 보여주기 위한 것이라고 하였다.

　이것은 현재의 독재 정권이 학생들에게 무엇을 권장하는지를 확실히 보여주고 있었다. 이 나라는 대통령의 통치 아래서 빠른 속도

로 변화하고 있었지만, 학생들이 보기에는 이것으로 충분하지 않았
다.

대학생들은 끊임없이 거리에서 시위를 벌였다. 남아프리카와 로
데시아에 대해서도 반대하는 시위를 벌였으며, 이 나라 대통령에게
비판적인 태도를 보이는 통치자들이 있는 아프리카의 다른 나라들
에 대해 반대하는 시위도 벌였다.

그러다가 차츰 돈을 해외로 유출하면서 나라의 부를 다 빨아먹
는, 지방의 아시아계 사람들에 대해서 반대 시위를 하기 시작했다.
정부에서 발행하는 신문에서는 이런 시위에 대한 기사를 실으면서,
동시에 학생들에게 자제해 달라고 요청했다. 그러나 때로는 신문들
이 일어나지도 않은 학생 시위에 대해서 기사를 쓴다는 느낌마저
들었다.

몇 년 전에 대통령은 런던에 있는 유명한 헝가리 경제학자를 초
청해서 사회주의로 사회를 재구성하는 문제와 절반은 식민지적이
고 나머지 절반은 체계가 없는 아프리카의 경제를 통합하는 것에
대해 자문을 구한 적이 있었다. 지금 항간에 돌고 있는 소문으로는
또 다른 외국인 조언자가 찾아와서 나라 밖으로 유출되는 돈을 통
제할 방법들을 찾게 될 것이라고 한다.

대통령은 급진적이거나 어려운 일을 처리할 때에도 혹은 자기 자
신의 권력을 확장할 때조차도, 자기 멋대로 하는 듯한 인상을 주고
싶어하지 않았다. 자신은 단지 훌륭한 사회주의자들의 전례만을 따
를 뿐이며 훌륭한 나라에서 초빙한 명성있는 학자들의 충고를 받아
들이고 있음을 과시하고 싶어했던 것이다.

어느 날 리처드는 외국인 거주자 구역 안에서 걸어가고 있는 나
를 불러 세웠다. 그리고 희색이 만면한 미소를 지으면서 나에게 질
문을 던졌다.

"혹시 블레어를 아십니까? 그분이 우리 모두의 생활에 질서를 잡
아주려고 이곳으로 올 겁니다."

리처드의 자랑스러운 어조와 반짝거리는 눈빛으로 미루어 보아, 대통령이 초빙한 새로운 자문위원에 대해서 말하는 것을 알 수 있었다.

리처드는 입에 물고 있던 상아 파이프를 위아래로 가볍게 두드렸다.

"그분은 바로 당신이 있었던 나라에서 찾아왔습니다. 아마도 당신과 같은 학교에 다녔을 거라는 이야기도 들립니다. 게다가 정부에서 장관을 지낸 적도 있답니다. 지금은 일종의 순회 대사직을 맡고 있다고 하더군요. 이제 곧 당신도 그분에 대해 자세히 알게 될 겁니다."

물론 나는 그 이름을 알고 있었다. 그러나 블레어와 함께 학교에 다닌 적은 한 번도 없었다. 그 부분은 와전된 것이었다. 성인이 된 다음부터 나는 그의 이름을 들어서 알고 있었다. 그리고 1949년에는 여러 달 동안이나 트리니다드 스페인 항구에 있는 레드 하우스의 정부 부서에서 함께 일한 적도 있었다. 그 당시에 나는 공무원이었다. 그는 아주 진지한 사람이었다.

나는 서기의 일을 하면서 시간도 채우고 약간의 돈도 벌고 있었다. 장학금을 받아 영국의 옥스퍼드 대학에서 공부하기 전의 일이었다. 그는 그 부서에서 새로운 상급 서기로 일하고 있었는데, 키가 크고 근엄한 얼굴에 전도가 양양한 흑인 청년이었다.

그는 오전이나 오후의 일이 끝날 무렵이 되면, 이따금씩 사무실로 들어와서 내 책상의 옆자리에 앉았다. 그리고 내가 기록한 증명서들을 점검하고는 서명하였다.

그는 나보다 열 살이나 연상이었다. 트리니다드에서는 나이 차이가 대단히 중요했다. 그가 10년 이상의 선배라는 사실은 그만큼 더 어두운 시절에 태어났다는 것을 의미하기 때문이었다.

그는 내가 받은 것과 같은 정식 교육을 받아보지 못했다. 게다가 도시에서 아주 멀리 떨어진 시골의 가난한 집안 출신이었기 때문에, 공부를 늦게 시작할 수밖에 없었다. 그 때문에 그는 교육 제도 상 많은 불이익을 당했다. 처음에는 아무렇게나 세워진 초등학교에 다니다가, 그 후로는 자질이 형편없는 사람들이 운영하는 사설 고 등학교에 가게 되었다.

그는 더 나은 교육 시설이 있는 학교에 다니고 싶었지만, 항상 나 이가 많은 것이 문제였다. 그래서 그는 초기에는 나처럼 미래에 대 한 분명한 기대를 결코 품어볼 수가 없었다.

나는 초등학교를 나와서 장학금으로 중고등학교를 진학했으며, 또다시 장학금을 받고 해외에 있는 대학으로 유학을 떠날 예정이었 다. 그 반면에 그는 항상 스스로 자신의 길을 찾아야만 했다.

모든 교육 과정을 마친 그는 전쟁이 일어나기 직전에 공무원이 되었지만, 여전히 많은 장애가 그의 앞에 놓여 있었다. 그 당시에만 해도 높은 자리들은 영국 사람들이 다 차지하고 있었다.

그러나 얼마 있지 않아서 세상이 변하게 되었다. 그는 서른 살도 채 되기 전에 이미 상급 서기가 되었다. 그리고 들어올 때 기대했던 것보다 훨씬 높은 자리에 오를 수 있었다. 하지만 그는 더욱 높이 승진하기를 원했다.

나는 학위를 얻기 위해 런던에서 공부를 하게 될 사람이라고 알 려져 있었다. 사무실 내에서도 나는 미래가 보장되어 있는 사람으 로 여겨지고 있었다. 옥스퍼드 대학과 그리고 더 넓은 세계에서의 전문 직업…….

아마 블레어 자신도 나에 대해 그렇게 생각한 것 같았다. 다른 환 경에 태어났더라면 나처럼 그에게도 더 많은 기회가 주어졌을 거라 고 여기는 것 같았지만, 그렇다고 해서 나에 대해 질투심을 보인 적 은 없었다.

1940년대의 트리니다드에서는(전쟁이 끝난 후 세계로 나가는 문 이 아직 개방되지 않았던 상황이었으며, 그 당시의 사회는 여전히 식민지적인 잔재가 많이 남아 있었다.) 해외 장학금을 받는 사람들은 크리켓 선수들처럼 특별한 존경의 대상이 되었다. 블레어도 역시 그런 식의 경의를 내게 보이곤 했었다.

그러나 이후의 인생은 우리 모두에게 공평하게 진개되었다. 해외에서 보낸 나의 생활은 스페인 항구의 레드 하우스에서 꿈꾸었던 화려한 공상과는 달리, 아주 힘들고 비참한 것이었다.

나의 진정한 사회 경력은 오랜 세월이 지난 뒤에서야 비로소 시작할 수 있게 되었다. 나는 마치 큰 수술을 받고 난 사람이 다시 걷는 법과 몸을 사용하는 법을 배워야 하는 것처럼, 처음부터 글을 쓰는 법을 다시 배워야만 했다. 그리고 10년 동안이나 항상 다음에 쓸 책의 소재를 찾는 일에 몰두했고, 한 권의 책이 끝난 다음에도 또다시 다음에 쓸 책의 소재를 걱정하면서 지냈던 것이다.

그 반면에 블레어의 경우에는 처음에는 그토록 제한된 것처럼 보였던 그 세계가 이내 극적으로 바뀌었다. 내가 첫번째 책을 출간하기도 전에, 트리니다드에서는 독립을 준비하기 위한 새로운 정치가 등장했다.

레드 하우스 주위에는 영국식과 스페인식이 혼합된 광장이 있었는데, 그곳에서는 종교적인 행사처럼 매일 밤마다 집회가 열리곤 했다. 블레어는 나와 함께 일했던 정부 부서를 나와서 고위 관직으로 올라갔다. 그리고 여러 행정 부처를 고루 돌아다니게 되었다.

블레어는 관광부 장관을 지냈고 대사가 되었으며 유엔 대표로 활약하기도 하였다. 그리고 이제는 대통령을 위한 보좌역으로 돈의 해외 유출을 보고하는 사람이 된 것이다. 결과적으로 그는 때를 잘 만난 사람이었다.

"머지않아 당신은 더 이상 비밀을 간직하지 못할 겁니다."

리처드가 작은 목소리로 말했다. 그의 말에는 아무런 의미도 없었다. 다만 그렇게 말함으로써, 좀더 의미심장한 무언가를 말하고 있는 것처럼 보이려고 할 뿐이었다.

언제나 그의 얼굴에서 떠나지 않는 어색한 미소가, 결코 미소가 아니었던 것처럼 말이다. 하지만 이번에 한 그의 말은 나에게 깊은 상처를 주었다. 그가 전해 주었던 소식을 듣고, 내가 당황했다는 것을 그도 알아차렸을 것이다.

나는 1950년 이래로 블레어를 한 번도 만난 적이 없었다. 그리고 지금도 전혀 만나고 싶지 않았다. 그가 입문한 그런 정치 세계를 나는 별로 좋아하지 않았다.

초기에 흑인 운동에서 나타난 거의 종교적인 흥분 상태는 이내 인종적인 정치라는 가장 단순한 형태로 변질되고 말았다. 트리니다드에서의 정치는 인도인들을 반대하는 정치였고 끊임없이 인도인을 박해하는 소동을 의미하고 있었다. 주로 흑인 다수당에 대한 지지를 확보하기 위하여 이런 일이 저질러졌다.

나는 더 이상 트리니다드에서 살고 있지 않았지만, 그러한 문제로부터 자유로울 수는 없었다. 그곳에서 알았던 사람들을 만날 때마다, 심지어 학교 동창들을 만날 때조차도 인종 문제는 쉽게 지나쳐 버릴 수 없는 문제가 되었다. 대화를 하는 양쪽 모두 새로운 자각이 있었고 새로운 형태의 기만도 있었다. 그러나 나는 트리니다드를 방문할 때마다, 나 자신이 점점 더 과거로부터 단절되고 있다는 사실을 발견하곤 했다.

블레어가 출세할 수 있도록 도와 주었던 정치는, 내게는 정치 이상의 것을 의미하였다. 나는 블레어가 스스로 혁명적이라고 생각하고 있는 이런 아프리카 나라에 와서 문제를 더 혼란스럽게 만들 것이라는 생각이 들자, 도무지 달갑지가 않았다.

이제 나는 어느 정도 식민지적 잔재를 지닌 이 구역 생활의 부자연스러움에 대해 제법 익숙하게 되어 있었다. 이 지방에 살고 있는 아시아계 공동체는 파벌과 신분 의식이 트리니다드에서보다 더 강했으며, 나를 그들의 일원으로 보려고 하지 않았다.

그렇기 때문에 나는 나 개인으로서 존재할 수 있었고, 이곳의 저변에 깔려 있는 인종적인 의식으로부터 나 자신을 분리시켜서 초연

할 수 있었다. 그런데 블레어가 이곳에 오면 모든 것이 변할 것이라는 느낌이 들었다.

1949년에 내가 블레어를 진정으로 잘 알고 있었다고는 말할 수 없다. 그 당시에 나는 열일곱 살의 어린 나이였다. 더구나 사무실 밖에서는 그를 만난 적이 없었고 사무실 안에서도 그는 자기 자신을 거의 드러내지 않는 사람이었다.

블레어는 상당히 큰 체구였는데도 불구하고, 그림자처럼 소리없이 조용히 움직였다. 마치 사람들이 자신을 주목하기를 원하지 않는 것처럼 보였다. 블레어의 필체는 아주 작으면서도 깨끗해서, 그의 자신감과 질서 정연함 그리고 숨겨진 야심을 말해 주고 있었다.

블레어는 격식을 차리는 사람이었고 자제심이 대단히 강했다. 블레어의 사고 방식은 종종 현실과 동떨어진 것처럼 보였는데, 아마도 그것은 런던의 학위를 얻기 위해 언제나 집에서 공부했기 때문이었을 것이다. 블레어는 심지어 월급날에도 사무실의 업무가 끝난 후에, 다른 사람들과 어울려 술을 마시는 일이 없었다. 일을 마친 후 여기저기를 어슬렁거리면서 돌아다니는 그런 부류의 사람들과는 달랐다. 퇴근 시간이 되면 그는 곧바로 레드 하우스 층계 밑에 보관해 두었던 자전거를 타고는 어디론가 가 버렸다.

이렇게 블레어는 모범적인 사람으로 여겨졌기 때문에, 사무실에 있는 사람들은 모두 은근히 그를 존경했다. 블레어가 지닌 정확성은 성격의 일부라고 여겨졌는데, 그가 성장한 배경에서 비롯된 특별한 것이었다.

블레어는 섬의 북동쪽에 위치한 아프리카인들만 사는 마을 공동체 출신이었다. 도시와 워낙 멀리 떨어진 데다 나쁜 도로 사정, 코코아 농장을 파산하게 만든 '마녀 빗자루 병', 엄청난 불경기 등의 여러 가지 다양한 이유들로 인해서 그 공동체는 여러 세대 동안 고립된 채로 남아 있었다. 그러다가 오래된 농장들이 무너져 버리자, 그들은 점진적으로 목가적인 생활을 발전시켰다.

그들은 침착하고 평화로운 부족이었으며, 다른 지역의 흑인들에게서 흔히 찾아볼 수 있는 거친 태도 따위는 전혀 없었다. 그들은 철저한 정직성과 문도 걸어 잠그지 않고 지내는 생활, 예의바른 태도 등으로 유명했다. 그리고 낯선 사람들에게도 언제나 '안녕하세요, 좋은 아침입니다.'라고 인사를 하면서 상대방으로부터 똑같은 인사를 받기를 기대했다. 또한 날짜를 말할 때마다 '부디'라는 말을 반드시 덧붙이면서 말했다.

"부디 다음달에 만나요."

"부디 다음 금요일에 만날 수 있기를……."

그들은 항상 이런 식이었다. 말투나 행동이 느리기는 했지만, 아주 선량한 사람들이라고 평판이 나 있었고 그런 이유로 인해 호감을 받고 있었다. 블레어는 그 마을 공동체에서 최초로 고등 교육을 받은 사람이었다. 신기한 것은 블레어가 공무원이라는 직업을 위해 미리 완벽하게 준비를 갖춘 사람처럼 보였다는 점이었다.

학교를 졸업한 직후에, 나는 가끔씩 사무실에서 보여준 블레어의 정확함에 대해서 생각해 보곤 했다. 그리고 블레어의 느리고도 목가적인 공동체 마을의 풍습과 태도들이 그를 학교의 우등생이자 모범생처럼 행동하게 만든 것이라고 결론짓곤 했다. 그곳에서는 언제나 누군가는 복종을 했고 어떤 사람은 권위의 편에 서 있었다.

블레어는 식민지 시절에 공무원 생활을 시작했다. 그리고 나이가 더 많은 서기들처럼 블레어도 복종적인 삶을 살아가기 위한 준비가 되어 있었다. 내가 그를 알게 되었을 때에는, 차츰 세상이 개방되었고 그에 따라 블레어도 상급 서기로 임명되었다.

공직에 있던 초기 시절에 블레어는 내가 아는 것만큼 정확하고 공정하게 행동했다. 1949년에 내가 알고 있었던 그 사람은 그 당시에는 군중 속에 묻혀서 잘 보이지도 않았지만, 나중에는 내가 알지 못하는 정치인으로 다시 등장했다. 그러나 그때에도 여전히 세상과 평화롭게 지내기를 원했고, 할 수 있다면 어떻게든 상황을 안정시키려고 하는 사람이었다.

나는 블레어가 자신의 초기 공무원 시절을 상기하게 되는 것을 별로 좋아하지 않을 거라고 생각했다. 다른 사람들이 권좌를 오르락내리락하는 동안에도, 그를 정치판으로 밀어 넣고 항상 권력과 가까운 자리로 갈 수 있도록 한 것은 바로 권위를 감지하고 수용하는 그의 본능적인 재능(인종적인 열정에 대한 그의 발견과 더불어) 이었다.

블레어는 자신의 성격 때문에 새로운 직업에 그냥 머물러 있지 않았다. 그는 언제나 상사들로부터 신뢰를 받았으며 다른 사람들의 존경도 받을 수 있었다. 한때 블레어가 타락했다는 소문이 퍼지기도 했지만(아마 과장된 소문이었을 것이다.) 그것은 과거의 단편적인 이야기에 불과했다. 블레어는 분규에 말려 들기를 원하지 않는 고위직 사람들을 위해서 시끄러운 일들을 잘 조정할 수 있는 그런 인물이었다.

리처드는 블레어를 위해서 마련한 만찬에 나를 초청할 것처럼 말했다. 그러나 리처드는 나에게 초청장을 보내 오지 않았다. 내가 블레어의 도착을 알게 된 것은 국외 이주자의 구역 관리자였던 모제스 루베로와 나의 심부름꾼인 안드레를 통해서였다.

루베로가 블레어에게 지정해 주었던 하인은 안드레가 속한 부족 출신이었는데, 아마도 그 사람은 안드레의 가까운 친척이었을 것이다. 그는 지금까지 이 구역에서는 한 번도 일한 적이 없었는데, 루베로가 마을을 떠나서 도시에서 일하도록 허락을 해 주었던 것이다. 그곳은 이런 식의 제약들이 많았는데, 그것은 어느 곳이나 적은 돈이라도 벌려는 사람들이 넘친다는 사실을 의미했다.

안드레와 비슷하게 생긴 새로 온 하인은 좀더 어리고 몸집이 작아 보였다. 그는 루베로처럼 하인들이 입는 하얀색 옷을 입지 않고 안드레처럼 너풀거리는 청바지를 입고 있었다. 그 청바지는 그에게는 너무 길고 헐렁해서(아마도 안드레의 옷이었을 것이다.) 크게

단을 접어 올려야만 했다.

그는 일주일 이상이나 안드레와 함께 작은 방갈로 부엌에서 시간을 보냈는데(운전사까지 들락거리는 통에 부엌은 대단히 북적거렸다.) 안드레는 그에게 요리하는 방법과 그 밖의 허드렛일들을 어떻게 처리하는지 가르쳐 주었다.

어느 날 아침에 나는 그 새로 온 소년이 방갈로 밖에 있는 무궁화 관목들 주위로 다가가는 모습을 보았다. 그는 아주 조심스럽게 작은 나뭇가지 하나를 잘라서 껍질을 벗겼다. 아마도 안드레가 그렇게 하도록 시킨 모양이었다. 분명히 안드레는 그 순간에도 그의 행동을 지켜보고 있었을 것이다.

점심 시간에 나는 그들이 나뭇가지의 양 끝을 날카롭게 깎은 다음, 구운 옥수수 조각을 끼우고 있는 것을 보았다. 그러므로 나는 머지않아 블레어가 재정 부처에서 토론을 끝내고 아파트로 돌아오게 되면, 무궁화 나뭇가지에다 구운 옥수수를 끼운 점심 식사를 하게 될 것이라는 사실을 알게 되었다.

얼마 후에 안드레는 자기가 타던 자전거를 새로 온 소년에게 팔았다. 물론 루베로의 소개를 통해서 그 거래가 이루어지게 되었다. 그리고 안드레는 좀더 나은 다른 자전거를 샀는데 그 때문에 돈을 좀 꾸게 되었다. 이제 새로 온 소년은 안드레와 함께 자전거를 타고 방갈로가 있는 곳으로 출근했다. 때로는 오전중에 오기도 했는데, 그러면 안드레는 그와 함께 자전거를 타고서 엉망진창이 된 블레어의 부엌으로 곧장 달려가곤 했다.

하인들은 오후가 되면 자유로운 시간을 가질 수 있었다. 처음 세 주일 동안 안드레와 그의 친척은 자유 시간에 자전거를 타고 외국인 주거 지역을 돌아다니며 시간을 보냈다.

그것은 일종의 축하 의식이었다. 그들은 자신의 새로운 자전거와 행복한 모습 그리고 그들의 멋진 스타일을 자랑하고 싶었던 것이다. 새로 온 소년은 얼마 전까지 안드레의 것이었던 하얀색 플라스틱 안전모자를 썼다. 모자는 그 소년에게도 역시 작아서, 그의 귀 위로 비스듬히 올라가 있었다.

안드레는 이삼 일 후에 테가 달린 모자를 쓰기 시작하더니, 새로 온 소년을 훨씬 앞지르는 복장을 했다. 새로 온 소년은 월급날이 되기 전까지는 도저히 그를 따라잡을 수 없었다. 안드레는 오후만 되면 넥타이를 매고 이렇게 자전거를 타고 돌아다녔다.

그들이 하는 행동들은 곧 다른 사람들의 시선을 끌었다. 어느 날 오후에 나는 그들이 자전거를 타고 지나가는 것을 보았다. 그 순간 안드레는 거의 비웃는 것 같은 미소를 지었다. 그것은 한순간 즐거움의 표현이자, 자신은 이 모든 일이 우습다는 것을 잘 알고 있다고 말하는 것 같았다.

그러나 즉시 자신의 친척을 위해서 입을 굳게 다문 채, 앞을 바라보면서 심각한 표정이 되는 것이다. 서로 닮은 두 사람은 하얗게 칠해진 가장자리 때문에 더욱 산뜻하게 보이는 검은 아스팔트 길을 따라 부지런히 달려갔다. 나무 밑에는 식민지 시절에 심어 놓은 튤립들이 화려한 노란색 꽃을 피우고 있었다.

두 사람은 보조를 맞추면서 힘차게 자전거의 페달을 밟았다. 새로 온 소년은 자전거 안장에 앉아서 비탈진 길을 씩씩하게 내려갔다. 블레어와 나의 하인 두 사람은 트리니다드 유전 지대에 있었던 주택 지구를 모방한 듯한, 이곳의 경치 좋은 주택 지구의 거리에서 그들의 행복과 안정과 행운을 축하하고 있는 것처럼 보였다.

1949년에 블레어와 나는 담 하나를 사이에 두고 서로를 알고 지냈다. 그 당시에 우리 두 사람은 생애에서 가장 희망에 넘치는 시기를 보내면서 세상이 변하기 시작했다는 것을 감지하고 있었다. 그러나 우리가 그저 이름밖에 알지 못했던 아프리카의 한 나라에까지 우리를 실어갈 운명의 변화에 대해서는 전혀 짐작하지 못했다.

결국 블레어를 다시 만나게 된 곳은 드 구루트의 방갈로에서였다. 드 구루트는 대학에서 아프리카 역사학을 강의하고 있었다. 나와 비슷한 연배의 그 사람은 해안에 위치한 스와힐리의 문화에 대해 독특한 연구를 많이 해서, 대학 내에서의 위치가 대단했다.

그는 아프리카인들에게 밀려서 한두 번 승급을 하지 못한 적이 있었다. 그러나 아프리카 국가에서는 흔히 있을 수 있는 일로 생각하면서 크게 신경 쓰지 않았다. 그는 동아프리카에서 태어났는데, 다른 어느 곳에서도 살기를 원하지 않았다. 사실 그의 가장 큰 야망은 바로 그것이었다. 다른 어느 곳으로도 이주하지 않고 항상 아프리카에 머무르고자 했던 것이다.

그의 아버지는 제1차 세계대전이 벌어지기 전에 동아프리카로 건너온 뉴질랜드 사람이었다. 기술자이자 건축가였던 그는 동아프리카에서 작은 규모의 철도 공사를 맡았다고 한다.

하지만 불경기를 맞아 사업에 실패하고 마침내 노년을 위해서 남겨 놓았던 돈마저 잃어버리게 되자, 그의 아버지는 이웃에 정착한 다른 사람들과 법정 싸움까지 벌였다. 그렇지만 그 아들의 말을 빌리자면, 그분은 결코 '확고하게 자리를 잡은 정착민'은 아니었다고 한다.

그 점에 있어서는(비록 그가 정착민의 목소리를 흉내낼 수 있었다고 하더라도) 그 아들도 역시 마찬가지라고 할 수 있었다. 그렇다고 해서 다른 어떤 존재가 된 것도 아니었다. 그러나 드 구루트는 아프리카 이 지역의 생활 태도를 잘 이해하고 있었기 때문에, 모든 일에 초연할 수 있었다.

드 구루트는 주택 지구에 살고 있는 아프리카를 사랑하는 국외 이주자들을 '옥수수 채집꾼'과 '마토크를 먹는 사람들'로 나누었다. 전자는 사슴 사냥꾼, 즉 드넓은 사파리에 사는 사람들을 의미하였고 후자는 바나나를 먹는 사람들, 즉 잠시 동안 아프리카인처럼 처신하기를 원하는 사람들이란 뜻이었다.

그러나 정작 그 자신은 어느 집단에도 속하지 않는 사람처럼 보였다. 물론 어떤 사람들의 눈에는 그가 '마토크를 먹는 사람'으로 비친다는 사실을 잘 알고 있었다. 그는 절대로 자기 자신에 대해 규정하지 않았지만, 그의 태도로 미루어 보아서 그는 단순히 자신의 환경에 속한 사람으로, 주위에 있는 모든 것들에 대해 매혹을 느끼는 사람이라고 여겨졌다. 아프리카 대해서도 그는 특별한 주의나 주장을 내세우지 않았다. 그러므로 명분을 찾는 사람들에게는 그가 불분명한 사람으로 보일 것이다.

드 구루트는 지금까지 결혼을 하지 않았다. 그러나 친구들을 몹시 좋아했고 대화를 나누거나 농담하기를 즐겼다. 드 구루트의 방갈로는 크기나 설계, 내부 시설물에 있어서 내 것과 조금도 다를 것이 없는 전형적인 주택 지구의 건물이었다.

하지만 어쩐지 드 구루트의 방갈로가 나의 것보다 더욱 멋있는 것처럼 보였다. 드 구루트의 방갈로는 주택 지구의 가장자리에 있었는데, 비탈진 언덕 위에 조성된 관목숲의 경치가 한눈에 보였다.

주택 지구에 사는 사람들은 대부분 그들의 방을 전형적인 아프리카의 문화 유물들로 장식해 놓고 있었다. 북이나 창, 방패, 얼룩말 가죽으로 만든 방석, 조각한 인물상 등이 바로 그런 것들이었다. 이런 장식품들을 파는 행상인들이 주위에 항상 돌아다녔다. 초기에는 나도 아무런 소용도 없는 물건들을 사곤 하였다.

드 구루트는 아프리카 문화에 대해 전문가적인 안목을 갖고 있었다. 드 구루트가 거실에 장식해 놓은 것들은 아주 단순함에도 불구하고 많은 사람들의 관심을 끌었다. 그 물건들은 바라볼 때마다 새로운 느낌을 안겨주었다. 예를 들면 소수 종족으로부터 얻었던 나무빗 같은 물건은 다양한 각도에서 빛을 반사하도록 무늬를 새겨 놓았기 때문에 사람들로 하여금 직접 나무에 조각을 해 보고 싶은 마음이 들게 할 정도로 매혹적이었다.

하지만 드 구루트의 방갈로가 그토록 매력적으로 느껴지는 가장 커다란 이유는 바로 그 자신 때문이었다. 드 구루트는 대단히 지적인 사람이었으며 주위의 변화에 민감했고 악의라고는 전혀 없는 사람이었다.

드 구루트는 모든 사람들에게 자기 자신을 완전히 개방하고 있었
다. 그렇기 때문에 드 구루트와 함께하는 사람은, 그가 상대방의 성
격이나 특성 그리고 상대방의 존재 자체를 즐기고 있다는 사실을
느낄 수 있었다.

드 구루트는 내가 이 책을 본격적으로 집필하기 전에, 다시 한 번
찾아가서 만나야 한다고 생각했던 사람들 중의 하나였다. 드 구루
트는 이미 오래 전에 대학에서 떠났다. 그는 비록 아무런 말도 하지
않았지만, 아마도 그곳에서의 생활이 결국 대단히 힘들었기 때문이
었을 것이다.

나중에는 대학과 비슷한 성격의 연구기관에서 임시직으로 일을
하게 되었다. 드 구루트는 나에게 보내온 크리스마스 카드를 통해
서 이런 일자리에 대해서 대충 알려 주었다.

드 구루트는 몇 가지 종류의 책을 출판했지만, 그 후로는 학문적
인 삶에서 완전히 떠나 표류하는 것처럼 보였다. 얼마 전부터 나는
드 구루트가 무엇을 하고 있는지 전혀 알지 못했다.

나는 드 구루트에게 만나고 싶다는 편지를 보냈다. 그는 내가 며
칠 동안 그와 함께 지내려 한다고 생각한 모양이었다. 드 구루트는
나를 만나기 위해 찾아올 수 없다고 답신을 보냈다. 그 대신에 자기
의 운전사를 보내겠다고 하면서 운전사가 어떻게 생겼는지 설명해
주었다. 그는 작은 농장을 소유하고 있었다. 여전히 모든 일들이 정
리가 되지 않은 채 무질서한 상태였지만, 그래도 그곳에는 많은 책
들이 있으니 내가 편안하게 지낼 수 있을 거라고 썼다.

나는 드 구루트의 농장이 있는 지역을 잘 알고 있었다. 그곳은 작
은 잡목들이 우거진 땅이었기 때문에 별로 쾌적한 곳은 아니었다.
항상 흙먼지가 일고 있었던 것이다.

나는 '농장'이라는 말(들판과 풍성한 열매를 암시하는 단어)이
그가 소유하고 있는 것에 비해서 너무나 과장된 표현일 것이라고

생각했다. 그리고 이전의 주택 지구에 있었던 그의 방갈로가 더 황량한 모습으로 벌판에 서 있는 모습을 상상했다.

얼마 후에 드 구루트는 또다시 나에게 편지를 보냈다. 그 편지에는 분명히 불타오르는 열정이 깃들여 있었다. 그 작가는 내가 어느 순간이라도 문을 열고 걸어 들어올 거라고 생각하고 있었다. 그 편지는 항공 우편으로 나에게 배달되었다.

나는 그의 편지를 읽어보았다. 그런데 편지의 절반 정도에서 드 구루트의 성격을 분명하게 드러내는 그의 필적이 갑자기 사라지고 말았다. 비록 주소는 적혀 있었지만, 끝을 맺지 못한 편지였다. 아마도 편지를 쓰는 도중에, 갑자기 힘이 빠진 듯했다. 그는 주소를 쓰기 위해서 마지막 힘을 아껴야만 했던 것이다.

사실 드 구르트가 나에게 두 번의 편지를 보낸 곳은 병원이었다. 그가 병원에서 죽어가고 있을 때, 나는 그에게 편지를 썼던 것이었다. 저서를 기획하는 도중에 가끔씩 그런 우연의 일치를 수반하는 경우가 있었다.

동아프리카를 떠난 후 여러 해 동안, 나는 다시 이곳으로 돌아와서 자동차를 몰며 이곳저곳을 살펴보는 것이 좋겠다고 생각하곤 했다. 만약 그렇게 한다면 이곳의 또 다른 모습을 바라볼 수 있을 것이다.

하지만 그런 생각은 드 구루트가 언제나 이곳에 있어서 안내를 해 주고 설명도 해 주면서 새로운 사람들을 소개해 주고 새로운 소식들을 알려주리라는 전제를 염두에 둔 것이었다. 그 사람이야말로 나의 인생 이야기들을 들려주고 싶은 유일한 사람이었다.

만약 드 구루트가 없다면 내가 다시 동아프리카로 돌아가는 것이 의미가 없었다. 그 사람이 없다면 나는 어디로 가야 하는지 어떻게 움직여야 하는지도 알지 못할 것이다. 그곳은 나에게 있어서 전혀 낯선 나라였기 때문이었다.

어쩌면 25년 전에 나는 결국 그의 삶도 정착민들의 삶처럼 전락해 버릴지도 모른다는 사실을 이미 예견하고 있었던 듯하다. 결국 드 구루트에게 그러한 미래가 오지 않을까 걱정했던 것이 그만 현실로 되어 버렸다.

하지만 드 구루트가 국외 이주자들의 주택 지구에 있었을 때(그 당시에 드 구루트는 아직 나이도 젊었으며 새로운 친구들도 자주 만났다. 그는 블레어와 내가 서로 만날 수 있도록 주선하는 그런 식의 관대한 일을 하고 있었다.) 그는 몹시 평화로워 보였다. 그 나라의 상황이 다시 돌이킬 수 없을 만큼 악화되기 시작했다는 사실을 알고 있었지만, 드 구루트는 여전히 아프리카의 생활을 마음껏 누리는 기쁨으로 가득 차 있었던 것이다.

나는 여러 가지 경로를 통해 드 구루트의 상태를 전해 듣고 있었다. 아마도 드 구루트는 나와 블레어, 두 사람 사이에 흐르고 있는 긴장감을 이해하고 있었을 것이다. 그러므로 일부러 드 구루트에게 설명을 해 줄 필요는 없었다.

드 구루트가 우연히 블레어를 만나서 그와 잘 지내고 있으며 나도 그를 한 번 만나 보았으면 좋겠다고 말했을 때, 나는 그가 우리를 위해 수고하고 있다는 사실을 금방 알아차렸다. 그리고 그런 모임이라면 참석해도 좋을 거라고 생각했다. 블레어도 역시 나와 같은 생각이었다. 그러므로 다시 만나기도 전에, 우리 사이에는 이미 우호적인 분위기가 형성되어 있었던 것이다.

어느 늦은 오후에 블레어와 나는 드 구루트의 방갈로에서 다시 만났다. 드 구루트의 현관에는 콘크리트 바닥이 깔려 있었으며 머리 위에는 아무런 차양도 설치되어 있지 않았다. 머리를 들면 그대로 맑은 하늘을 볼 수 있었다. 그곳에는 나뭇가지로 엮어서 만든 의자들과 빛바랜 원형 탁자가 놓여 있었다. 그리고 부엌을 향하는 벽의 한구석에는 쓰레기 더미가 쌓여 있었다. 약간 경사진 언덕 너머(드 구루트는 그곳에 물을 주는 것을 무척 좋아했다.)의 땅은 덤불 속으로 사라져 버렸다.

내가 열일곱 살이었던 1949년에는, 블레어가 상당히 젊은 사람이라는 생각이 들었다. 하지만 그가 쉰 살이 되었던 그때에 그는 완연한 중년의 모습을 갖추고 있었다. 그 당시에 나는 아직 서른네 살이 되기도 전이었다.

블레어는 과거의 날씬한 몸매에 살이 조금 더 오른 것처럼 보였다. 그러므로 움직임은 약간 둔해졌지만, 더 무게가 있고 신중한 모습이었다. 그렇기 때문에 블레어의 모습은 전체적으로 무척 중후하게 보였다. 그러나 내가 여러 가지 변화에 대해서 더욱 깊이 생각해 보기도 전에, 블레어가 먼저 말을 꺼냈다.

"나는 당신이 처음 작품을 쓰기 시작하던 그 시절을 직접 목격했다고 사람들에게 말한답니다. 내가 당신을 알고 있다는 사실은 아주 자랑스러운 일이지요."

"오래 전부터 두 분은 서로를 알고 있었습니까?"

드 구루트가 블레어를 쳐다보면서 물어보았다.

"우리는 같은 부서에서 함께 일했던 시절이 있습니다. 그 당시에 그는 흑인 미녀 경연 대회에 대한 기사를 쓰고 있었죠. 그리고 그것을 같은 부서에 있던 타이피스트에게 보여 주었어요. 그녀는 그 글이 흑인 진행자를 지나치게 조롱하고 있다고 생각했었지요."

블레어가 드 구루트를 위해서 친절하게 설명을 해 주었다.

"그렇습니다."

"나는 그 이야기를 듣는 순간, 그 진행자가 누구였는지 금방 알게 되었지요."

블레어가 한바탕 웃음을 터뜨리면서 말했다. 영국에서 머무르던 시절(그 당시에는 아직 작가로서 글을 쓰기 시작했다고 보기는 어려웠다.)에 나는 서기로 있으면서 글쓰는 흉내를 내었던 과거의 즐거움을 가끔씩 떠올리곤 했다. 미녀 대회에 대해서 쓴 나의 글이 어떤 점에서 잘못되었는지를 깨닫는 일에 무려 6년이라는 세월이 걸렸다. 열일곱 살의 어린 작가는 이 세상에 대해 잘못 알고 있었던 것이 너무나 많았다. 세상에 대한 판단과 사물을 바라보는 시각도 왜곡된 것이 많았던 것이다. 그리고 은근히 자만심을 내비치는 풍자를 사용한 적도 있었다. 그것은 모두 글을 쓰는 과정에 대한 오류라고 할 수 있었다. 오직 작가가 되고 싶은 순진한 소망이 만들어낸 환상의 세계를 과감히 버린다는 것은 생각만큼이나 쉽지 않은 일이었다.

드 구루트의 방갈로에서 만난 블레어의 자유로운 몸짓과, 나의 기억 속에 남아 있는 모습보다 더 크게 웃고 있는 그의 웃음을 보면서 나는 그가 이 세상에 드러나 있는 그의 특성들(그는 입지전적인 사람이라는 평가를 받고 있었다. 항상 정력적으로 활동하며 많은 사람들의 존경을 받고 또한 언제나 올바른 행동을 하며 공동체 마을의 관습이 몸에 배어 있는 사람이라는 칭찬을 듣고 있었던 것이다.)이 본질적인 의미에서 그 자신의 진정한 모습이 아니라는 사실을 언제인가는 깨닫게 되리라는 생각이 들었다.

그런 시기가 되면, 흙먼지 속에서 살고 있는 그의 고립된 고향 마을 사람들에 대해서 새로운 인식을 하게 되거나 혹은 그들의 말로 표현할 수 없었던 시대에 대한 이야기를 되찾을 수도 있을 것이다. 혹은 나처럼 작가가 되어서 자기 자신을 다시 만드는 작업을 하기로 결심할 수도 있을 것이다.

우리가 만난 것은 오후 4시 30분이었는데, 6시가 되자 블레어는 다른 약속이 있다고 하면서 떠나갔다. 이미 날은 어두워지기 시작했고 재잘거리는 소리가 들리던 마을에서는 벌써 밥짓는 연기가 숲 속으로 피어오르고 있었다.

나와 블레어는 다시 만날 것을 기약했다. 블레어는 그의 방갈로에서 저녁 식사를 하자고 말했다. 나는 그의 하인으로 있던 안드레의 친척이 해야 할 엄청난 수고를 떠올리지 않을 수 없었다.

그날 이후로 우리는 더 이상 만나지 못했다. 그는 지금 이 세상에서 영원히 사라지고 말았다. 나는 지금도 그 당시의 90분 동안의 짧은 만남을 분명하게 기억하고 있다. 블레어에 대한 기억이 뇌리에 남아서, 그의 몸짓이나 말이 생각나곤 한다. 어쩌면 그 후에 일어난 전혀 예상하지 못했던 그 잔인한 사건이 이 만남 속에서 이미 예견되었던 것 같은 묘한 감정을 느끼게 되는 것이다.

블레어는 이미 인생의 반환점을 다 돌아서 종착점에 다다른 것 같은 느낌을 주고 있었다. 사람이 자신의 운명을 알게 되면, 암시적인 방법으로라도 행동이나 말을 통하여 그 사실을 드러낸다는 것은 놀라운 일이다.

마지막으로 우리가 함께 만났던 날, 블레어는 그런 식으로 이야기를 하고 있었다. 비록 분명하게는 아니지만 자기 자신에게 몹시 중요하게 여겨지는 예감을 슬쩍 표현했던 것이다. 드 구루트가 무언가를 말하려고 할 때, 갑자기 블레어가 끼여들었다. 블레어는 그 작은 정원에 비해서 지나치게 거대하게 보이는 몸짓으로 처음에는 조용히 그리고 일정한 간격을 두고 한 마디 한 마디에 힘을 주면서 천천히 말을 꺼냈다.

"내가 이제 떠나려고 하는 이 세상은, 내가 처음 왔던 때보다는 그래도 많이 좋아졌지요."

그것은 인종문제에 대한 알아듣기 쉬운 평범한 진술이었다. 그리고 블레어의 열정과 정치관을 설명해 주는 말이기도 했다. 그의 말은 사실이었다. 그가 추진했던 혁명은 성공을 거두고 있었다.

그러나 잠시 후에 블레어는 호전적으로 보이는 그의 태도를 부드럽게 바꾸었다. 우리는 보험회사와 그들이 실시하는 신체 검사에 대해서 이야기를 나누었다. 블레어는 뉴욕의 병원으로 검사를 받기 위해 찾아갔던 일을 말해 주었다.

블레어가 신상에 대해서 다 적고 나니까, 그들은 그에게 옷을 주면서 칸막이 안에서 갈아 입으라고 지시했다. 그가 갈아 입어야 하는 옷은 네 가지 종류의 색깔이 있었다. 하지만 그 옷의 색깔은 별로 중요한 것이 아니었으며, 아무 색깔이나 사람들에게 나누어 주었다. 그러나 옷을 갈아입은 사람들이 줄을 기다리면서 모였을 때에는, 그 옷의 색깔대로 모이는 경향이 있었고 말했다. 그 후에 블레어는 무슨 심각한 이야기를 꺼내려고 했다. 그러나 드 구루트가 그 이야기의 우스꽝스러운 장면을 떠올리면서 큰 소리로 웃고 말았다. 블레어도 따라 웃었다.

한참 후에 드 구루트가 아프리카 부족들의 정치 문제에 대한 이야기를 시작했을 때, 갑자기 블레어가 이야기 도중에 끼여들면서 말했다. 그는 우리 모두가 부족들이나 인종을 옹호하는 입장이기는 하지만, 그리고 우리가 그 일을 잘 해 나가고 있다고 생각하지만, 그럼에도 불구하고 그러한 사람들로서 합당한 태도를 취하지 못할 때가 너무 많다고 했다. 그리고 또 다른 이야기도 들려 주었다.

블레어가 뉴욕에서 머무르고 있었을 때, 하루는 기차역에서 표를 사기 위해 줄을 섰다. 그는 유엔에서 일한 적이 있었기 때문에, 뉴욕은 자주 그의 이야기 무대가 되었다. 그런데 앞줄에 서 있던 어떤 부부 때문에 일이 지연되고 있었다.

그들은 아시아계 사람들이었다. 블레어는 그들이 필리핀 사람인지 또는 말레이시아나 인도네시아나 중국 사람인지 말하지 않았다. 다만 그들은 영어를 말할 줄 몰랐고 그래서 그들의 목적지를 매표원에게 알려주는 일에 상당한 시간이 걸렸다.

마침내 매표원이 표를 내밀자, 이번에는 표값 계산에 시간을 끌었다. 블레어는 자신도 모르게 이렇게 중얼거렸다고 했다.

"도대체 이 망할 놈의 일본 사람은 무엇을 하고 있는 거야?"

그러자 그의 앞에 서 있던 한 백인 신사가 뒤를 힐끗 돌아보더니, 경멸하는 시선으로 블레어를 바라보았다는 것이다. 그것은 매우 단순한 이야기였다. 블레어와 나는 혹독한 인종 차별과 다른 모든 종족들에 관하여 그보다 더욱 참담한 이야기들을 들으면서 성장했다.

그러나 그의 이야기 속에는 자신에 대해 부정적으로 말하는 것 이상의 그 무엇이 담겨 있었다. 그 말은 블레어가 마침내 어느 지점에 도달했는지를 우리에게 보여주는 것이었다. 이것은 조금씩 어둠이 짙어가는 동안, 블레어가 우리 두 사람에게 바쳤던 봉헌이었다.

그날 오후에 블레어가 했던 이야기를 다시 한 번 생각해 보면, 정치에 대한 열정이 식은 후에 새로운 관계를 준비하기 위하여 그 또한 전혀 다른 종류의 사람이 될 수 있다는 사실을 아무 사과나 변명도 없이 선언하는 것과 같았다. 이런 문제에 대해 민감한 드 구루트도 블레어와의 만남에서 나와 비슷한 것을 눈치챘을 것이다.

나는 블레어가 이렇게까지 말하는 것을 보고 깊은 감명을 받았다. 인종에 대한 블레어의 열정을 우리가 충분히 이해하고 있다고 믿어서인지, 그는 자신의 이야기에 대해 조금도 설명할 필요가 없다고 생각한 것 같았다.

블레어의 이러한 행동은 참으로 인상적이었다. 그리고 그것은 나에게 병든 코코아 숲에서 살고 있는 그의 잃어버린 고향 마을의 주민들에 대한 생각을 새롭게 해 주었다. 블레어의 선언은 분명한 것일 수도 있고 슬쩍 표현된 것일 수도 있으며 그의 서투른 말솜씨였는지도 모르지만, 나는 그 이야기 자체가 진정으로 감동적인 것이었다고 생각한다. 우리 세 사람은 모두 평범한 말들이 얼마나 어려운지를 깨달았다.

남은 시간 동안 드 구루트는 연안 지방에 사는 스와힐리 부족의 문화에 대해 이야기를 늘어놓았다. 이런 이야기는 블레어를 기쁘게 만들었다. 비록 드 구루트의 열정을 함께 나눌 수는 없었지만, 아프리카의 고대와 아프리카의 역사에 대한 생각이 그를 온통 사로잡았던 것이다.

블레어는 비록 여러 가지 종류의 자격증과 외형적인 학위 등을 가지고 있었지만, 많은 책을 읽고 전문적인 교육을 받은 사람이 지녔을 만한 폭넓은 감각이 없었다. 사실 그는 드 구루트가 말하는 문화들에 대해서는 전혀 아는 바가 없었을 것이다. 또한 역사의 시간과 연대기 등에 대해서도 무지했다.

그러나 블레어는 새로운 빛 속에 자신의 모습을 드러내기를 원했던 것이다. 아프리카의 역사에 대한 이야기 속에서 어떤 즐거움을 느꼈든 간에, 그는 의식적으로 그것을 가볍게 취급했다. 그리고 어떤 순간에 이런 말을 꺼냈다.

"가끔씩 이곳의 사람들이 황금이나 상아에 대해서 이야기를 할 때마다, 마치 성서 시대에 살고 있는 것으로 착각을 할 지경입니다. 그래서 그 다음에는 공작 깃털 이야기가 나오기를 기대하게 되지요."

이 말은 블레어가 최근에 정부를 위해 하는 일이 어떤 것인지를 암시하는 것이었다. 그리고 그가 일부 정치인들과 어려운 관계에 있다는 소문을 반증하는 것이기도 했다.

이곳의 정치인들은 그가 오직 동양인 지역 사회에 대해서만 단호하게 처신하기를 원했다. 그러나 블레어는 그 이상의 일에 손을 대었던 것이다. 다시 말하자면 블레어는 상아와 황금이 밀반출되고 있는 것을 조사하기 시작했다.

이 사건은 도시에서 살고 있는 기업가들을 위협하게 되었다. 그런 거래는 항상 비밀스럽게 이루어지고 있었다. 블레어의 조사는 국가의 재정에 커다란 구멍을 만드는 일이었다. 게다가 이러한 밀반출은 여당 내의 고위직 사람들에 의해서 자행되고 있다는 것이 널리 알려져 있었다.

그들은 과거의 추장들이 갖고 있었던 것 같은 강력한 권력으로 여전히 내륙 지방을 통치하고 있는 사람들이었는데, 주민의 이동을 통제하는 규정이나 그밖의 새로운 법률을 마음대로 악용하고 있었다. 비록 사회주의를 표방하고 사회를 개혁한다고 말은 하고 있었지만, 이 나라에서 권력을 장악한 세력들은 과거의 추장들과 밀접하게 결탁되어 있었다.

드 구루트는 블레어가 떠난 후에 이런 말을 하였다.

"그 사람은 무척 조심해야 할 겁니다. 그들은 대통령과는 전혀 다르니까요. 그들은 매우 사납고 야비한 자들이지요. 새로운 권력이 그들의 손아귀에 쥐어져 있습니다. 아마 그들은 무슨 일이든지 할 수 있을 겁니다. 만약 그들을 위협하는 사람이 있다면, 살인도 할 수 있을 겁니다.”

며칠 후에 나는 리처드로부터 이와 비슷한 이야기를 또다시 듣게 되었다. 그는 나를 부르더니 이렇게 말했다.

“나는 지금 당신 친구의 과거 경력에 대해 조사하고 있는 중입니다. 우리가 소문으로 들었던 것만큼이나 진정으로 깨끗한 사람은 아니더군요. 그렇지 않습니까?”

나는 블레어가 이곳에 있는 고위층들의 비위를 건드리기 시작했다는 사실을 거의 본능적으로 직감했다. 리처드는 그의 정치 체제를 방어하기 위해 머리를 굴리고 있었고, 번지르르한 말로 블레어를 비난할 수 있는 구실을 찾고 있었다.

드 구루트가 말한 대로 그 일은 매우 잔인하고도 추잡한 일이었다. 그리고 여러 날 동안이나 블레어의 죽음에 대해서 아무런 발표도 없었다. 리처드조차도 그 일을 충격적으로 받아들이고 있었다. 아무도 그것에 대해 어떻게 말해야 하는지 모르고 있었다. 그 대신에 소문만이 무성했는데, 어떤 것은 블레어가 잘못되기를 바라는 사람들이 만들어 낸 것도 있었다.

가장 먼저 퍼졌던 소문은 블레어가 수도 외곽에 있는 사창가에서 살해되었다는 것이었다. 또 다른 소문은 아시아계 사람들의 음모가 있었다는 것이다. 하지만 나중에 퍼진 소문은 주택 단지에 있는 그의 방갈로에 강도가 들어서 문서들이나 귀중품들은 다 훔쳐갔고 그의 하인도 도망가 버렸다는 것이었다. 그 이야기의 마지막 부분은 어느 정도 사실이었다. 블레어의 하인이었던 안드레의 친척도 두 번 다시 볼 수가 없게 되고 말았다.

며칠이 지나서 공식적으로 발표된 내용은 블레어의 시체가 수도에서 여러 마일 떨어진 바나나 플랜테이션 농장에서 발견되었다는 것이었다. 그 플랜테이션 농장은 외국인들의 조언과 자금으로 시작된 것인데, 미래의 집약 농장들의 모델로 삼기 위해 조성된 곳이었다.

그곳에는 특별한 분위기가 흐르고 있었다. 오래된 바나나 잎사귀들은 금세 말라서 부서지는데, 나무뿌리 위에 덮개처럼 두텁게 내려앉았다. 그 위를 걸어가면 마치 부드러운 양탄자 위를 밟는 듯한 느낌이 들었다. 발자국도 남지 않았으며 다른 소리마저도 모두 흡수해 버리기 때문에, 그 위로 걸어가더라도 자신의 발자국 소리조차 감지하지 못하게 된다.

블레어의 시체를 이곳으로 가져온 사람들은 그를 이곳에 매장하려고 생각했던 모양이다. 그런데 갑자기 어떤 방해가 있었거나 아니면 생각을 바꾸었을 것이다. 블레어의 시체는 이틀이 지난 다음, 수도로 옮겨졌다. 그리고 몇 달이나 지난 후에 정부에서 공식적인 성명을 발표했다. 그리고 블레어의 시체는 비행기로 트리니나드에 있는 고향으로 돌려 보냈다.

블레어의 죽음에 대해서 떠올릴 때마다, 나는 바나나 플랜테이션 농장에서 크고 빛나는 가죽 구두를 신은 커다란 체구의 블레어가 낯선 사람들의 공격을 받으면서 아무런 소리도 내지 못하고 부드러운 바나나 덮개 속에서 몸부림치는 모습을 상상해 볼 수 있었다. 그토록 엄청난 침묵 속에서 블레어는 자신이 죽음을 맞이하고 있다는 사실을 깨달았을 것이다. 그 이유도 알고 있었을 것이다.

나는 에드거 앨런 포의 소설 속에 나오는 것처럼, 비록 죽음을 맞이하는 순간에도 그의 뇌는 여전히 왕성한 활동을 하면서 머리 속으로 이런 질문을 던졌을 것이라고 생각했다.

"이런 배신자가 지금 나의 삶을 조롱하고 있는가?"

죽음 직후에 나온 대답은, 아마도 '아니다! 아니다! 아니다!'였을 것이다. 안드레는 실종된 자기의 친척을 위해서 슬퍼했지만, 그에 대해서는 더 이상 아무런 말도 하고 싶어하지 않았다.

안드레는 주말마다 술을 마셨다. 월요일이면 심한 두통에다 충혈
된 눈을 하고 거리에 나타났다. 그는 피부도 거칠어지고 생기도 없
어 보였다. 얼굴은 마치 조각한 것처럼 아무런 표정도 없이 굳게 입
술만 다물고 있을 뿐이었다. 그럴 때마다 안드레의 입술이 앞으로
불쑥 튀어나왔다. 여러 주일 동안이나 안드레는 자주 울음을 터뜨
렸다.

모제스 루베로는 내가 자동차를 타고 지나갈 때마다, 나를 쳐다
보면서 천천히 목과 눈을 회전하는 행동을 더 이상 하지 않았다. 그
대신에 이제는 무엇인가 대단히 바쁜 일을 하고 있는 것처럼 먼 곳
으로 시선을 돌렸다.

두 달이 지나자 안드레의 친척이 타고 있었던 자전거(이전에는
안드레의 것이었다.)는 새로 온 하인이 타고 주택 지구 주위를 돌
아다니기 시작했다. 그리고 리처드는 어떻게 되었을까?

지금부터 2년 전에 나는 책을 출간하기 위해서 파리를 방문한 적
이 있었다. 어느 날 식당에서 점심 식사가 끝날 무렵, 나는 인터뷰
를 하기 위해 찾아온 프랑스 기자를 만나고 있었다. 그는 과로로 인
하여 매우 피곤한 상태였고, 모든 일에 대해 과장하면서 시끄럽게
떠드는 사람이었다. 그런데 어떤 사람이 나의 등뒤에서 영어로 속
삭였다.

"먼 과거에서 들려오는 목소리입니다."

그것은 바로 리처드의 목소리였다. 리처드는 더 이상 궐련이나
상아로 만든 담배 파이프를 입에 물고 있지 않았다. 그는 회색 정장
을 입고 있었는데, 동유럽에서 온 학생들에게 장학금을 마련해주는
파리의 어떤 재단에서 일하고 있다고 말했다. 그는 아프리카를 떠
나온 다음, 재혼을 했다.

"남성의 갱년기라고나 할까요?"

리처드는 활기있고 유쾌한 목소리로 말했다.

"부인을 바꾸는 일을 두고 그렇게 말합니다."

그 말은 참으로 리처드다운 발언이었다. 간결한 말이 바로 그의 특기였던 것이다.

"아프리카의 여러 곳에서 벌어지는 사건들을 보는 것이, 당신에게는 몹시 힘든 일이었겠군요."

나는 리처드를 바라보면서 이렇게 말했다.

"나는 지금 당신이 무슨 말을 하는지 잘 모르겠어요. 내가 이미 당신에게 말했던 그런 이유들 때문에 아프리카를 떠난 것입니다. 나는 변화를 원했지요. 그리고 지금 내가 하는 일들은 훨씬 더 귀중한 것입니다. 동유럽은 아프리카에 있는 그 어느 곳보다도 더욱 사정이 나쁘답니다. 헝가리에는 완벽하고 훌륭한 공산주의 정부가 있었는데, 이제 그들은 그것을 포기했어요. 그리고 인종적인 분규가 일어나기 직전에 와 있어요. 그렇다고 해서 아무도 그들에 대해 야만인이라든가 미개인이라고는 말하지 않지요."

그 말 또한 리처드다운 것이었다. 리처드는 여전히 자기가 말하는 논리의 공정성에 대해 관심을 갖고 있었다.

나는 블레어의 시체가 트리니다드로 공식적인 귀환을 하는 장면을 나름대로 머리 속에 그려본 적이 있었다. 활주로에 비행기가 도착하면 네 명이나 혹은 여섯 명 정도의 사람들이 짙은 색 정장 차림으로 커다란 관을 어깨에 둘러메고 계단을 내려온다. 비록 상상 속에서이기는 하지만, 어느 정도 위엄이 있는 모습이 그런 행사에 걸맞을 거라고 생각했다.

나는 내 머리 속에 그린 그림을 두고 질문을 하기 시작한다. 그 정도 크기의 관을 둘러메고 계단을 내려오는 일에 과연 네 명이나 여섯 명의 힘만으로 가능할 것인가? 비행기에서는 그 관을 어디에 두었을까? 어쩌면 승강구를 막고서 바닥에다 두었을지도 모른다. 아니면 여러 개의 좌석들을 치웠을지도 모르겠다. 그렇다면 비행기 한 대를 그대로 전세를 내었다는 의미가 될 것이다. 그러나 사실은 그런 일이 일어나지 않았으므로 관이나 비행기, 짙은 색 정장을 한 사람들에 대한 상상은 버릴 수밖에 없었다.

하지만 현실은 더욱 단순했다. 블레어의 시체는 관에 담긴 채 비행기 창고에 있는 냉동실에 넣어졌다고 한다. 그의 시체는 아프리카에서 이미 방부처리가 되었던 것이다. 그것은 블레어의 내장 기관들이 모두 제거되었다는 것을 의미했다.

트리니다드 공항에 도착해서 창고의 문이 열리면, 그 상자는 트레일러로 옮겨지는데 아마도 천으로 숨기거나 가린 상태로 운반되었을 것이다. 그런 것들이 시체를 운반하는 공식적인 절차들이었다. 그렇다면 관 속에 들어 있는 방부처리 된 시체는 영구차로 옮겨졌을까? 어쩐지 영구차는 그런 일에 어울리지 않았다.

나중에 나는 그 일에 대해 조사를 해 보았다. 블레어의 시체가 들어 있던 상자는 구급차에 실려서 스페인 항구로 운반되었다. 그 후에 블레어의 시체는 패리의 교회 묘지에 안장되었다고 한다.

1991년 12월에서 1993년 10월까지 씀

‘나’와 ‘세계’ 사이의 길

'나'와 '세계' 사이의 길

1

여기에 한 편의 소설이 있다. 그리고 그 소설 읽기를 통해 우리는 한 작가의 '세상'으로 들어갈 수 있다. 그 세상은 광활할 정도로 넓고 때로는 사금을 채취할 수 있을 정도로 비옥하다.

해마다 노벨문학상의 유력한 후보로 거론되고 있는 네이폴은 1932년 8월 17일, 트리니다드의 카구아나 시골 마을에서 태어났다. 그의 집안은 『비스와스 씨의 집』에 나오는 것처럼 엄청난 많은 식구들이 들끓는 대가족이었다. 그 속에서 네이폴은 언제나 고요함과 질서와 이성을 추구하고 있었다. 그 무렵의 영향으로 인해 지금도 그는 아이를 가지고 싶어하지 않는다. 소란하고 혼란스러운 분위기를 몹시 싫어하게 되었던 것이다.

그의 할아버지 브라흐민은 인도의 강제틱 초원 출신으로 농장 노동자로 일하기 위해 트리니다드로 이주했다. 그의 아버지 시퍼사드는 대단히 고집이 센 사람으로 정신적인 질환을 앓고 있었다. 그는

《트리니다드 가디언》의 신문기자로 근무하면서 짧은 단편소설을 쓰기도 했다.

네이폴은 자신에게 작가가 되려는 욕망을 불러일으켰던 사람은 바로 아버지라고 고백한다. 그러나 많은 면에서 네이폴에게 지배적인 영향을 미친 사람은 바로 그의 어머니였다.

그의 어머니는 부유한 대지주 출신으로, 네이폴과 그의 가족들은 어쩔 수 없이 외갓댁 식구들과 함께 지내야 할 때가 많았다. 그 당시를 회상하면서 네이폴은 이렇게 고백한다.

"나는 이런 관계로부터 너무나 많은 고통을 당했다. 가족 사이의 불화와 싸움은 커다란 고통이었으며, 그 때문에 나는 나 혼자만의 공간을 가지고 가족들과 멀리 떨어져 있기를 원했다."

네이폴은 다른 사람과 어울리지 않는, 자존심이 강하고 냉소적인 소년이었다. 점차 성장하면서 네이폴은 식민지 트리니다드의 정체된 삶을 몹시 싫어하게 되었다. 그리고 1950년에 네이폴은 옥스퍼드에서 장학금을 받게 되었다. 네이폴은 대학에서 인기가 좋았다. 하지만 정신적으로 고통스러운 시기이기도 했다. 작가로서 확실한 위치를 차지하기 전까지, 원인을 알 수 없는 우울증은 한참 동안이나 계속되었다.

1953년, 네이폴이 스물한 살 되던 해에 아버지가 돌아가셨다. 네이폴은 그 당시에 경험한 슬픔에 대해 글을 쓴 적이 있다. 그리고 1956년 트리니다드로 잠시 동안 돌아갔을 때, 아버지에 대한 상실감을 더욱 크게 느낄 수밖에 없었다. 그에 대한 보상이라도 하려는 듯이, 네이폴은 결혼을 하고 글을 쓰려고 노력했다.

그의 아내 패트리시아 여사는 몸집이 작고 호리호리하며 고상하게 생긴 영국 출신의 여자였다. 두 사람은 옥스퍼드에서 만나 1955년, 네이폴이 스물세 살이었을 때 결혼식을 올렸다.

네이폴의 저작 수입만으로는 생계를 감당할 수 없었던 시절에, 부인은 잠시 교사로 재직하기도 했지만, 지금은 전적으로 남편의 연구자이며 가장 가까운 조언자의 역할을 담당하고 있다. 네이폴의 가장 자전적인 소설에서도 아내에 대한 언급은 찾아볼 수 없다. 하지만 친구들은 그녀야말로 네이폴에게 비난을 할 수 있는 유일한 사람이라고 평가한다.

네이폴에게는 열세 살 연하의 남동생이 있었다. 쉬바라고 불리는 이 동생은 네이폴과 마찬가지로 옥스퍼드에 진학하여 작가가 되었다. 그가 발표한 두 권의 소설은 상당한 반응을 얻기도 했다. 그러나 쉬바의 세계관이 네이폴의 것과 별로 다르지 않다는 점이 문제였다. 그래서 쉬바는 멀리 아프리카와 남아메리카를 여행했지만, 네이폴의 그늘에서 완전히 벗어나지는 못했다. 네이폴의 문학세계가 항상 쉬바를 억누르고 있었던 것이다.

네이폴은 쉬바가 작가가 된 것에 대해 몹시 못마땅해 하면서 동생이 자신을 수치스럽게 만들고 있다고 생각했다. 그러나 그 무엇보다도 동생이 비참한 일을 당하지나 않을까 하는 두려움을 품고 있었다. 결국 쉬바는 1985년에 마흔 살의 나이로 심장발작을 일으키고 말았다.

1954년에 옥스퍼드에서 런던으로 이주했던 네이폴은 BBC 방송국에서 일용직으로 근무하면서 유색인종에 대한 차별을 경험하기도 했다. 초기의 몇 년 동안, 네이폴은 트리니다드에 관한 우스꽝스러운 소설을 쓰기 시작했다. 중기에 접어들면서 제3세계에서의 추방과 소외에 대한 심각하고 신랄한 주제를 다루었다. 그리고 나중에는 전혀 새로운 주제가 등장했다. 1984년 『중심찾기』에서부터 네이폴은 자신의 삶에 관한 글을 쓰기 시작한 것이다. 그의 어린 시절과 직업을 찾기 위해 애쓰던 젊은 시절 그리고 자신만의 형식과 목소리를 발견하기 위해 겪은 고통에 대해서 고백하기 시작한 것이다.

애초에 전통적인 이야기꾼으로 여겨지던 네이폴이 전혀 새롭고 낯선 소설을 쓰기 시작한 것도 이 시기를 기점으로 한다. 1987년에 쓴 『당혹스러운 도착』은 대단히 어렵고 밀도 높은 소설로, 일반 독자들보다도 연구가들에게 더욱 널리 읽히는 작품이다.

1990년에 엘리자베스 여왕으로부터 명예로운 '기사' 작위를 받았던 네이폴은 공식적으로는 비디아드하 수라지프라사드 네이폴 경으로 불린다. 그러나 네이폴 자신은 그런 직함을 전혀 사용하지 않고 있으며, 그의 친구들은 그를 비디아드하라고 부른다.

네이폴의 소심함과 예측하기 어려운 성격은 거의 전설적이다. 그는 단 몇 분도 지체되거나 지루한 것을 참지 못한다고 한다. 한 번은 어느 출판사에서 네이폴을 '인도 작가'의 목록에 올려놓은 것을 보고, 그 즉시 출판사와의 계약을 파기한 적도 있었다. 그리고 이런 경우도 있었다. 어떤 출판사가 기자들과의 회견을 위해 네이폴을 네덜란드까지 보낸 적이 있었는데, 네이폴은 첫번째 기자가 아무런 가치도 없는 질문을 던지자, 네덜란드 전체에서 모여든 기자와 카메라를 전혀 아랑곳하지 않고 자리에서 일어나 회의장 밖으로 걸어 나갔다. 그리고 영국으로 돌아오는 비행기를 탔다고 한다.

네이폴은 요란스럽고 유행에 민감한 런던 문학계와는 거의 왕래를 끊은 채 안소니 파웰, 안토니아 프레이저, 폴 더루를 비롯한 극소수의 작가 친구들과 교류를 하고 있다.

네이폴의 생활은 거의 대부분 일과 연결되어 있다. 글을 쓰고 여행하고 또다시 글을 쓰는 것이 그의 일과라고 할 수 있다. 대부분의 글들이 여행을 통한 영감에 의해 기록되었다. 한 마디로 네이폴의 삶과 예술은 계속되는 여행으로 가득 차 있다. 그 중에서 가장 길고 고통스러웠던 여행은 아마도 그의 첫번째 여행이었을 것이다.

1950년에 네이폴은 자신이 태어난 트리니다드를 떠나 영국의 옥스퍼드로 유학을 떠난다. 결국 그는 전세계적인 명성을 얻은 작가가 되었지만, 아직도 여행을 멈추지 않고 있다.

이 여행을 통해 얻은 영감은 22권의 소설과 역사서와 여행기를 낳게 되었다. 네이폴은 자신의 삶과 세계 전체를 문학의 원천으로 받아들이는, 이 시대에 대한 통찰력을 지닌 작가라고 할 수 있다.

　사람은 태어날 때부터 저절로 만들어지는 것이 아니다. 다만 무수한 가능성과 무한한 상상력, 개성있는 사고력을 가지고 태어날 뿐이다. 그것을 가지고 네이폴은 작가로서의 고유한 영역을 개척했던 것이다.

2

　네이폴만큼이나 인종주의 문학론 때문에 잘못 읽혀지고 있는 작가도 드물 것이다. 지금까지 네이폴에 관한 대부분의 평론들은 네이폴이 실제로 쓴 작품이 아니라, 응당 이렇게 써야만 한다고 사람들이 기대하는 바에 근거하고 있다.

　그것은 네이폴이 인도인의 후예로서 트리니다드의 유색인종 사회에서 태어났기 때문이다. 불행하게도 40여 년 동안이나 작가로서의 기나긴 항해를 하고 있는 네이폴이 결국 도착한 곳은 '인종'이라는 창문을 통해 그의 작품을 바라보는 시대였다.

　이것은 어떤 작가의 경우에라도 참으로 유감스러운 편견이 아닐 수 없다. 네이폴의 경우에는 오직 인종주의적 관점에서만 그의 작품을 읽는 것은 차라리 전혀 읽지 않는 것보다 못하다고 할 수 있다.

　그는 카리브해 문학을 대표하는 문인이라고 할 수 있다. 트리니다드의 역사를 배경으로 하면서 식민지 사회의 폭력과 부패상을 고발하는 그의 작품은 무엇보다도 사실적인 문체에서 한 걸음 더 나아가 사건의 진행과 시간, 역사적인 인물과 허구의 인물들을 교묘하게 혼합하고 있다. 복잡한 구성방식과 다양한 등장 인물들은 그의 소설을 언뜻 보기에 매우 난해한 것처럼 만들고 있지만, 몇 가지의 역사적인 사건을 주축으로 하고 있기 때문에 손쉽게 이해할 수 있는 구조를 가지고 있다.

『세계 속의 길』에서도 역사적인 사건과 가공의 현실이 한꺼번에 뒤엉키면서 나타난다. 어떤 것이 실제 일어난 사건이고 어떤 것이 허구인지 알 수 없기 때문에 우리는 당황할 수밖에 없다. 그러나 바로 그런 점들이 소설 속에서 살아가고 있는 인물들의 '삶'이기 때문에 우리는 그저 관조자가 되는 수밖에 없다. 우리는 소설에 적극적으로 개입하지 못하고, 소극적으로 작가의 이야기에 귀를 기울이게 되는 것이다.

전형적으로 네이폴은 독자들을 머나먼 제3세계의 끝으로 인도한다. 아프리카, 카리브, 아시아, 중동 등지로 여행을 떠나는 것이다. 그리고 그를 사로잡고 있는 두 가지 강박 관념 중의 하나를 추구한다. 하나는 작가가 된다는 것이 과연 어떤 의미를 지니는가 하는 것이며, 다른 하나는 외국의 제국주의 정권이 물러가고 잔인함과 혼란만이 남았을 때, 탈식민지화된 사회에서 어떤 일이 일어났는가 하는 문제이다. 두번째 문제는 첫번째의 경우보다 훨씬 더 극적이다. 갓 태어난 신생국가에서 들려오는 소식들은 참으로 끔찍한 것이었다. 부패와 잔혹한 고문, 인종적 적대감 등은 보스니아와 르완다 등지에서 엄청난 살육을 가져왔다. 네이폴의 독자들은 영원히 불완전한 절반의 상태로 머물러야만 하는 운명을 지닌 '반쪽의 사회'를 직면하게 된다.

언론에 비친 네이폴의 모습은 기자들을 무시하는 퉁명스럽고 왜소한 남자였다. 때때로 그의 무뚝뚝함은 기자들을 쫓아버리려는 연극처럼 보이기도 한다. 하지만 네이폴은 퉁명스럽게 굴만한 충분한 이유가 있다.

그의 작품이나 공인으로서의 네이폴에 대한 사람들의 반응은 종종 신랄하고 사적인 감정이 뒤섞여 있는 경우가 많다. 특히 제3세계 독자의 경우에는 더욱 그러하다고 할 수 있다.

팔레스타인 출신의 비평가 에드워드 W. 사드는 네이폴의 문학적 위치를 '백인의 검둥이'라는 말로 표현했다. 또한 네이폴의 고향인 트리니다드에서 그다지 멀지 않은 세인트 루시아의 계관 시인 데릭 월컷은 네이폴을 두고 '흑인들의 수치'라고 조롱했다.

하지만 네이폴의 작품을 평가하는 대다수의 평론가들은 이렇게 말한다.

"얼마나 놀라운 글인가. 하지만 왜 네이폴은 서구에 사는 백인들에 대해서는 짧은 글 하나도 쓰지 않는 걸까? 이런 질문은 왜 프로스트가 그의 작품의 배경을 미국의 중서부로 설정하지 않았느냐고 묻는 것만큼이나 어리석은 일이다. 이것은 작가의 이야기라고 할 수 있다. 자신이 원하는 곳은 그 어느 곳이나 배경으로 설정할 수 있다."

유럽의 네이폴 옹호자들 또한 제3세계의 비평가들처럼 인종적인 문제에 분석의 초점을 맞추고 있다. 그들은 더욱 밝은 모습으로 자화상을 그리고 싶어하는 유색인 동료들임에도 불구하고, 네이폴이 용감하게 진실을 이야기한다고 말한다. 제인 크라머와 같은 작가는 네이폴을 '제3세계의 솔제니친'이라고 불렀다. 유명한 평론가 크리스토퍼 호프는 '그의 글에는 언제나 의표를 찌르는 특이함이 있다.'고 주장한다.

네이폴의 작품은 주로 제3세계 사람들의 모습을 그리고 있는데, 그런 이유로 인해 '유럽 대륙에 뿌리를 내리고 살면서도 제3세계 사람의 감수성을 상실하지 않았던 작가'라는 평가를 받고 있다. 그는 식민주의가 제3세계에 입힌 상처를 고발하는 역사의 증언자가 되었던 것이다.

영국의 몇몇 비평가들은 네이폴이 노벨상을 수상하기에는 너무 늦었을지도 모른다고 말했다. 카리브해 지역을 대표하기에는 그의 문학이 담고 있는 그릇이 적합하지 않다는 것이었다. 여기에서 '대표한다'라는 말은 '찬미한다'라는 의미를 담고 있다.

하지만 작가가 자신의 고향에 대해 자부심 넘치는 견해를 지니고 있다는 것이 과연 위대한 문학의 증표가 될 수 있을까? 역사적으로 보더라도 어둡고 비관적인 세계관을 가진 작품(도스토예프스키나 솔 벨로우 등)이 훨씬 더 감동적이고 문학적이라는 사실은 명백하다. 게다가 카리브해 국가들이 비록 바람에 휘날리는 야자수와 햇살이 부서지는 아름다운 해변을 지니고 있다고는 해도, 역사적으로 살육과 노예 사냥과 침탈이 벌어졌던 현장인 것이다.

네이폴의 작품 속에서 우리는 항상 비극의 냄새를 맡을 수 있다. 하지만 그 비극은 단지 비극으로만 끝나지 않는다. 그의 객관적이고 치밀한, 때로는 냉정하게 보이기도 하는 묘사가 '비극'의 현장과 어느 정도 거리감을 유지할 수 있도록 해 주고 있는 것이다. 비극에 묻히지 않고, 그 비극을 바라볼 수 있는 시선을 유지하기란 참으로 어려운 일이다.

네이폴의 초기 작품들은 대단히 신랄하면서도 우스꽝스러운 문체로 트리니다드의 생활을 그리고 있다. 그곳은 진정한 삶이 섬 밖의 어디에선가 이루어지고 있다고 믿는 사람들이 모여서 살고 있는 섬이다. 그의 작품들은 데이비드 코헨 브리티쉬 문학상, 서머싯 몸 상, 부커상 등을 수상하고 킹슬레이 아미나 안토니 파웰과 같은 사람들의 주목을 받았다.

네이폴이 스물세 살 나이에 발표한 『미겔 스트리트』는 트리니다드의 작은 항구를 배경으로 평범한 사람들의 생활을 그린 작품이다. 또 1961년에는 『비스와스 씨의 집』이 발표되었다. 이 작품은 새로운 것이었으며, 위대한 인도계 소설이라고 부를 만한 것이었다. 특히 트리니다드에서 투쟁적인 신문기자로 활동했던 네이폴의 아버지의 우여곡절이 많은 삶과 때이른 죽음에 대해서 상세하게 묘사하고 있다. 이 작품의 문학적 완성도는 결코 무시할 수 없는 것이었다. 그러므로 작가 자신도 '나의 모든 것이 집약되어 있는' 작품이라고 고백한 적이 있다.

가난한 동부 인도인의 후예로서 트리니다드에서 태어난 네이폴은 옥스퍼드로 진학하여 영국에서 교육을 받았다. 그리고 영국 문학계에서 저명한 위치를 차지했을 때, 그의 나이는 겨우 스물아홉 살이었다.

그러나 『비스와스 씨의 집』 이후로, 그의 작품은 급속도로 어둡고 음울한 분위기를 지니게 된다. 『흉내』, 『자유국가에서』, 『게릴라들』과 같은 작품들은 전쟁 이후에, 제1세계와 제3세계의 갑작스러운 만남으로 인한 폭력과 타락에 대해서 풍부하고 다양한 성찰을 보여주고 있다. 그러나 그 당시에는 지나치게 비관적으로 보이던 소설들이 지금은 예언적으로 여겨지고 있다. 『스톤과 기사 친구』(영국 노신사의 고독한 생활을 다룬 작품) 『중앙 통로』(서부 인도와 남아메리카를 다룬 작품) 『어둠의 지역』(인도에 관한 작품) 『엘도라도의 상실』(스페인의 남미 정복과 트리니다드를 다룬 작품) 『인도 : 상처받은 문명』 등을 비롯한 수많은 역사 연구서와 여행기는 네이폴에게 새로운 명성을 안겨다 주었다.

이제 그는 새로 독립한 제3세계의 두통거리가 된 것이다. 좌익에 속한 많은 사람들이 그를 미워하기 시작했다. 그리고 그를 제3세계의 적대적인 인물이며 급진주의자라고 생각했다. 그리고 그가 어떤 정치집단에 대해서 '야만주의'라고 부르거나 특정한 사회에 대해 '원시적'이라거나 '단순하다'라는 표현을 쓰는 이유에 대해서도 반대하고 있다.

3

지금까지 네이폴은 22권의 책을 출간했으며, 대부분은 다른 어떤 작가보다도 차갑고 냉정한 시각에서 명백한 문체로 씌어진 것이다. 그러나 그의 11번째 소설 『세계 속의 길』은 네이폴의 기준에서 볼 때에도 분명히 매우 특별한 작품이다. 정신적으로 최고의 경지에 이른 작가가 쓴 매혹적인 작품인 것이다.

네이폴의 『세계 속의 길』은 프로스트 식으로 표현하자면 '영혼의 순례기'인 셈이다. 이 작품은 작가의 자아 추구와 유산에 대한 이해를 표현하고 있다. 대단히 사적인 서술방식을 통해, 작가는 자신의 작품들과 지나온 삶의 과정들을 되돌아보고 있다. 네이폴은 서인도제도의 작은 섬 트리니다드에서 보냈던 어린 시절과 영국에서의 유학생활 그리고 작가로서의 성장 과정을 솔직하게 그려내고 있다.

이 책은 넓은 의미에서 '소설'이라고 부를 수는 있지만, 전통적인 소설에 대한 사람들의 기대에서는 벗어나 있다. 이 소설은 서로 다른, 혹은 서로 밀접하게 연관되어 있는 이야기로 구성되어 있다. 그리고 어떤 때에는 개인적 서술 방식을 취하고 어떤 때에는 역사적 서술을, 때로는 전통적인 소설적 서술 방식을 취한다.

『세계 속의 길』은 중남미의 근대사를 다루고 있는 참으로 방대한 서사시라고 할 수 있다. 콜럼버스와 월터 로리 경, 시몬 볼리바 그리고 작가와 같은 베네수엘라 혁명가인 프란시스코 미란다와 같은 인물들이 모두 도저히 예측할 수 없는 방식으로 한 작품 속에 등장하고 있는 것이다.

본질적으로 이 작품은 개인적인 역사와 국가적인 역사와 그리고 세계 역사 사이의 관계에 대한 깊은 명상이라고 할 수 있다. 이러한 주제들은 시간과 공간을 초월한 영원한 것이다.

『세계 속의 길』은 현대로 접어드는 카리브해 연안의 국가, 즉 1940년대 트리니다드의 모습을 담고 있다. 그 나라의 수도인 스페인 항구는 네이폴이 어린 시절을 보낸 도시일 뿐만 아니라 스페인이 총독을 파견해서 지배하던 아름다운 항구이기도 하다.

이 소설에서 우리는 또다시 네이폴이 종종 추구해오던 질문과 만나게 되는데, 그것은 어떻게 그가 작가가 되었는가 하는 것과 어떻게 그가 작은 식민지 섬에서 자라났으며 세계를 방황하면서 떠도는 방랑자가 되었는가 하는 것이다. 그는 『세계 속의 길』에서 좋은 작가가 되기 위해서는 쓰고 또 쓰는 노력만이 유일한 방법이라고 강조한다. 네이폴이 자기 자신의 목소리를 찾을 수 있도록 영향을 미쳤던 사람은 바로 포스터 모리스였다.

이 작품의 화자는(사실은 작가 자신을 의미한다.) 고등학교를 졸업하고 영국에 있는 대학에 진학하기까지의 여름을 지루한 정부 사무실에서 서기로 일을 하며 보내는 열일곱 살의 소년이다. 그의 주위에는 식민주의 통치에 의한 희생자들이 있다. 가장 좋은 직업은 영국 출신의 백인들이 모조리 차지하는 시대에 태어난 그들은 기회의 문이 굳게 닫혀 있다는 사실을 깨닫고 절망하면서 분노하는 자들이다.

그런 자들 중에 한 사람이 바로 블레어라고 할 수 있다. 블레어는 유능한 관료이기는 했지만, 고등교육을 받을 수 있는 기회를 얻지 못했기 때문에 타고난 능력을 모두 발휘하지는 못하는 그런 인물이다.

하지만 화자로 등장하는 소년은 영국으로 건너갈 기회를 얻어서 공부를 하고 글을 쓴다. 세월이 흘러 고향으로 돌아온 개종자들은 트리니다드와 같이 독립을 향해 나가는 고향 마을에서 급진적인 정치와 혁명을 설파하고 다닌다.

그러나 개종자들은 온 세계를 떠돌면서 자신의 기질과 재주로 남은 생애를 편안하게 보낼 수 있을 것이라고 확신하는 사람들이다. 블레어는 이런 자들과 달랐다. 그는 국제적인 직업인으로서, 제3세계의 신생 독립국을 위해 재정 고문으로 일하며 자신의 모든 영혼과 육신을 다해 헌신했다. 결국 그의 헌신은 그의 죽음을 불러온다. 타락한 아프리카 정권은 블레어가 금과 상아 밀수를 제지하려고 하자, 그를 암살한 것이다.

식민지 제국이 붕괴하자, 지구의 곳곳에서 몰려든 사람들에 대한 이야기는 그 자체로도 충분히 흥미로운 소재이다. 그러나 네이폴은 그보다 더욱 심오한 어떤 것을 의도하고 있었다.

　나는 바다가 있는 곳으로 시선을 돌렸다. 15세기에 콜럼버스가 보았던 그 장면이 그대로 펼쳐지고 있었다. 나는 섬 본래의 모습을 유심히 바라보았다. 콜럼버스의 자취를 찾을 수 있을 것만 같았다.

　하지만 그런 낭만적인 시각을 계속 유지하는 것은 그렇게 쉬운 일이 아니었다. 어린 시절에 나는 섬 본래의 모습을 유심히 바라보는 일 따위는 하지 않았다. 선생님이나 다른 어느 누구도 상상력을 발휘해서 수업 시간에 섬의 모습을 그려 보도록 제안한 적도 없었다.

　나는 이곳을 떠난 후에 다시 방문할 때마다 그런 상상을 해 보기 위해 노력했다. 그런데 포인트를 떠나 돌아올 때에는 비바람을 맞아서 희미한 검은색으로 변한 코코아를 말리는 집들이 보였다. 코코아 농장들과 지저분한 정원이 딸린 작은 목조나 콘크리트 집들이 모여 있는 마을은 고속도로 주위에 밀집되어 있었는데, 이것은 마치 내가 어린 시절부터 알고 있었던 식민지의 풍경 같은 느낌을 받았다. 그것은 시작도 없고 과거도 없으며 원시적인 것이란 아예 존재하지도 않았다고 생각했던 과거의 시절로 돌아간 듯한 느낌을 주었다.

네이폴은 이 문장을 통해 자신이 어느 지점에 있는지를 천명한다. 바로 식민지적 충동의 고고학이다. 그것은 콜럼버스나 그밖에 많은 탐험가들로 하여금 편안한 자리를 박차고 나와 미지의 어두운 대륙 속으로 뛰어들도록 만들었다.

　탐험가들이 엄청난 어려움을 참고 견딜 수 있었던 것은 황금에 관한 엘도라도의 신화 때문이었을 것이다. 혹은 광기와 미혹 때문이었는지도 모른다. 그러나 네이폴은 이러한 충동의 저변에는 전혀 새로운 자신을 창조하려는 인간의 단순한 욕망이 깔려 있다고 쓰고 있다.

우리의 피와 살과 육신 속에는 수천, 수백만 명의 기억이 흐르고 있다. 아득한 조상들의 삶, 그것을 우리는 역사라고 부른다. 네이폴은 그가 물려받은 트리니다드의 모든 흔적을 이해하고 있다.

소설의 끝을 향해 달려가면서, 우리는 트리니다드와 베네수엘라의 사이에 놓여 있는 자신의 모습을 발견하게 된다. 그리고 제국주의의 사신이었던 세 사람의 마지막 여행을 지켜본다. 콜럼버스와 로리 경과 실패한 베네수엘라 혁명가인 프란시스코 미란다의 여행을…….

그들은 모두 고뇌하는 인물들이었으며, 저마다 새로운 세계에 대한 원대한 꿈을 품고 그것을 이룩하기 위해 모든 것을 바친 사람들이다. 그들은 비록 화려한 전성기를 누리기도 했지만, 결국에는 황량한 멕시코 만에서 비극적인 종말을 맞이하게 된다. 그들은 서로에게 영향을 미치면서 역사의 저편으로 사라졌던 것이다.

콜럼버스의 마지막 여행은 참으로 비참한 것이었다. 콜럼버스는 쇠사슬에 묶인 채, 스페인의 법정으로 끌려가고 만다. 로리 경은 병든 늙은이가 되어서 엘도라도를 찾아 떠나간 부하들로부터 소식이 오기만을 기다린다. 그러나 소식은 결코 오지 않고 로리 경은 영국으로 돌아가 참수형을 당한다.

그 중에서 비교적 덜 알려진 인물로, 플롯의 중심을 이루는 프란시스코 미란다는 스물한 살에 행운을 찾아 유럽으로 떠난 베네수엘라의 섬사람이다. 어떤 점에서 본다면 작가와 가장 유사한 미란다는 자기 자신의 불완전함을 느끼고 있으며, 의지할 고향을 지니지 못한 채 떠도는 그런 인물이다. 이 세상 어딘가에 있는 위대한 세계를 꿈꾸며, 혁명을 통해 새롭게 탄생할 것이라고 믿는 그런 사람인 것이다.

젊은 미란다는 출세를 꿈꾸면서 스페인 군대에 입대하기 위해 코코아콩을 잔뜩 싣고 스페인으로 떠난다. 마침내 항해가 끝나고 스페인에 도착한 미란다는 유럽 거리의 전혀 새로운 문물을 접하게 되자 그만 넋을 잃고 말았다.

유럽에서의 경비를 조달하기 위해, 미란다는 450파운드의 코코아를 스페인으로 가져간다. 그것은 카라카스 북부 계곡에 있는 노예들이 엄청난 고통을 겪으며 경작한 산물이었다. 이 코코아콩은 150페소에 팔리고 미란다는 그 돈을 비단 손수건과 비단 우산을 사는 일에 몽땅 써 버린다. 이 물건들은 하루 빨리 유럽의 부자들과 저명한 무리들 사이에 끼고 싶은 미란다의 소망을 단적으로 보여주는 것이다. 이것은 대도시 생활의 낭비벽을 단적으로 보여주는 일이었다. 그러나 이것들은 그가 스페인에 도착해서 구입해야 할 값비싼 물건들을 적은 긴 목록 속에 포함되어 있는 단 두 항목에 불과했다.

결국 미란다는 온 세계를 떠돌며 국제적인 인물로 성장한다. 남아메리카의 문화가 거의 알려지지 않았던 시기였으므로, 미란다는 자신이 원하는 모습대로 얼마든지 스스로를 소개할 수 있었다. 그의 사교 범위는 날로 넓어지고, 러시아의 캐서린 대제는 그에게 대령의 직책을 내리면서 온갖 호의를 베푼다.

미란다는 자신의 모험에 대한 일지를 쓰고 있다. 미란다가 새롭게 태어나는 것은 바로 이 일지를 통해서이다. 방황하고 글을 쓰고 방황하고 또다시 글을 쓰면서, 미란다는 스스로를 군주로 믿게 되고 무려 35년 동안이나 떠나 있었던 남아메리카를 이끌게 될 '임시정부'라는 생각을 품게 된다. 마침내 베네수엘라를 공격한 미란다는 혁명에 실패하고 여생을 감옥에서 마감한다.

이 책의 가장 뛰어난 점은 현재의 인물(블레어나 네이폴 자신)들을 식민지 시대의 역사적 흐름 속에 위치시킨다는 것이다. 재능 없는 작가의 경우라면 작가들과 역사상의 위대한 인물들을 비교하는 것이 억지처럼 보이거나 심지어 위선처럼 여겨질 것이다. 그러나 네이폴은 미란다의 일상뿐만 아니라, 그의 마음 속에 잠재된 악마성까지도 참으로 감동적이고 생생하게 그려내고 있다.

4

　네이폴은 상당히 느리고 고통스럽게 글을 쓴다. 단 몇 글자를 쓰기 위해 하루 종일 고심하는 경우도 있다. 그러므로 하루에 4백 단어 이상을 쓰는 경우는 극히 드물다. 글을 쓰면서 다른 작가의 작품을 읽기도 하는가에 대한 질문을 받자, 네이폴은 이렇게 대답했다고 한다.

　"몇 페이지는 읽지요. 하지만 끝까지 읽은 경우는 거의 없습니다. 그런 면에서 프로스트의 말에 동의하는 편이지요. 작가의 음악을 약간 건드리기만 해도 그것으로 충분하다."

　그럼에도 불구하고 발자크와 플로베르, 프로스트, 사무엘 페피와 같은 작가들의 작품은 언제나 즐겨 읽는다.

　문학적인 성공에도 불구하고 네이폴은 상당히 검소하게 살고 있다. 그와 그의 아내 패트리시아는 영국 월셔　지방에 자기 집을 가지고 있다. 그 집은 네이폴이 모은 전통적인 인도 그림과 현대적인 가구들로 온통 장식되어 있다.

　그들이 가난하던 시절에 살았던 작은 건물은 포도주 저장 창고로 사용되고 있으며, 네이폴은 상당히 조심스럽게 포도주를 보관한다. 음식과 포도주에 대한 그의 감각은 문학과 예술에 대한 것만큼이나 까다롭기로 유명하다. 그러므로 네이폴의 책을 보면 지나칠 정도로 잘못 지어진 건물이나 천박한 가구, 싸구려 예술에 대한 자세한 묘사가 나온다.

　네이폴은 위선과 부패에 시달리는 사회의 밑바닥에 잠재하고 있는 다양한 문제들을 수면 위로 끌어올린다. 네이폴의 작품들이 우리에게 커다란 감동을 안겨줄 수 있었던 비밀은 아마도 정치적인 현실감이나 제3세계 사람들의 비참한 모습을 생생하게 그려내고 있기 때문일 것이다.

　최근 네이폴은 고향 트리니다드보다는 월셔에서 더욱 많은 시간을 보내고 있다. 사실 살아온 시간을 따지자면, 트리니다드보다 월트셔에서의 생활이 더욱 길다. 하지만 트리니다드는 그의 마음 속에 깊이 뿌리를 내리고 있다. 그의 가시 면류관이라고 할 수 있는 것이다. 그것은 어쩔 수 없는 일이다. 트리니다드를 제외하고는 다른 글은 쓸 수가 없을 만큼 그는 정신적으로 너무나 오랫동안 트리니다드에서 살고 있었던 것이다. 트리니다드를 떠난다는 것은 그에게 거의 불가능한 일이다. 네이폴은 일생동안 그곳을 표현하기 위해 노력했으며, 그의 삶의 중심을 이루는 곳도 바로 그곳이다.